KB267979

임 오 新 무협 판타지 소설

야요기

아요기 3
임오 新무협 판타지 소설

초판 1쇄 찍은 날 § 2002년 11월 27일
초판 1쇄 펴낸 날 § 2002년 12월 6일

지은이 § 임오
펴낸이 § 서경석

편집장 § 문혜영
편집책임 § 이종민
편집 § 장상수 · 박영주 · 권민정
마케팅 § 정필 · 강양원 · 이선구 · 김규진

펴낸곳 § 도서출판 청어람
등록번호 § 제1081-1-89호
등록일자 § 1999. 5. 31
어람번호 § 제2-0153호

주소 § 경기도 부천시 원미구 심곡1동 350-1 남성B/D 3F (우) 420-011
전화 § 032-656-4452 팩스 § 032-656-4453
http://www.chungeoram.com
E-mail § eoram99@chollian.net

ⓒ 임오, 2002

값 7,500원

ISBN 89-5505-443-2 (SET)
ISBN 89-5505-446-7 04810

임 오 新무협 판타지소설
야묘기
3
그들이 바라는
도서출판
청람

하오문

　하남성의 서쪽에 자리 잡은 천 년의 고도(古都) 낙양(洛陽)은 주(周)나라의 수도가 된 이래로 동주(東周), 동한(東漢), 조위(曹魏), 서진(西晉), 북위(北魏), 수(隨), 당(唐), 후량(後梁), 후당(後唐) 등 9개 왕조가 도읍을 정한 까닭에 '아홉 왕조의 도읍[九朝古都]'이라고 불린다. 예로부터 문화, 예술의 중심지로 자리한 낙양은 특히 당나라 때에는 두보, 이백, 백낙천 등의 문인(文人)들이 활동하던 곳이기도 했다.

　얼마 남지 않은 여름의 마지막을 화려하게 장식하려는 듯 강렬하게 타오르는 태양 아래, 낙양성의 서남쪽으로 이어진 서원로(西苑路)를 따라 터벅터벅 걷고 있는 젊은이가 있다. 때가 잘 타지 않기에 보편적으로 많이들 입는 남색 경장에 그 옷만큼이나 평범한 외모를 가진 이였다.

강렬하게 내리쬐는 햇볕에 짜증이 나서인지, 아니면 머리끝에서 발끝까지 평범 일색(一色)으로 무장한 그의 행색 때문인지는 모르겠으나 마주치는 행인들 중 이 젊은이에게 주의를 기울이는 사람은 없어 보인다.

단지 간혹 시선을 머물게 하는 것이라면 차림새와는 어울리지 않게 한쪽 허리에 덜렁거리며 매어져 있는 검(劍) 한 자루 정도일까? 하지만 그마저도 행인들의 머리 속에서는 이내 잊혀져 갔다. 검 한 자루쯤이야 가까운 대장간에 가서 은자 부스러기만 조금 내밀면 누구나 마련할 수 있는 것이기 때문이다.

'도대체 하오문(下午門)의 총단이 낙양 어느 구석에 붙어 있는 건지… 도무지 방법이 없군. 길을 물으려 해도 하오문이라는 말이 나오면 모두들 슬금슬금 피하려는 눈치이니 원! 분명 치현이가 하오문의 총단이 낙양성에 있다고 그랬었는데……'

이 평범한 젊은이가 바로 지금도 사천의 삼협(三峽) 일대에서 무당의 제자들이 애타게 찾고 있는 무당파 무 자 항렬의 막내 소진이었다.

단순히 낙양에만 오면 바로 하오문을 찾을 수 있을 것이라 생각했던 소진은 갑자기 막막한 기분이 들어 가던 길을 멈추고 나지막한 한숨을 내쉬었다.

'그러고 보니 오늘이 바로 무우 사형의 장문인 취임식 날이로구나. 청진이 살아 있었다면 함께 갔을 텐데… 정말 미안해요, 대사형. 그전에 꼭 해야 할 일이 생겨 버렸어요. 청진을 죽인 그놈을 반드시 찾아서……'

무협(巫峽)의 동굴에서 내상을 다스리던 중 극심한 고통에 혼절했던 소진은 꼬박 하루가 지난 후에야 다시 희미하게 눈을 떴다. 여전히 동굴 안의 차가운 바위 위에 쓰러진 채로 조금씩 정신을 추스르던 그는 자신이 운기하던 도중 진기가 폭주했고, 그 힘을 미처 감당하지 못한 채로 혼절했던 상황을 기억해 내고는 황급히 몸을 일으켰다.

몸은 예상외로 가뿐하게 움직였고 팔다리에서는 힘이 넘쳤다. 하지만 급한 마음에 미처 이런 사실을 자각하지 못한 소진은 황급히 정좌를 하고 앉아 내관법(內觀法)으로 자신의 현재 몸 상태를 살폈다. 그리고 굳이 이런 과정이 불필요했을 정도로 그는 바로 다음 순간 자신의 단전에 들어차 있는 묵직한 기운을 느낄 수 있었다.

날개를 다친 독수리가 다시 하늘을 날 수 있게 된 기분이랄까? 소진은 뛸 듯이 기쁜 마음을 가까스로 추스르고 조심스럽게 진기를 끌어올렸다. 그의 몸 구석구석의 정확한 상태를 확인해 보려는 것이었다.

당가(唐家)와 무협(巫峽)의 절벽 위에서 연이은 내상을 당하며 심각하게 굳어져 있던 주요 경락들이 어찌 된 일인지 모두 시원스럽게 뚫려 있었다. 진기를 도인(導引)하는 중 가끔 아직도 막혀 있는 몇몇의 경락들과 맞닥뜨리기도 했지만 이미 되찾은 막대한 내공 앞에서 그런 것들은 단지 거추장스러운 장애물에 지나지 않았다. 이렇게 진기를 일주천시킨 소진은 운기를 멈추고 골똘히 생각에 잠겼다.

'어떻게 이런 일이… 얼마 동안인지는 모르겠으나 혼절해 있던 사이 몸이 이렇게까지 호전되다니! 설마 그 폭주하던 진기가 막혀 있던 경락들을 헤집고 다녔다는 것인가? 그래, 그런 것이라면 지금의 상황이 설명될 수도 있겠군. 하지만 폭주하는 진기를 견디지 못하고 혈맥이 터져 죽을 수도 있었을 것인데… 이런 것을 바로 천우신조(天佑神助)라고 해야 하는 것인가.'

　그렇다. 정말 말 그대로 '하늘과 신령의 도움[天佑神助]'이었다. 만약 소진의 몸이 폭주하는 진기를 감당하지 못했다면 절대 불가능한 일이었겠지만 이미 오행신공을 익히면서 소진의 내부는 충분히 단련이 되어 있는 상태였다. 처음 무당에서 무공을 익힐 때 사부인 진류 도장이 말했던 금강불괴(金剛不壞), 소진은 오행진기를 쌓으며 그 기초를 충실히 닦아가고 있었기 때문에 가능했던 일이었다. 게다가 소진 역시 어렴풋이 느끼고 있는 사실이지만 이번 일을 계기로 잠력(潛力)이 격발되어 내공이 더욱 진일보하게 되었으니 어찌 보면 전화위복(轉禍爲福)의 기회였다고도 말할 수 있으리라.

　그러나 아직은 거듭되는 충격으로 기혈이 크게 흔들린 상태였기 때문에 진기의 운행이 불안정했다. 즉, 내상이 완전히 나은 것은 아니라는 말이다. 하지만 이것은 며칠간의 여유를 두고 꾸준히 운기행공을 하면 자연히 나아질 문제였기 때문에 소진은 크게 마음을 덜 수 있었다. 이제 며칠만 지나면 이 동굴을 마음 놓고 벗어날 수 있는 것이다.

　하지만 얼마 걸리지 않으리라 생각했던 예상과는 달리, 정확히 이십일이 지나서야 소진은 내상을 완벽하게 치유할 수 있었다. 그 기간 동안 그는 매일같이 하루 꼬박 세 시진의 운기행공을 하고 나머지 시간은 줄곧 검술에 매달렸다. 운귀자의 검에서 느꼈던 무지막지한 역도(力道)와 무영이라는 흑의복면인의 검에서 느꼈던 그 간결하면서도 냉혹한 기운은 사부와 사형들 간의 비무에선 미처 접해보지 못했던 것들이었기 때문이다.

　약선루에 삼 개월마다 찾아오시던 사부님이 왜 그리 비무에서 실전과 같이 자신을 몰아치셨는지도 이제야 이해가 갔다. 지금 자신의 목숨이 붙어 있는 것도 모두 그 당시의 비무 덕분이라는 생각이 들 정도였다.

　사부인 진류 도장에게 다시 한 번 감사하는 마음을 새기며 소진은 지금까지 배워온 태극혜검의 묘리(妙理)를 하나하나 되짚어갔다. 안다고 생각했던 것들이 다시 전혀 새로운 내용으로 다가오는 것 같았다. 그렇게 이십 일이 지나고 소진은 동굴을 나섰다.
　이것이 지금으로부터 정확히 십 일 전의 일이었다.

　벌써 한 시진째 낙양성 내를 헤매고 돌아다녔지만 자신이 원하던 하오문에 대한 구체적인 정보를 얻지 못한 소진은 제풀에 지쳐서 눈앞에 보이는 작은 객잔으로 발걸음을 옮겼다.
　창가의 자리에 앉아 간단한 요깃거리를 주문한 그는 음식을 기다리는 동안 문득 동굴을 벗어난 이후로 지난 며칠간의 일들을 떠올려 보았다.
　열흘 전, 드디어 무협(巫峽)의 동굴을 벗어난 그는 협곡을 따라 무협과 서릉협을 빠르게 지나쳐 장강삼협(長江三峽)을 벗어났다. 중간의 지형이 험하긴 했지만 이미 무공을 회복한 소진에게는 별다른 장애가 되지 못했다. 삼협을 벗어난 소진은 곧장 장강을 오르내리는 정기선(定期船)에 몸을 실었다. 당문을 나서면서 청진과 얘기했던 대로 배를 타고 호북성 의창(宜昌)까지 가서 그곳에서 육로로 무당산까지 가려는 것이었다. 하지만 배 위에서 청진의 죽음과 자신을 무영(無影)이라 밝힌 그 흑의복면인에 대한 생각들을 떠올리면서 소진은 그 계획을 부득이 수정하지 않을 수가 없었다.
　'분명 그는 청성(靑城)의 사람이 아니라고 했다. 그걸 믿어야 할까? 그래, 아마 사실일 거야. 당시 그는 나와 청진의 죽음을 확신하고 있었으니 일부러 거짓을 말할 이유가 없었겠지. 그렇다면 어째서 우리를 죽이려 했던 거지? 그는 나와 청진에 대해 이미 알고 있었을 뿐 아니라, 우리가 그쪽으로 올 것이라는 사실까지 알고 미리 기다리고 있었어. 과연 그 혼자의 힘으로 이 모든 것을 할 수 있었을까? 아냐, 혼자서는 힘들었을 거야. 그렇다면 혹시 내가 모르는 누군가가 있는 건가? 그리고 만약에 그렇다면 그 흑의복면인은 그 주체일까, 아니면 단지 하수인(下手人)에 불과한 것일까?

의문은 꼬리에 꼬리를 물고 이어졌다. 그리고 그 모든 의문의 해답에 대한 실마리는 오직 한 사람, 청진을 죽음으로 몰아넣은 그 흑의복면인이 가지고 있었다.

'강호상에는 이미 나와 청진이 죽은 것으로 되어 있던데… 만약 지금 무당산으로 간다면 내가 아직 살아 있다는 사실이 삽시간에 천하로 퍼져 나갈 테지? 당연히 그 무영(無影)이라는 자식도 그걸 들을 테고. 그리고 이 소문을 접한 그가 도저히 찾을 수 없는 심산유곡(深山幽谷)으로 숨어들기라도 한다면? 청진의 복수는 영영 요원한 일이 될지도 모른다. 더구나 만약 진정한 흉수(兇手)가 따로 있는 상황이라면 더 더욱……'

만약 무당으로 가서 세인들의 주목을 받게 된다면 흉수는 여전히 음지(陰地)에 몸을 숨기고 있는 데 반해 자신은 훤히 드러나는 양지(陽地)로 나서는 꼴이 되고 말 것이다. 그 흑의복면인인지, 아니면 다른 누군가가 있는지는 모르겠지만 진정한 흉수를 찾아 청진의 복수를 하기 위해서는 자신 역시 그들처럼 음지에 모습을 감춘 상태라야 했다.

서신(書信)을 보낼까 생각도 해보았지만 그것 역시 같은 이유에서 불안하긴 마찬가지였다. 자신 때문에 노심초사하고 있을 사형들과 사부님의 모습이 그려졌지만 지금의 소진에게는 흉수를 찾아 청진의 복수를 하는 것이 무엇보다도 우선이었다.

생각의 생각 끝에 결심을 굳힌 소진은 애초에 목적했던 의창을 지나쳐 형주(荊州)에서 배를 내렸다. 그리곤 무당이 아닌 하남성의 천 년 고도(古都) 낙양을 향해 북(北)으로 발걸음을 옮겼다. 항주에 있을 당시 그의 유일한 지기인 곡치현에게 '중원제일의 정보통은 낙양의 하오문이다' 라는 이야기를 들은 기억이 났던 것이다.

길을 서두르라는 의미인지 장강에서 불어오는 세찬 강바람이 그의 등을 밀어주고 있었다.

어느새 나온 김이 모락모락 나는 만두를 보며 소진은 상념에서 벗어났다.

"에휴. 그래, 먹자. 먹어야 힘을 내서 또 돌아다닐 것이 아닌가."

더운 날씨임에도 뜨거운 만두를 꾸역꾸역 입에 밀어 넣은 소진은 순식간에 빈 접시만을 남기고 일어나 계산대로 향했다. 다행히 절벽에서 떨어져 급류에 휩쓸려 내려가는 중에도 항주를 나설 때 곡치현이 챙겨 줬던 전낭(錢囊)은 무사했기에 이제까지 금전적인 어려움은 전혀 겪지 않고 있었다.

계산을 위해 품 안에서 묵직한 전낭를 꺼내는 순간 문득 한 가지 생각이 머리 속을 스치고 지나갔다.

"주인장, 낙양성에 혹시 금룡전장이 있소?"

"물론입죠, 손님. 문을 나서서 왼쪽으로 곧장 가다 보면 바로 눈에 보일 겁니다. 그 앞에 큼지막하게 금룡전장이라고 붙여져 있으니 찾기가 어렵지 않지요."

"하하핫, 고맙소."

기쁜 마음에 은자 반 냥을 던져 준 소진은 거스름돈을 받을 생각도 하지 않고 휑하니 객잔을 나서 방금 들은 대로 왼편으로 빠른 걸음을 옮겼다. 물론 만두 한 접시 가격으로 무려 은자 반 냥을 받은 주인장의 입이 귀에 걸릴 만큼이나 벌어진 것은 당연한 일이었다. 그는 살짝 떨리는 손으로 은자를 짚으며 '손님에게는 절대 친절!'이라는 자신의 좌우명을 계속 읊조리고 있었다.

금룡전장은 쉽사리 찾을 수 있었다. 커다란 현판의 금빛 글자들이 햇살에 반짝이고 있어서 단번에 눈에 띄었다. 한달음에 문 앞에 다다른 소진이 그를 빤히 쳐다보는 사환에게 내민 것은 손가락 두 개만한 크기의 오동나무 목패(木牌).

목패를 요리조리 살펴보던 사환은 무엇을 보았는지 깜짝 놀라더니 허리를 깊숙이 숙여 보이며 소진을 내실(內室)로 안내했다. 그다지 특별해 뵈지 않는, 금룡전장에 돈을 맡긴 사람이라면 누구에게나 지급되는 목패였지만 소진의 것에는 '특(特)'이라는 한 글자가 덧붙여져 있었기 때문이다.

금룡전장 낙양 지점의 총관인 서문장(西門張)은 자신을 찾는 다급한 목소리에 절로 미간이 찌푸려졌다. 별다른 일도 없고 해서 이제 막 잠시 오수(午睡)를 즐기려던 참이었기 때문이다.

"웬 소란이냐!"

"초, 총관 어르신, 어서 나와보십시오. 트, 특급(特級)의 금룡패(金龍牌)를 가진 손님이 지금 와 있습니다요!"

"뭣이라? 특급의 금룡패라고!"

서문 총관은 그나마 조금 남아 있던 잠 기운이 저 멀리로 달아나는 것을 느꼈다. 특급의 금룡패라니!

금룡전장은 전장에 돈을 맡기는 손님들에게는 일률적으로 금룡패라는 작은 나무로 만들어진 목패(木牌)를 지급했다. 이 목패는 맡긴 돈의 액수에 따라 세 가지 등급으로 나뉘는데 보통 은자 백 냥 이하가 삼급(三級), 은자 천 냥 이하가 이급(二級), 은자 만 냥 이하가 일급(一級)이다. 그리고 이와는 별도로 특급(特級)의 목패가 존재했는데, 이 등급은 예금액이 은자 만 냥 이상이고 금룡장 전체에 엄청난 영향력을 미치는 사람들에게만 지급되는, 말 그대로 특별한 목패였다.

그가 알기로 전 중원(中原)에 이 특급의 목패를 가지고 있는 사람은 고작해야 아홉 명에 지나지 않았다. 원래는 지난 십 년 가까이 여덟 명이었다가 최근에 한 명이 추가되어 아홉 명이 되었다는 사실까지도 서문 총관은 잘 알고 있었다.

"지금 그분은 어디에 계시냐!"

"접객실에서 기, 기다리고……."

서문 총관은 미처 말이 끝나기도 전에 쿵쿵 발소리를 내며 급하게 뛰쳐나갔다. 금룡전장 낙양 지점이 생긴 이래 처음으로 맞이하는 특급 금룡패의 손님이었다.

한편 전장에는 처음 와보는 처지라 그저 아무것도 모르고 곡치현이 건네준 목패를 보여줬던 소진은 사환의 그 공손한 태도에 조금 얼떨떨해하며 전장 안쪽의 깔끔한 방으로 안내되었다. 방 안에 앉아 일각 정도를 기다리자 조금 상기된 표정으로 조심스레 문을 열고 들어서는 중년인의 얼굴을 볼 수 있었다.

"금룡전장의 서문장이라고 합니다. 그냥 서문 총관이라고 부르시면 됩니다. 이렇게 만나뵙게 되어 영광입니다."

"아… 예, 소진이라고 합니다."

'아! 이 사람이 바로 최근에 새로이 추가된 그 한 명이었구나.'

서문 총관은 이미 오기 전에 잠시 특급 금룡패를 가진 이들에 대한 명부(名簿)를 읽고 오는 길이었기 때문에 단번에 이런 사실까지도 알 수가 있었다. 하지만 아쉽게도 그는 강호의 대소사(大小事)에 대해서는 그리 해박한 편이 아니었다. 즉, 그 이외의 것들에 대해서는 전혀 무지한 상태라는 것이다.

"저희 금룡전장 낙양 지점이 생긴 이래 특급의 금룡패는 처음 맞이하게 되는군요. 무슨 일로 오셨는지 물어도 되겠습니까?"

기대 이상의 너무도 수월한 전개였다. 물론 도움을 바라고 온 곳이고 분위기도 자신이 바라는 방향으로 가고 있기는 했지만 대체 저 사람은 자신을 언제 봤다고 이렇게 호의적이면서 공손한 태도를 보인단 말인가! 첫 인사부터가 '만나뵙게 되어 영광입니다' 라니.

아무리 생각해 봐도 이 의문에 대한 해답은 자신의 품 안에 있는 작은 목패, 상대방이 금룡패라고 부르는 물건이 가지고 있을 듯싶었다.

"특급의 금룡패라는 것이 대체 무엇이지요?"

설마 이런 질문을 받을 줄은 몰랐던 서문 총관의 안색이 살짝 굳어졌다. 잠시 미심쩍은 얼굴로 소진을 바라보던 그가 다시 입을 열었다.

"제가 잠시 소 공자님의 목패를 확인해도 될까요?"

소진은 주저없이 품 안의 목패를 꺼내 그에게 건네주었다. 잠시 목패를 확인한 서문 총관은 조금 놀랍다는 듯한 눈빛으로 소진을 재차 바라보며 그것을 되돌려주었다. 눈앞의 이 젊은이는 지금 특급의 금룡패를 지니고 있으면서도 그것이 얼마나 대단한 것인지에 대해 전혀 모르고 있었던 것이다.

곧바로 서문 총관의 자세한 설명이 이어졌다. 특급의 금룡패는 지금까지 고작 아홉 개가 만들어졌을 뿐이며 대개가 항주 금룡장에 막대한 영향력을 행사하는 이들에게 주어졌다는 것, 그리고 금룡전장에서는 이 특급의 금룡패를 가진 사람에게 전폭적인 지원을 해주어야 한다는 것까지.

설명을 들은 소진의 머리 속에 친우 곡치현의 얼굴이 그려졌다. 이토록 귀중한 물건을 그는 스스럼없이 자신에게 건네주었던 것이다.

'정말… 고맙다는 말로는 부족하겠군.'

언제나 도움을 받는 쪽은 자신이라는 생각이 들었다. 하지만 이내 상념에서 벗어난 소진이 정면에 앉아 있는 서문 총관을 바라보았다.

"그렇다면 하오문 총단의 위치를 제게 가르쳐 주실 수 있나요? 실은 이제까지 계속……."

소진이 지난 한 시진 동안이나 길거리를 돌아다니며 행인들에게 하오문의 총단을 묻고 다녔다는 말에 서문 총관은 속으로 박장대소를 터뜨렸다.

'푸후후훗! 정말 재미있는 공자로군. 하오문의 위치를 행인들에게 묻고 다닐 생각을 하다니.'

"흐흠, 소 공자. 하오문은 엄밀히 말하자면 흑도의 방파랍니다. 그래도 과거엔 이 정도까지는 아니었으나 십 년 전 그들이 정보를 팔기 시작하면서 관(官)과 정파의 따가운 눈총을 받으며 그 행사가 많이 은밀해졌지요. 지금에 와서 무림인들 사이에는 공공연한 비밀이 되어버렸지만 일반인들은 아직도 하오문에 대한 자세한 사정을 모르는 것이 대부분이랍니다. 또한 어느 정도 두려움을 가지고 있기도 하고요. 그런 이들에게 하오문에 대해 물어보았으니 당연 소 공자를 피할 수밖에요. 그나저나 하오문을 찾아가려는 것을 보니 무언가 필요한 정보가 있으신가 보군요."

"예, 꼭 알아봐야 할 것이 있지요."

서문 총관은 순간적으로 소진의 눈빛에 서늘한 기운이 스쳐 지나가는 것을 놓치지 않았다.

'무언가 사연이 있는 게로군.'

"그런 것이라면 굳이 그럴 필요 없이 제가 하오문주와의 자리를 마련해 드릴 수도 있습니다. 저희 금룡전장은 하오문의 주요 고객 중의 하나이니 아마 부탁을 거절하지는 못할 것입니다."

빠른 정보는 장사의 기본 중 하나였다. 게다가 전장업을 하다 보면 속칭 '돈 떼먹고 도망치는 놈들'을 자주 만나게 된다. 금룡전장은 그런 것들과 관련된 정보를 모두 하오문에 의뢰하고 있었기 때문에 주요 고객의 하나라는 서문 총관의 말은 전혀 틀린 것이 아니었다.

"저, 정말 그래 주실 수 있나요?"

"특급 금룡패의 주인에게 이 정도는 당연히 해드릴 수 있지요. 머무는 곳을 알려주신다면 제가 내일 중에 연락을 드리겠습니다."

소진은 서문 총관에게 거듭 감사하며 금룡전장을 나서 가까운 대안(大安)객잔에 방을 잡았다.

심란한 마음에 침상에 몸을 뉘이자 사부님과 사형들의 얼굴이 떠올랐다. 왠지 죄를 짓고 있다는 심정을 감출 수가 없었다.

소진은 만약 내일 하오문주를 만나서도 흑의복면인에 대한 아무런 정보를 얻지 못한다면 그 길로 당장 무당으로 향하리라는 생각을 굳히며 눈을 감았다.

　다음날, 일찍부터 일어나 초조하게 연락을 기다리던 소진은 누군가 자신을 찾아왔다는 점소이의 전갈에 서둘러 방을 나섰다. 일층의 주루로 내려가 주위를 살피던 그는 자신을 찾아왔다는 이를 단번에 알아볼 수가 있었다.

　"하하핫, 소 공자님. 편히 쉬셨는지요."

　"엇! 서문 총관께서 직접 오신 건가요?"

　"예. 전장의 하인 중 한 명을 보내려다가 어차피 할 일도 별로 없던 터라 제가 이렇게 직접 와봤습니다."

　"그렇더라도 제 일에 이렇게까지 신경을 써주시니 정말 감사하군요."

　"허허, 별말씀을. 거듭 말씀드리는 거지만 특급의 금룡패는 이런 것보다도 훨씬 많은 것들을 요구할 수 있는 물건이랍니다. 이깟 작은 일 정도야 기꺼이 해드려야지요. 자, 밖에 마차를 준비해 놓았습니다. 어서 가시지요."

　소진을 찾아온 사람은 다름 아닌 금룡전장의 서문장이었다. 요즘 한창 잘 나간다는 금룡전장 낙양 지점의 최종 결제권자가 이런 화창한 평일 오후에 어찌 할 일이 없겠느냐마는, 어제 만나본 소진에 대한 호기심에 열 일을 제쳐 두고 이곳에 직접 나타난 것이다.

　그리고 거기에는 이름 이외의 사항에 대해서는 전혀 알 길이 없지만 특급 금룡패를 가진 이에게 눈도장을 찍어두고 싶은 의도도 아주 조~금이지만 포함되어 있었다. 의례적인 인사말들이 오간 후 두 사람은 마차에 올라 하오문주와의 약속 장소인 낙양 중심가의 홍화루(紅

花樓)로 향했다.

하오문(下午門).

대부분이 밑바닥 인생을 사는 최하류의 인생들로 구성된 문파. 항상 천대받는 너무도 약한 이들이 모여서 만든 문파가 바로 이 하오문이다. 그러다 보니 저잣거리의 소매치기부터 시작해 인신매매범, 뒷골목의 날건달, 몸과 웃음을 파는 기녀, 주루의 점소이, 표국의 짐꾼이나 하급표사에 이르기까지 별의별 부류의 인물들이 하오문이라는 이름의 그늘 아래로 모여들었다. 심지어는 개방의 전유물로 여겨지는 거지들까지도 일부 포함되어 있을 정도였다.

이토록 많은 이들이 모여 있는 까닭에 하오문은 단순히 문도 수로 따지자면 언제나 개방과 선두를 다툴 정도의 대방파였지만 결정적으로 하오문에는 고수가 없었다. 때문에 하오문은 강호상에서 언제나 삼류(三流)로 분류되었다. 그것도 흑도의 삼류문파. 그 문인들의 상당수가 범법자(犯法者)들로 구성되어 있었기 때문에 흑도문파로 분류되는 것도 무리는 아니었다. 덕분에 그들은 언제나 관부(官府)와 백도(白道) 양측의 눈치를 살펴야만 했다.

하지만 마교의 몰락과 함께 대부분이 지리멸렬한 흑도의 유수한 방파들과 달리 관부와 백도의 틈바구니 속에서도 하오문이 아직까지 명맥을 유지하고 있는 이유는 단 한 가지, 바로 그들의 어마어마한 정보력 때문이었다. 특히나 그들과 쌍벽을 이루던 개방이 집안 싸움으로 유명무실해진 지난 십 년 사이 하오문은 천하제일의 정보망으로 거듭나고 있었다. 그리고 그 중심에는 바로 이 남자! 걸어다니는 극비 서류, 혹은 말 한마디로 천하를 경동시킬 수 있다 하여 일언경천(一言驚天)이

라고도 불리우는 당대의 하오문주 천지통달(天地通達) 손아기(孫峨奇)
가 있었다.

　"서문 총관님."
　하오문주가 기다리고 있는 홍화루의 후원으로 향하던 서문장은 갑
자기 멈춰 서 자신을 부르는 소진에게 의아한 시선을 던졌다.
　"실은 하오문주를 만난 자리에서는 제 이름을 밝히지 말아주셨으면
합니다. 저도 진명(眞明)이라는 가명을 사용할 작정이고요. 그래 주실
수 있을까요?"
　"음… 무슨 연유인지는 모르겠으나 저는 그냥 모른 척하고 있겠습
니다."
　"고맙습니다, 서문 총관님."
　무언가 사정이 있으리라고 이미 짐작하고 있었기 때문에 서문장은
별 무리 없이 소진의 부탁을 들어주었다. 그리고 다시 걸음을 옮긴 두
사람은 이내 하오문주가 기다리고 있는 후원의 작은 정자로 들어섰다.
　정자는 인공적으로 조성된 작은 호수의 한가운데에 운치있게 지어
져 있었는데, 이렇게 사방이 탁 트인 곳이 비밀스러운 대화를 하는 데
는 오히려 더 나았기 때문에 하오문주인 천지통달 손아기가 자주 애용
하는 장소 중 하나였다.
　"하하핫. 오랜만에 뵙습니다, 서문 총관."
　"이거 문주님께서는 목소리가 지난번보다 더 좋아지신 것 같습니다.
요즘 장사가 나날이 번창하고 있다는 소문은 들었습니다."
　"별말씀을… 대(大)금룡전장에 비하면 새 발의 피에 불과할 따름이
지요. 허허헛."

서문 총관이 말한 장사라는 것은 하오문의 정보 장사를 말하는 것이었다.

"소개해 드리지요. 이분이 이번에 문주님을 뵙기를 청한 진명(眞明), 진 공자입니다. 저희 금룡전장의 주요 고객들 중 한 분이시지요."

"진명이라고 합니다."

"오호, 금룡전장에서 인정을 받으려면 상당한 재력을 가지고 있어야 할 터인데… 젊은 공자가 정말 대단하시구려."

"그저 선대로부터 물려온 가산(家産)을 이어받았을 뿐입니다."

미리 대답을 준비해 온 듯 소진의 대답은 능청스럽기 그지없었다. 그렇게 대강의 소개들이 끝나자 역시 강호의 잔뼈가 굵은 사람답게 하오문주가 곧장 본론을 꺼냈다.

"그런데 진 공자께서 이 사람을 만나자고 한 데는 분명 이유가 있을 것 같은데… 저는 그 이야기가 듣고 싶군요."

말을 하면서 좌우로 눈짓을 하자 그의 뒤에 시립하고 있던 두 명의 호위 무사가 조용히 정자 밖으로 걸음을 옮겼다. 서문장 역시 눈치껏 잠시 정자 밖으로 몸을 피했다. 이제 정자 안에는 소진과 하오문주 손아기 두 사람만이 남아 있었다.

"제 친우(親友)로부터 하오문의 정보력이 천하제일이라는 말을 듣고 이렇게 문주님을 찾아뵙게 되었습니다."

"허헛, 천하제일이라… 듣기 싫은 말은 아니로군요. 그저 진 공자의 기대에 누(累)가 되지 않기를 바랄 뿐입니다."

"다름이 아니라, 한 사람을 찾으려는 것입니다만……."

사람을 찾는다는 소리에 하오문주는 인상을 미미하게 찡그렸다. 가장 쉬우면서도 동시에 가장 어려운 의뢰가 바로 이렇게 사람을 찾아달라는 일이었기 때문이다.

"알고 있는 특징에 대해 설명을 해주시면 참고가 되겠군요."

"조금 무리한 부탁일지도 모르겠지만 제가 알고 있는 것은 딱 두 가지뿐입니다. 한 가지는 그가 도를 쓰는 무림인으로 자신을 '무영(無影)' 이라고 밝혔다는 것이고, 두 번째는 그가 묵룡섬(墨龍閃)이라는 초식을 사용했다는 것입니다."

처음 도를 쓰는 무림인이라는 말에 절로 한숨이 흘러나왔던 손아기는 묵룡섬이라는 초식명을 듣고는 귀가 솔깃해졌다.

'가만, 묵룡섬이라! 분명 어디서 들어본 것 같은데… 뭐였더라, 뭐였더라? 기억이 날 것도 같고… 미치겠네, 정말. 젠장, 총단으로 가서 자료를 뒤져 봐야 하나?'

"저… 진 공자, 혹시 다른 단서는 없소?"

하오문주의 표정을 살피며 긴장하고 있던 소진은 그의 반문에 반쯤 체념한 심정이 되고 말았다. 천지통달(天地通達)이라는 거창한 별호를 믿고 일말의 희망을 가져 보았지만 역시 자신이 알고 있는 단서가 너무 부족하다는 생각이 들었던 것이다. 그러던 중 문득 떠오르는 한 가지 사실.

"참! 그 사람의 도가 상당히 특이하게 생겼어요. 묵빛의 칙칙한 도신(刀身)에다가 도면(刀面)에는 마치 살아 움직이는 것 같은 용의 문양이 새겨져 있었어요."

"용의 문양이 새겨진 묵빛의 도(刀)라… 헉! 설마 묵룡도(墨龍刀)를 말하는 것인가! 그, 그렇군! 묵룡섬이라면 분명 그의 절기였어!"

천지통달 손아기가 소진을 놀란 눈을 바라보았다.

한편 소진은 그가 무언가를 알아낸 듯한 눈치이자 급히 채근하여 물었다.

“묵룡도라구요? 그게 그 도의 이름인가요? 그리고 ‘그의 절기’ 라니… ‘그’ 는 누굴 말하는 것이죠? 당신이… 당신은 그의 정체를 알고 있는 건가요?”

폭포수처럼 이어지는 소진의 질문에도 아랑곳하지 않고 잠시 고개를 숙인 채 생각에 잠겨 있던 손아기가 조심스럽게 말을 꺼냈다.

“일단은 ‘그’ 에 대해 강호상에 알려진 만큼만 말씀드리지요. 묵룡도(墨龍刀)에 묵룡섬(墨龍閃)이라는 초식을 사용하는 무림인은 이제까지 단 한 명밖에 없었습니다. 그리고 그는 무림의 전설적 기인들 중 한 명이지요. 진 공자의 단서만을 가지고 판단해 본다면 그는 바로 사천(四天)의 일좌(一座)를 차지하고 있는 묵혼도객(墨魂刀客) 이천걸(李天桀)이 분명하겠군요. 하지만 그는 이미 무림에 모습을 드러내지 않은 지가 삼십 년이 넘었습니다. 혹시… 진 공자는 최근에 그를 만난 것인가요?”

손아기가 은근한 목소리로 물었다. 만약 이 진명이라는 공자가 최근에 묵혼도객 이천걸을 만난 것이 확실하다면, 그리고 그것이 묵혼도객의 강호 재출도를 의미하는 것이라면 강호상에는 광무자와 청성의 발호에 뒤이은 커다란 화젯거리가 될 것임에 틀림없었다.

‘묵혼도객이라니! 아니야, 그럴 리가 없어. 그가 정말 묵혼도객 이천걸이었고 나를 죽일 마음을 가지고 있었다면 나는 절대 살아날 수 없었을 거야. 그의 무공 수위는 분명 내가 정상이었다면 한번 상대해 볼 만한 정도였어. 게다가 그는 자신을 분명 ‘무영(無影)’ 이라고 밝혔다. 절대 그는 묵혼도객 본인이 아닐 거야. 그렇다면… 그의 후인(後人)이 나타난 것인가? 그래, 그의 무기와 성명절기를 사용한다면 그의 후인

일 확률이 가장 높겠지. 대체 묵혼도객의 후인이 왜 나와 청진을 노린 것이지?'

소진 역시 사천(四天)의 이름 정도는 들어서 알고 있었다. 강호사에 대해서는 어지간히 무지한 그였지만 사천 중 한 명은 무당과도 밀접히 연관되어 있었기 때문에 사부에게 언뜻 들었던 기억이 있는 것이다.

"그런데 조금 전 분명히 '강호상에 알려진 만큼만' 이라고 하셨지요? 그 말은 더 많은 사실을 하오문에서는 알고 있다는 것인가요?"

손아기는 자신의 질문에 대한 답변을 은근한 심정으로 기다리고 있었지만 되돌아온 것은 소진의 또 다른 물음이었다. 하지만 순간 손아기의 눈이 반짝였다. 비록 원하는 대답을 듣지 못한 것이 아쉽기는 해도 지난 십 년간 계속해 온 정보 장사꾼의 감이 이것은 돈이 되는 건수라는 청신호를 계속 보내오고 있었기 때문이다.

"허허헛. 진 공자, 예리하시군요. 분명 우리 하오문에 그와 관련된 정보가 있기는 합니다만……."

손아기는 의도적으로 말끝을 흐렸다. 늙은 여우답게 상대에게 조바심을 주려는 의도도 있었지만 실제로도 그것은 하오문의 수많은 정보 중 극비(極秘)에 속하는 것이었다. 그리고 역시나 강호 경력이 일천(日淺)한 소진은 마치 말 잘 듣는 어린아이처럼 충실히 손아기의 기대에 부응하고 있었다.

"그, 그게 뭐죠?"

무슨 말이 나올지 몰라 긴장이 되는지 소진은 혀로 마른 입술을 적셨다.

"이런이런, 여기서부터가 바로 진 공자와 저와의 본론이 되겠군요. 사실 저희는 강호의 친구들이 짐작조차 못하고 있는 묵혼도객의 은거지를 알고 있답니다. 이 정보는 우리 하오문에서도 가장 눈썰미가 뛰어난 문인들 중 하나가 우연히 그의 모습을 목격하면서 알게 된 것으로, 본 문의 무수한 정보들 가운데에서도 거의 십 년간 극비 중의 극비에 올려져 있는 것이지요. 진 공자께서 왜 그를 찾는지는 모르겠으나 무림인이라면 군침을 흘릴 만한 정보임에 확실하지요.”

'물론 십 년간이나 극비로 분류되어 있던 이유는 아직 묵혼도객에 대한 정보를 사려고 한 사람이 한 명도 없었기 때문이지만.'

그렇다. 묵혼도객 이천걸은 강호상에 활동한 기간이 극히 짧았고, 그 기간에 은원 관계라 할 만한 것도 거의 만들지 않고 돌연 사라진 인물이었기 때문에 하오문은 이렇게 대단한 정보를 가지고 있으면서도 그것을 무려 십 년간이나 하오문의 어두컴컴한 지하 극비 문서 보관소에 단지 '보관'만을 하고 있을 뿐이었다.

아무리 좋은 정보가 있으면 뭐 하나, 그것을 찾는 사람이 없는데. 그 숨은 사정을 너무나 적나라하게 알고 있는 손아기지만 눈앞에 앉아 있는 저 진명이라는 이름의 젊은 공자를 보며 속으로 '봉 잡았다!' 라는 환호성을 터뜨릴 수밖에 없었다.

“정말 묵혼도객의 거처를 알고 있다는 말인가요? 그게 대체 어디죠?”

자신이 분명 그 정보의 가치에 대해 대강 설명하며 눈치를 줬음에도 불구하고 상대방은 아직 이해를 잘 못하고 있는 것 같았다.

'허헛, 참, 두세 살 먹은 어린애도 아니고 그렇게 말하면 대강 알아들어야 하는 것 아닌가? 장사 한두 번 하는 것도 아니고, 꼭 내가 은자가 필요하다는 말을 해야 되는 거냐고!'

속으론 이런 생각을 하면서도 실제 하는 말은 아주 조심스러웠다.

지금 손아기에게 소진은 말 그대로 '봉' 이었기 때문이다.

"진 공자, 그 정보는 우리 하오문의 극비인데 어찌 제가 쉽게 입에 담을 수 있겠습니까."

"무슨… 아!"

소진은 이제야 알아들었다는 듯 무릎을 '탁' 하고 쳤다.

"그렇다면 그 정보를 제가 사고 싶군요. 제가 강호 경험이 없다 보니 문주께서 가격에 대한 조언을 좀 해주셨으면 합니다."

손아기의 본격적인 고민은 이제부터였다.

'좋아! 일단 걸려들었군. 낙양 금룡전장의 서문 총관이 직접 챙길 정도의 고객이라면 분명 만만찮은 재력가(財力家)일 텐데… 그냥 확 이천 냥 정도를 불러 버릴까? 아냐아냐, 너무 비싸다고 포기할지도 몰라. 아무리 부자라도 은자 이천 냥은 거금일 테니. 그렇다면 대체 얼마를 받아야 진 공자가 흔쾌히 승낙을 할까?

사실 손아기의 이런 고민은 다 부질없는 짓이었다. 물욕(物慾)이 그다지 많지 않은 소진은 아마 은자 만 냥을 요구했더라도 기꺼이 응했을 것이기 때문이다. 하지만 본래 생각이 너무 많으면 제 꾀에 제가 넘어가기 쉬운 법. 머리 굴러가는 소리가 귓가를 윙윙거릴 정도가 돼서야 손아기는 결정을 내리고 조심스레 가격을 불렀다.

"비록 본 문의 극비 정보이긴 하지만 그간 금룡전장과의 정리(情理)도 있고 하니……."

잠시 말을 늘이며 소진의 눈치를 살핀 손아기가 뒷말을 마저 한다.

"더도 말고 덜도 말고 딱 은자 천 냥만 받았으면 하오."

"은자 천 냥이라……."

평범한 사 인 가족이 한 달 생계를 꾸려가는 데 들어가는 비용이 대략 은자 한 냥 정도인 것을 감안할 때, 은자 천 냥이란 일반에게는 '억!' 소리가 날 정도의 어마어마한 금액이었다. 또한 손아기가 고민 고민 끝에 산정(算定)한 금액이기도 했다.

"좋습니다, 서문 총관님!"

손아기의 조마조마한 심정을 아는지 모르는지, 은자 천 냥의 제안을 받자마자 소진은 그다지 고민하는 기색도 없이 곧바로 정자 밖에서 기다리던 서문장을 불러들였다.

"죄송하지만 제 이름으로 맡겨진 돈 중 은자 천 냥을 손 문주님께 인도해 주실 수 있을까요?"

"처, 천냥이오? 아, 예, 가능합니다만……."

"그럼 부탁드립니다."

만족스러운 미소를 지어 보인 소진은 다시 시선을 손아기에게로 돌렸다. 서문장 역시 정자에서 물러나며 소진의 맞은편에 앉아 있는 손아기를 힐끔 노려보았다. 대체 무슨 정보이길래 은자를 천 냥이나 요구하는 것일까? 궁금증이 꼬리에 꼬리를 물고 이어졌지만 손아기가 애써 시선을 외면하는 통에 하는 수 없이 다시 정자에서 멀찌감치 떨어지는 수밖에 없었다.

한편 손아기는 따가운 서문장의 시선을 외면하며 쓰린 속을 달래는 중이었다.

'으흐! 저 모양을 보니 그냥 이천 냥을 불렀어도 흔쾌히 응했을 듯싶건만! 괜스레 깊이 생각하다가 은자 천 냥을 그냥 날린 셈이로구나.'

"이제 말씀해 주실 수 있겠지요? 방금 들으셨듯이 은자 천 냥은 서문 총관께서 손 문주님께 전해 드릴 것입니다."

수많은 하오문 식솔들의 입 구멍을 책임져야 하는 문주의 입장에서 은자 이천 냥도 받을 수 있는 정보를 단돈 은자 천 냥에 넘기고 말았다는 사실에 가슴이 미어지는 기분이었지만 어찌하랴, 자신의 한순간 판단 실수인 것을.

신중하게 주위를 둘러보고 그들의 대화를 엿들을 만한 사람이 없다는 것을 거듭 확인한 손아기가 입을 열었다.

"좋소. 그럼 진 공자를 믿고 내 말씀드리지요. 결론부터 말하자면 현재 묵혼도객 이천걸은 북경(北京) 외곽의 청류장(靑柳莊)이라는 작은 장원에 은거 중이외다. 계속 감시의 눈길을 던지면 그런 정도의 고수는 금세 눈치를 채고 말기 때문에 힘든 점들이 많았지만 지난 십 년간 거처를 옮기지는 않은 것으로 확인되고 있소."

"북경의 청류장!"

"그리고 원래 정보를 파는 자의 입장에서는 고객의 일에 관여하지 않는 것이 불문율(不文律)이지만, 내 진 공자에게 한 가지만 말하리다. 본디 강호의 일이란 생각에 거듭 생각을 하고, 조심에 거듭 조심을 해도 반드시 부족함이 있는 법이라오. 보아하니 정확히는 모르겠으나 묵혼도객에 관련된 것 같은데, 심사숙고하여 행동하시길 바라오."

손아기의 말대로 본래 하오문은 원하는 정보를 제공해 주기만 할 뿐 절대 정보를 사러 온 고객의 사정을 묻거나 참견하지 않는 것으로 유명했다. 이것은 세(勢)가 약한 하오문의 특성상 다른 문파와의 분쟁을 최소화하기 위해 선대(先代)로부터 내려오는 일종의 불문율이었다.

굳이 이런 규칙을 어기면서까지 손아기가 소진에게 이렇게 충고의 말을 들려주는 이유는 이 무공도 모르는 것 같고, 강호 경험도 그다지 없어 보이는 젊은이가 혹시라도 험한 꼴을 당할까 염려하는 마음이 들어서였다.

“고언(苦言)에 감사드립니다. 문주님의 말씀은 가슴 깊은 곳에 새겨
두겠습니다. 하지만 반드시 제가 해야 할 일이 있군요. 단지 천운이 따
르기만을 바랄 뿐입니다.”

자신을 걱정해 주는 듯한 상대의 말에 감사하던 소진의 눈가로 서늘
한 빛이 스쳐 지나갔다. 아마 청진에 대한 생각이 떠올랐기 때문이리
라.

'청진 사손, 이제야 작은 실마리를 하나 잡게 되었구나. 너로 인해
얻게 된 목숨이니, 내 이를 다해서라도 반드시 흉수를 밝혀주마!'

태동

구름 한 점 없이 푸르게 빛나는 하늘 아래 그 마지막 젊음을 불사르는 듯한 늦여름 무당산의 산세(山勢)가 오늘따라 유난히도 빼어났다. 그 가운데 무당파, 그리고 그 가운데 장문인의 처소인 자소궁에서는 어제에 이어 오늘도 육대문파의 장문인들이 모여 무림맹에 대한 깊은 논의를 벌이고 있는 중이다.

"그럼 간단히 맹주 직속으로 세 개의 단(團)을 만들되 육대문파 중 두 개 문파로 하여금 각기 하나의 단을 이루도록 하는 것이 어떻겠습니까? 이렇게 하면 병력을 나누기도 용이할 뿐더러 두 개 문파의 연합이니 그들과 갑자기 맞닥뜨리게 된다 하더라도 상대하기가 수월할 것입니다."

"오오, 그것참 좋은 생각이오. 오래 유지할 목적으로 만드는 집단이 아닌 이상에야 구조가 복잡할수록 혼란만 초래할 뿐이니까요."

"그럼 무당 장문인의 의견에 모두 찬성하시는 겁니까?"

공공 대사가 주위의 오대문파 장문인들을 둘러보며 물었다. 이미 그 인덕이나 연륜, 무공의 깊이를 따져 맹주의 중임(重任)은 소림의 공공 대사로 일찌감치 결정이 난 상태였기 때문에 회의는 그의 주도로 이루어지고 있었다.

모두 앞서거니 뒷서거니 찬성의 뜻을 밝혔다.

"그럼 이제는 각 단을 구성할 문파와 적절한 인원에 대한 토의를 해봅시다."

현재 토의를 하고 있는 소림, 무당, 화산 등 육대문파 장문인들의 심정은 사실 상당히 여유로운 것이었다. 비록 청성이 지금 세(勢)가 최전성기를 맞이한 상태에서 날뛰고 있다고는 하지만, 자신들 육대문파의 연합과 비교를 한다면 많은 손색이 있는 것이 사실이다. 때문에 회의 중 비장하거나 심각한 분위기는 전혀 찾아보기 힘들었다. 화기애애하다고까지 말할 만한 분위기 속에서 각기 천단(天團), 지단(地團), 인단(人團)으로 이름 지어진 삼단(三團)의 구성문파와 인원에 대한 논의가 오갈 때즈음 누군가 이곳 자소궁의 대청으로 모습을 드러냈다.

새로이 구류각주로 임명된 무산 도장이었다. 종남 장문인 태을 진인과 이야기를 나누다가 막 대청으로 들어서는 자신의 사제에게 눈길을 던진 무당 장문인의 얼굴에 언뜻 이채가 서렸다.

무산 도장의 안색이 왠지 모르게 굳어 보였다. 다시 한 번 살펴보니 걸음걸이도 평소의 여유로운 모습과는 사뭇 거리가 있어 보인다.

"장문인, 서신이 한 장 도착했습니다."

"서신이라고? 누구에게 온 것이지?"

무산이 품 안에서 꺼내어 자신에게 건네는 서신을 보며 장문인 무우의 얼굴에 의아한 기색이 서렸다. 평범한 서신이라면 무당 내에서도 침착하고 심기가 깊기로 유명한 무산 사제가 이처럼 강호의 대사를 논하는 회의 중에 직접 자신을 찾아오지는 않았을 것이다. 하지만 마치 준비하고 있었던 듯 곧바로 이어지는 무산 도장의 대답은 이런 의아스러운 감정을 충분히 날려 버리고도 남음 직한 것이었다.

"청성의 광무자가 보낸 것입니다."

"청성이라고?!"

"광무자의 서신이란 말인가!"

주위에서 들려오는 목소리에서 묻어나는 여타 장문인들의 놀라운 심정에 충분히 공감하면서 무우 도장이 서신을 받아 들었다. 서신은 아직 개봉도 되지 않은 상태였다. 하지만 겉봉에 적힌 '무당 장문인 친전'이라는 글과 좌측 상단의 '광무자'라는 세 글자가 분명히 눈에 들어왔다.

"무산 사제, 이걸 누가 가져온 거지?"

"청성의 장문제자인 장천(長天)이 직접 가져왔습니다. 소식을 듣고 제가 직접 달려가 확인해 본 결과 그가 틀림없었습니다."

"으음……."

무산 사제의 말을 듣고 잠시 자신의 오른손에 쥐여진 한 통의 서신에 복잡난해한 시선을 던지던 무우 도장은 이내 주저없이 서신을 개봉하고 안의 내용이 담긴 종이를 꺼내 들었다. 그리 길지 않은 글이었기 때문에 빠르게 훑어 내려가던 무우 도장의 안색이 문득 눈에 띄게 굳어졌다.

그를 지켜보던 나머지 오파(五派) 장문인들은 한결같이 의문 서린 표정을 지어 보였다. 대체 무슨 내용의 서신이길래 무당 장문인의 표정이 저렇듯 차가운 돌덩이처럼 굳어진단 말인가!

재차 확인하려는 듯 서신을 응시하던 무우 도장은 잠시 주저하는 눈

치를 보이다가 물에 빠진 생쥐마냥 양 어깨를 축 늘어뜨리며 허탈한
목소리로 말했다.

"장문인들께서도 읽어보시지요."

서신이 무우 도장의 손에서 소림의 공공 대사에게로 넘어갔다. 그리
고 화산, 공동, 종남, 곤륜 장문인의 손을 차례로 거치는 사이 장내는
머리카락 떨어지는 소리도 들릴 만큼 괘괴한 정적에 빠져들었다.

어느덧 여타 장문인들의 안색은 무우 도장의 그것과 별반 다를 것
없이 변해가고 있었다.

"으음! 설마 청성에서 이런 수를 쓰리라고는……."

"맞습니다. 그렇지만 그들의 입장에서 본다면 실로 절묘한 계책이
아닐 수 없군요."

찌릿!

모두의 시선이 한곳으로 쏠렸다. 턱까지 내려오는 멋진 수염과 반백
의 머리가 잘 어울리는 중년인. 젊은 시절 검술을 펼칠 때면 마치 꽃
그림자가 피어나는 듯하다 하여 화영검(花影劍)이라는 멋들어진 외호
를 얻게 된 화산의 상(尙) 장문인이 연신 고개를 끄덕이며 서신에서 접
한 청성의 계책에 감탄을 터뜨리다가 뭇 사람들의 시선을 받고는 머쓱
해져서 크게 헛기침을 한번 토해냈다.

"흐흠! 그, 그저 그렇다는 말입니다. 별다른 뜻이 있는 것은 아니고
그냥 그렇다는……."

갑자기 분위기를 흐리는 화산파 장문인의 발언에 다들 눈살을 찌푸
렸지만 뭐라 말을 하는 이는 없었다. 상대 역시 당당한 명문정파의 수
장(首長) 자리를 차지하고 있는 사람인데 대놓고 무안을 줄 수는 없는
일이기 때문이다.

어색한 분위기 속에서 마지막으로 곤륜 장문인 운룡 선인의 손을 거친 광무자의 서신은 다시 처음 그것을 개봉한 무우 도장에게로 되돌아와 있었다. 무우 도장은 그것을 다시 장문인들의 반응에 궁금함을 참지 못하겠는지 연신 입술을 씰룩거리며 자신에게 채근 어린 눈빛을 보내고 있는 무산 사제에게로 넘겨주었다. 그리고 그제야 무산 도장 역시 이들의 반응을 이해할 수가 있었다.

무당 장문인 친전.

먼저 새로이 무당파 장문교령의 중임(重任)을 맡게 된 것을 경하드리오. 노부는 청성의 보잘것없는 늙은이인 광무라 하오. 같은 도문(道門)의 일맥(一脈)으로서 이런 일엔 직접 제자들을 이끌고 가야 함이 마땅하겠으나 본 문에 여러 가지 크고 작은 일들이 산재해 있어 직접 찾아가지 못함을 이해해 주었으면 하오.

지금 강호상에 본 청성을 모략하는 무수한 소문들이 나돌고 있음을 노부도 잘 알고 있소. 하나 영명한 무당의 장문인께서는 그런 잡소리에 결코 현혹되지 않으리라는 사실 또한 노부는 잘 알고 있소.

단도직입적으로 말하자면, 본 문은 결코 무림재패 따위의 허황된 꿈을 꾸고 있는 것이 절대 아니오. 우리 청성은 단지 우리의 힘을, 우리의 실력을 가늠해 보고 싶을 따름이라오.

이를 증명하는 확실한 증거가 바로 지금은 봉문된 사천의 당문과 아미파, 그리고 점창파요. 본 청성은 명문정파인만큼 그들에게 어떤 잔혹한 술수를 사용한 적도 없으며 공명정대하게 문파 간의 자웅을 겨루었을 뿐이오. 때문에 세 개의 문파와 차례로 대결을 하면서도 결코 대규모의 인명 피해가 발생한 적은 단 한 번도 없었소.

굳이 본 문에 패배한 그들에게 십 년의 봉문을 요구한 것은 그들이 좀 더 자신을 돌아보며 발전할 기회를 마련해 주기 위한 것이었을 뿐인데, 강호의 소인배들이 그것을 가지고 본 문을 중상모략하고 있다니 참으로 안타까운 마음을 금할 길이 없을 뿐이오.

각설하고 본 청성은 그동안 사천성의 문파들과는 이미 손을 맞대어보았고 이제 여타의 문파들과 한번 실력을 겨뤄보고 싶은 마음이 간절하다오. 선례(先例)에 비추어볼 때 대결은 비무라는 방식을 통하는 것이 가장 바람직하리라 생각되오. 문 내의 대소사(大小事)가 모두 정리되는 대로 제자들을 이끌고 나머지 육대문파들을 하나하나 돌아보고자 하니 무당의 장문교령께서는 공명정대한 심사로 이것을 지켜봐 주셨으면 좋겠구려. 아울러 무당을 찾은 각 파의 장문인들에게도 이런 본 문의 진정한 마음을 장문교령께서 직접 좀 깨우쳐 주셨으면 고맙겠소.

그럼… 귀 파의 무궁한 발전을 기원하겠소.

—청성파 제십구대(十九代) 제자 광무(廣武).

지금까지의 행동이 단지 자신들의 실력을 가늠해 보기 위한 것이었다는 청성의 주장은 모두가 쉽사리 인정하기 힘든 부분이었지만 다른 것들은 특별히 딴지를 걸 만한 것이 없었다.

원래 세상의 일이란 승자를 중심으로 해석되게 마련이다. 어찌 됐든 청성은 이미 그들과의 대결에서 승리했고, 그런 청성이 '자신들은 이런이런 이유로 그런 행동들을 했던 것이다' 라고 한다면 도저히 말도 안 되는 이유가 아닌 이상은 그것을 받아들여야만 하는 것이다. 더구나 대규모의 유혈극(流血劇)이 벌어진 일이 단 한 번도 없었다는 것은 이런 그들의 주장에 큰 힘을 실어주는 사실임에 틀림없었다. 진정한 의도가 무엇이든지 간에 그들이 이런 식의 주장을 펼친다면 육대문파가 연합하여 청성을 처단할 구실은 현재로썬 거의 없는 셈이다. 흔히들 말하는 대로 명분(名分)이 부족한 것이다.

무산은 마치 차가운 얼음물이라도 한 바가지 뒤집어쓴 듯 정신이 번쩍 드는 기분이었다.

'게다가 이건 정말… 이미 우리 무당에서 육파의 수뇌들이 자신들을 저지하기 위해 회동한다는 사실을 알고 있으면서 이렇게 굳이 우리 무당파에만 서신을 보낸 것은 분명 육대문파의 결속을 약화시키려는 의도가 분명하다. 특하나 소림의 심기를 건드리려는 의도가……'

아니나 다를까! 현재 소림 공공 대사의 안색은 무겁게 굳어져 미간을 살짝 찌푸리고 있었다.

본래 이런 강호의 큰일들은 이제까지 거의가 소림을 통해 처리되었는데 이번에 청성에서는 그들이 직접 무당을 지목하고 나섰다. 장문인으로서 지난 십수 년간 세(勢)가 점차 쇠퇴해 가고 있는 자신의 사문, 소림을 의식하지 않을 수가 없는 상황인 것이다.

화산, 곤륜, 종남, 공동 장문인의 얼굴도 그리 좋아 보이지는 않았다. 광무자의 서신에서는 분명 '영명' 하고 '공명정대' 한 무당의 장문인이 다른 장문인들을 좀 '깨우쳐 주길 바란다' 고 적혀 있었기 때문이다. 좋게만 바라보면 그리 문제 될 것도 없겠지만 조금만 삐딱한 시선으로 보면 심기를 상당히 거슬리는 표현들인 것이다.

장문 사형이 서신을 다른 장문인들에게 보이기를 잠시 주저했던 이유 역시 이제야 이해가 될 것 같았다.

'자파(自派)'에 대한 자신감과 자긍심으로 똘똘 뭉친 저들이라면 분명 자웅 겨루기를 원한다는 청성의 도전을 받아들이려 할 것이다. 하지만 청성의 의도대로 움직여 줄 수는 없는 일이지. 육파가 힘을 모으는 것만이 피해를 최소화할 수 있는 최선의 방법이다. 그러기 위해선… 역시 벽력탄을 빌미로 잡는 수밖에 없겠군.'

그리고 무산의 예측은 이번에도 어김없이 들어맞았다. 정확히 반만.

그 급한 성정 탓에 열화진인(熱火眞人)이라고도 불리우는 종남의 태을 진인이 얼굴을 시뻘겋게 붉히며 고함을 내질렀다.

"이잇! 대체 청성이 뭔데 이런 오만방자한 말을 함부로 지껄인단 말인가! 광무자든 광무자 할아비든 우리 종남파를 찾아온다면 내가 모두 요절을 내버리고 말겠소. 흥! 그리고 당가의 독과 암기가 무서워 벽력탄을 사용한 주제에 감히 스스로 공명정대함을 말하다니… 이것이야말로 정말 지나가던 개가 웃을 일이로군."

"태을 진인의 말이 맞소이다. 솔직히 이런 비열한 무리를 상대하는 것은 우리 공동만의 힘으로도 충분하오. 만약 저들이 공동산을 오른다면 청성이라는 하늘 위에 공동이라는 또 다른 하늘이 있음을 내 뼛속 깊이 새겨주고 말 것이오!"

뒤이어 화산과 곤륜의 장문인들이 이에 질세라 한마디씩을 떠들어 댔다. 내용상에 미묘한 차이는 있었지만 그들의 요지(要旨)는 모두 한 가지, '청성은 자파만의 힘으로도 충분히 상대할 수 있다' 는 것이었다.

이들의 모습을 아연실색한 표정으로 바라보던 무산 도장의 눈빛이 순간 번뜩였다.

'설마… 이들은 지금의 상황을 오히려 반기고 있는 것인가? 그래, 청성을 상대로 승리한다면 이제껏 그들이 누려왔던 명성은 그대로 자신들의 것이 될 테니… 정녕 그런 생각을 하고 있는 것인가?'

줄곧 침묵으로 사태를 일관하고 있는 소림의 공공 대사와 한창 열을

올리는 사대문파의 장문인들에게 차례로 머문 무산 도장의 시선이 자신의 오른편에 앉아 있는 장문 사형에게로 향했다. 무우 사형의 안색이 눈에 띄게 굳어 있었다. 장문 사형 역시 저들의 모습에서 자신과 같은 것을 느꼈으리라.

'쯧쯧, 그까짓 명성이라는 것이 뭐가 그리 중요하다고… 게다가 저들은 청성의 실력을 너무 과소평가하고 있다. 하지만 단지 한 장의 서신으로 인해 분위기가 이렇게까지 반전될 줄은… 설마 육대문파의 연합이 여기서 이렇게 무산되고 마는 것인가?

여러 장문인들의 반응에 속으로는 기가 막힐 지경이었지만, 그렇다고 이렇게 마냥 넋 놓고 있을 수만은 없었다. 어떤 대답이 나올지는 뻔했지만 그래도 무우 도장은 말을 꺼냈다.

"여러 장문인들의 기세가 참으로 놀랍군요. 그런 기세라면 청성이 아무리 도발을 한다고 해도 충분히 막아내실 듯싶습니다. 하지만 피해를 최소화하기 위해서는 역시 육대문파가 힘을 모아 무림맹을 창설하는 것이……."

"허헛! 무우 장문인, 만약 청성이 천하에 이런 사실을 공표한 상태에서 우리가 무림맹을 만들어 청성을 저지하겠다는 의사를 밝힌다면 이곳에 모인 육대문파는 아마 강호의 웃음거리가 되고 말 거요. 저들이 자웅 겨루기를 원한다면 기꺼이 응해주는 것이 명문정파의 당당한 모습이라고 생각되오이다."

정말 독심술이라도 익혔는지 무우 도장의 머리 속에 떠오른 것에서 조금도 벗어나지 않는 대답이었다.

'강호의 웃음거리라… 명문정파의 당당한 모습이라… 역시 저들에게는 이미 봉문당한 문파들이 당했을 치욕보다는 자파의 알량한 자존

심과 명성이 먼저라는 말인가?'

"맞소! 천하의 웃음거리가 될 수는 없소. 만약 무당 장문인께서 그래도 반드시 무림맹의 창설을 주장하신다면 우리 종남파는 단독으로라도 청성을 상대하겠소."

"저희 곤륜 역시 같은 생각입니다."

종남의 태을 진인은 '영명하고 공명정대하신 무우 도장'이라는 말이 나오려는 것을 가까스로 억누르고 자신의 강경한 입장을 밝혔다. 그리고 연이어 화산과 곤륜 장문인 역시 태을 진인의 의견에 동조하고 나섰다. 소림의 공공 대사는 여전히 침묵만을 지키고 있었다.

저들을 설득할 만한 자신도 없거니와 이런 상태에서 자신이 계속 무림맹의 창설을 주장하고 나서봤자 상황은 더 악화될 것임이 뻔했다. 눈앞에서 흥분하고 있는 장문인들만 아니라면 정말 땅이 꺼져라 한숨이라도 쉬고 싶은 심정이었다.

"그렇다면……."

각대문파의 장문인들과 무산 도장의 시선이 모두 무우 장문인에게로 향했다. 이미 서신을 처음 읽었을 때부터 직감적으로 이런 결과를 예상하고 있었기 때문인지 무우 도장의 안색은 그다지 변함이 없었다.

"그렇다면 이렇게 하는 게 어떨까요. 일단은 여러 장문인들의 의견대로 자파로 돌아가서서 힘을 모은 후 청성을 상대하기로 하고, 만약 저들이 조금이라도 비열한 술수를 쓰거나 정도(正道)를 벗어난 행동을 할 때에는 곧바로 다시 무림맹을 결성하는 것이."

무우 도장의 의견에 서로서로 몇 마디 말들을 주고받던 장문인들이 동시에 고개를 끄덕이며 긍정적인 반응들을 보였다. '비열한 술수를 쓰거나 정도를 벗어난 행동을 할 때'라는 조건은 저들로서도 거부할 명분이 없는 이유였나 보다.

"무우 도장의 생각이 참으로 깊구려. 만약 그들이 조금이라도 사마외도(邪魔外道)로 빠지려는 기색이 보인다면 우리는 주저없이 다시 이곳으로 달려와 무림맹에 동참하겠소."

공동파 장문인 영천 상인의 말에 다들 고개를 끄덕이며 긍정의 뜻을 보였다.

'그나마 이들을 모을 수 있는 최후의 연결 고리는 만들어놓은 셈이로구나. 사천의 문파들이 연이어 봉문당하는 모습을 보고도 아직 저들은 자신의 힘을 과신하고 있어. 이래선 안 되는 것인데… 이래선……'

한편으로는 교묘하게 장문인들의 자존심과 호승심, 그리고 명예욕을 자극한 광무자의 수단이 대단하다는 생각이 들기도 했다. 만약 광무자가 이런 결과를 예상하고 이 서신을 보낸 것이라면 그는 강호에 퍼진 명성보다도 훨씬 무서운 사람임에 틀림없었다.

결국 무우 도장의 무당 장문인 취임을 계기로 이루어졌던 육파의 회담은 이렇게 별다른 결실 없이 막을 내리게 되었다. 그리고 당연히 이 사실은 무당에 이목을 집중하고 있던 이들에 의해 강호로 빠르게 퍼져나갔다.

푸드덕. 구룩구룩.

커다란 방의 한쪽 면을 온갖 서책들이 가득 메우고 있다. 중앙에 마련된 책상에 놓여진 지필묵에서 피어나는 묵향이 은은히 배어 있는 이 방에 비둘기 한 마리가 날아들었다.

직사각형 형태인 방의 좁은 면에 난 창으로 들어온 비둘기를, 아니, 정확히 말하자면 그 비둘기의 발에 묶인 작은 전통 안에 들어 있던 구깃구깃한 종이를 누군가가 재빨리 꺼내 들었다. 손이 거칠고 억세게 생긴 것으로 보아 사내의 것임이 분명했다. 잠시 사내의 손에 붙잡혀 있던 비둘기는 자신의 발에 달린 작은 전통에서 무언가가 꺼내어진 후 다시 자유의 몸이 되자 마치 올 때처럼 자연스럽게 창밖으로 날아갔다. 사람들이 흔히들 말하는 전서구의 역할을 충실히 이행하는 녀석임에 틀림없었다.

여러 번 접혀서 돌돌 말아진 종잇조각의 내용이 궁금하지도 않은지 사내는 그것을 그대로 들고 방의 중앙에 놓여진 큼지막한 책상 앞으로 발걸음을 옮겼다. 상당한 크기의 책상이었지만 그 반 이상을 여러 권의 서책들이 가득 메우고 있었기 때문에 실제로 사용할 수 있는 공간은 얼마 되지 않아 보였다.

"어르신, 전서가 왔습니다."

"거기 놔두거라."

이미 익숙한 일인 듯 사내는 냉큼 들고 온 종잇조각을 책상 한쪽에 내려놓고 다시 원래의 자리로 돌아갔다.

방 중앙에 놓인 책상의 주인은 문사건과 학창의가 잘 어울리는 청수한 인상의 중년인이었다. 그는 책상 위에 몇 권의 서책들을 펼쳐 놓고 내용들을 정리하던 중 전서가 왔다는 말에 살짝 눈살을 찌푸렸다. 자신이 하던 일에 방해가 되었기 때문이리라. 하지만 누구를 탓할 수는 없는 일. 그는 오른손에 들고 있던 붓을 잠시 내려놓고 책상 앞에 놓인 작은 종잇조각을 집어 들었다.

몇 번 접히고 돌돌 말려진 종잇조각이 중년인에 의해 펼쳐지고…

사백이십호(四百二十號) 전(傳).

육대문파의 무림맹 결성 무산. 청성이 각대문파에 도전장을 내민 것이 이유로 판단됨. 이후 청성이 정도(正道)에 어긋나는 행동을 할 경우 다시 무림맹을 결성하기로 약조한 것으로 알려짐.

"허허허헛."

다 펼쳐지니 손바닥만한 크기의 작은 종이에 적혀진 내용을 금세 읽어 내려간 중년인은 뭐가 그리 우스운지 너털웃음을 터뜨렸다.

"이래서 정파라는 것들은 안 된다니까. 설마 하니 도전장을 내민다고 그걸 냉큼 받아들였단 말인가? 후후훗. 도대체 그 머리 속에는 뭐가 들었는지 한번 보고 싶군. 뭐, 그래서 다루기 쉽기는 하지만."

자리에 앉은 채로 잠시 머리를 굴리던 중년인은 이내 서랍에서 방금 펼쳤던 것과 비슷한 크기의 작은 한지를 꺼낸 후 붓을 들었다.

천안(天眼) 전(傳).

귀주와 운남성의 눈[眼]들은 사천에 합류하고 청해, 감숙, 섬서성, 호북성의 눈들은 사천성과의 접경지에 인원을 집중할 것. 청성과 각대문파의 움직임을 수시로 보고할 것.

일필휘지(一筆揮之)로 최대한 간결하게 내용을 적은 그의 시선이 창가로 향했다.

"포광(捕珖), 이걸 귀주, 운남, 청해, 감숙, 섬서, 사천 육성(六省)의 수장(首長)들에게 보내도록 해라."

조금 전 중년인에게 전서를 가져왔던 포광이라고 불리운 사내는 자그마한 한지를 건네받은 후 창가 쪽 자신의 자리로 돌아갔다. 그리곤 그것을 빠르게 베껴서 여섯 개로 만든 후 구석에 마련된 새장 안에서 몇 마리의 비둘기를 꺼내 순서대로 날려 보냈다.

아마 이 비둘기들은 며칠 이내로 각 성(省)을 책임지고 있는 조직의 수장(首長)들에게 천안(天眼)의 지시를 전해줄 것이다.

하늘의 눈[天眼]이라는 조직의 이름과 같은 별호를 사용하고 있는 저 중년인의 지시를…….

조금 전까지 하던 일을 다시 시작하려는 듯 책상 앞에 앉아 서책을 펼쳐 드는 중년인의 입가로 묘한 느낌의 미소가 피어오르고 있었다.

'범을 잡으려면 범굴에 들어가야 하는 법이지. 크크큭.'

날려 보낸 전서구들은 벌써 어디론가 멀리 사라지고 창밖으로 보이는 것은 온통 파란 하늘뿐이었다. 무당에서의 회합이 무산된 지 정확히 사 일 후 중원 어딘가에서 일어난 일이었다.

탁. 타닥.

간간이 불똥이 튀는 소리를 내며 은은하게 타오르는 모닥불이 산중의 짙은 어둠 속에서 일렁이고 있다.

마른 나뭇가지 몇 개가 던져지자 불의 기세가 조금 더 살아났다. 비록 계절상은 아직 늦여름이었지만 산서성 오태산(五台山)의 깊은 산중은 여행자들에게 서늘한 한기를 느끼게 하기에 충분한 곳이었다.

아마 이 불을 피운 사람인 듯 손에는 적당한 크기로 잘린 나뭇가지를 들고 있는 이가 불가에 앉아 있었다. 나이는 이십 대 중반 정도로 보이는 남자였는데 또 다른 일행은 없는 듯 옆으로는 그 사람의 것으로 보이는 작은 행낭만이 덩그러니 놓여 있다. 아마 늦게까지 산을 넘다가 미처 쉴 만한 곳을 찾지 못하고 노숙을 하게 된 여행자 같았다.

단지 눈길을 끌 만한 것이라면 행낭과 함께 놓여진 평범한 검 한 자루 정도? 하지만 평범하기만 한 사내의 모습으로 미루어 짐작하건대 그건 단지 호신 이외에 그 이상 그 이하의 의미도 없는 물건 같아 보인다.

"이제 다 익었을 것 같은데……."

손에 든 나뭇가지로 불 속을 몇 번 콕콕 쑤셔보던 사내가 모닥불을 이리저리 헤집으니 무언가 어린애 머릿통만한 덩어리가 하나 나타났다. 울퉁불퉁한 모양의 것이었는데 그 주위는 온통 그을음으로 새까맣게 되어 원래 무엇이었는지는 확인하기가 힘들었다. 하지만 그리 무거운 것은 아닌 듯 사내는 손쉽게 그것을 옆으로 몇 번 굴려 모닥불에서 조금 떨어진 곳으로 옮겨놓았다. 그리곤 미리 모아놓은 마른 나뭇가지들을 집어넣으며 이 일련의 작업을 하느라 약해진 불씨를 다시 살리기 시작했다.

그렇게 얼마간의 시간이 흐르자 묵묵히 앉아 있던 사내가 두 손을 마주 비비며 조금 전에 불 속에서 빼놓은 검은 덩어리를 자신의 앞으로 가져왔다.

"이제 어느 정도 식었겠지? 후훗."

검게 그슬린 덩어리를 들고 살짝 힘을 주자 덩어리의 주위로 몇 줄의 금이 생겼다. 사내는 그 금을 따라 덩어리의 둘레를 조심스레 떼어내기 시작했다. 대략 일각 정도가 지나자 사내의 손에는 놀랍게도 모닥불에 비춰 불그스름한 빛을 띤, 잘 익은 꿩고기 한 마리가 들려 있었다.

"킁킁, 캬! 냄새 좋고! 역시 진흙 구이가 좋다니깐. 살도 통통하게 오른 게 정말 죽이겠군. 그럼 어서 먹어볼까?"

널찍한 나뭇잎들 위로 잘 익은 꿩고기를 올려놓고 진흙을 떼어내느라 손에 묻었던 그을음을 탁탁 털어내고 있는 이 사내는 바로 며칠 전

낙양을 출발한 소진이었다.

시꺼멓던 손이 다시 어느 정도 원래의 색을 되찾자 소진은 옆에 내려놓았던 꿩구이의 다리를 한쪽 주욱 잡아뜯었다. 하얀 속살에서 솔솔 김이 올라오는 것이 여간 먹음직스러워 보이는 것이 아니었다.

그런데 행복한 얼굴로 한입 가득 살점을 베어 물던 소진의 눈가로 언뜻 기광(奇光)이 스치고 지나갔다. 무엇인가를 느낀 것일까? 하지만 단지 그뿐, 행동에 특별한 변화를 보인 것은 아니었다. 단지 한 가지 있다면 자리가 불편한지 엉덩이를 들썩이며 위치를 조금 오른쪽으로 옮긴 것 정도. 그리고 그곳에서 오른손이 닿기 편한 위치에는 작은 행낭과 평범해 보이는 장검 한 자루가 놓여져 있었다.

이제는 소진의 것이 된 청진의 검이었다. 검집은 무협(巫峽)의 절벽에서 떨어지면서 어디론가 사라졌기 때문에 지금의 것은 오는 길에 새로이 마련한 것이었다.

바스락. 자박.

자연스러운 동작으로 자리를 조금 옮기고 꿩 다리 한쪽을 거의 다 먹어갈 때 즈음 갑자기 정면의 수풀 너머로 나뭇가지 밟히는 소리가 들려왔다.

태연한 척 행동은 하고 있지만 손바닥은 이미 축축이 젖어들고 있었다.

'대체 누구인가, 이런 가공할 은신술을 사용하는 자가!'

처음 상대방의 기척을 느낀 것은 마악 고기를 입에 가져갈 때였다. 경공을 사용하는 듯 범상치 않은 속도로 가까워지는 누군가의 기척에 놀람 반 감탄 반의 심정을 느끼던 소진의 가슴 한구석이 일순 싸늘하게 식어 내렸다. 대략 십 장 밖에서 느껴지던 상대방의 기척이 갑자기 감쪽같이 사라져 버렸기 때문이다.

손과 입은 여전히 꿩 다리의 살점을 발라먹는 중에도 몇 번이고 그 누군가의 인기척을 찾아내기 위한 시도들을 해보았지만 느껴지는 것이라곤 서늘한 산바람이요, 들리는 것이라곤 간간이 들리는 풀벌레 소리가 전부였다. 소진이 자리를 은근슬쩍 자신의 검을 뽑기 쉬운 위치로 옮긴 것 역시 이 무렵이었다.

그러던 중 갑자기 그 기척이 정면 삼 장(三丈) 앞의 수풀 뒤에서 마치 '나 좀 보시오' 하는 식으로 버젓이 나타났으니 소진으로선 가슴이 덜컥하고 내려앉기에 충분한 일이었다.

"누, 누구시오!"

역시 애써 태연한 척하고는 있지만 긴장한 것이 분명한 듯 목소리가 가늘게 떨리고 있었다. 그런 소진의 말이 떨어지기가 무섭게 한 인영이 수풀 뒤에서 모습을 드러냈다. 마치 자신을 불러주길 기다리고 있었던 것 같은 모습이었다.

"지나던 과객입니다. 산길을 가다가 불빛이 보여서 잠시 들러본 것이니 그렇게 경계하시지 않아도 됩니다."

나이는 대략 삼십 대 초반 정도로 보이는 사내였다. 훤칠한 키에 누구라도 호감을 느낄 만한 얼굴, 게다가 수염을 말쑥하게 깎고 머리는 어깨 부근까지 내려오도록 자연스레 늘어뜨린 것이 상당히 호남형의 인물이다.

그는 자신이 전혀 위험한 사람이 아니라는 것을 보이려는 듯 양손을 펼쳐 가슴 앞으로 내밀어 보이며 한 걸음 한 걸음 소진이 있는 불가로 다가왔다. 저런 모습이라면 확실히 누구라도 긴장을 늦출 만도 하건만 소진의 눈에서는 여전히 경계의 빛이 사라지지 않고 있었다.

첫째는 아직도 그의 가공한 은신술이 마음에 걸렸기 때문이고, 둘째는 마치 방금 어둠에서 떨어져 나온 것 같은 그의 시꺼먼 흑의가 왠지 모를 거부감을 일으키고 있었기 때문이다. 아마 자신을 죽이려 했던 무영(無影)이 입고 있던 칠흑같이 검은 흑의가 떠올랐기 때문이리라.

한편 한 걸음 한 걸음 불가로 다가서던 설혼(雪魂)은 상대방이 여전히 자신을 경계하는 눈빛으로 바라보자 애초의 계획이 시작부터 틀어지는 것 같아 조바심을 내고 있는 중이었다.

'우웃! 내 계획대로라면 이 정도에서 저 사람이 불가에 잠시 앉으라는 말을 해야 하는데! 그래야… 그래야 저걸… 이긋! 이를 어찌한담.'

밤에 산길이 위험한 이유는 첫째가 주변이 잘 보이지 않아서 길을 잘못 들거나 사고가 나기 쉽기 때문이고, 둘째가 산의 터줏대감인 산적들을 만날 확률이 커지기 때문이다. 하지만 설혼은 빼어난 안력과 절정의 경공술을 익힌 까닭에 밤길도 환한 대낮처럼 지나다닐 수가 있었고, 산적들을 만나면 오히려 좋아라 하며 산적 등쳐먹을 만큼의 무공도 가지고 있었기 때문에 해가 진 후에도 꿋꿋이 산을 넘는 중이었다.

이곳 오태산은 불교의 성지인 까닭에 산을 넘다 보면 간간이 절들을 만나게 된다. 밤이 꽤 깊은 시간이었기 때문에 다음번에 나오는 절에서 하룻밤을 쉬어갈 생각으로 경공을 써서 달리던 설혼의 눈에 문득 희미한 불빛이 들어왔다. 궁금한 마음에 잠시 그쪽으로 발걸음을 돌리던 설혼은 마치 습관처럼 사문 비전(秘傳)의 천둔무영술(天遁無影術)을 전개했다. 언제나와 같이 무슨 일인지 잠시 구경하다가 별게 아니면 다시 갈 길을 갈 생각이었다. 그의 별호에 '신비(神秘)' 라는 두 글자가 붙은 것은 그의 이런 행동에 영향을 받은 바가 컸다.

대략 삼 장(三丈) 거리까지 다가가서 살피니 누군가 불을 피워놓고 앉아 있는 것이 보였다. 그냥 '산에서 밤을 지새려는 이가 있나 보다' 하고 다시 갈 길을 가려는 설혼의 눈에 일순 그의 한 손에 들린, 그리고 그의 옆에 놓인 '무언가' 가 들어왔다.

그리고 그때부터 설혼은 고민하기 시작했다. 여기서 더 가서 절에서 '풀뿌리' 들을 얻어먹을 것인가, 아니면 이곳에 빌붙어 저 바닥에 놓인 '꿩고기' 를 얻어먹을 것인가를 가지고.

원체 절밥은 그의 취향이 아니었기 때문에 결론은 금방 내려졌다.

그의 계획은 이러했다.

一. 우선 인기척을 내며 자연스럽게 상대에게 접근한다.

二. 상대방이 잠시 쉬어가길 청하면 주저없이 불가에 앉는다.

三. 상대가 꿩고기 먹는 것을 민망할 정도로 물끄러미 바라보고 있으면 분명 예의상이라도 자신에게 함께 먹기를 권할 것이다.

四. 맛있게 먹고 다시 갈 길을 간다.

그런데 완벽하다고 생각했던 이 계획이 첫 번째 단계부터 삐그덕거리고 있었다. 소진이 무공을 모르는 이라고, 그래서 그의 기척을 자신이 일부러 드러낸 이후에야 느꼈을 것이라고 판단한 것이 그의 가장 큰 실수였다.

"길을 가다가 불빛이 보여서 잠시 와봤습니다만……."

"……."

"그게… 제가 잠시 쉬어가도……."

"……."

자신이 거듭 말을 꺼내도 여전히 묵묵부답인 소진을 보며 설혼의 머리 속에 '더럽고 치사해서 그냥 절밥이나 먹으러 가련다!' 라는 생각이 불쑥 고개를 쳐들려는 찰나!

"잠시 쉬었다 가시겠습니까?"

기다리고 기다리던 소진의 이 한마디에 설혼은 '아, 예' 하고 얌전히 대답한 후 불가에 가서 앉았다. 그는 명예나 자존심에 상처를 입었다고 생각되면 목숨을 걸고 달려드는 일반의 무림인들과는 많이 다른 부류에 속한 인물이었다.

게다가 그의 발걸음을 더 더욱 붙잡은 것은 가까이 오니 코끝을 살살 간지럽히는 꿩고기의 향긋한 냄새였다.

일단 자리에 앉고 난 이후로는 모든 일이 일사천리로 진행되었다. 불가에 서로 마주 앉고, 자신의 시선을 의식한 상대가 꿩고기를 권하고, 자신은 그것을 맛있게 먹고…….

모든 것이 완벽했지만 설혼은 자신의 계획의 마지막, '맛있게 먹고 다시 갈 길을 간다' 를 행동으로 옮길 수가 없었다. 좀 더 자세히 설명하자면 정말 눈물나도록 무지하게 맛있게 먹기는 했지만 갈 길을 갈 수가 없었다. 아쉬운 마음에 차마 발이 떨어지지가 않았던 것이다.

'크허허헉! 마, 맛있다. 이, 이게 정말 꿩고기가 맞는 건가? 혹시 내가 우연히 산신(山神)을 만나 꿩고기를 가장한 보, 봉황고기라도 먹고 있는 게 아닐까?

연신 두 눈을 크게 끔뻑이며 확인을 해봐도 분명 자신의 눈앞에 남아 있는 이것은 평범한 꿩의 뼈다귀였다. 얼마나 쪽쪽 빨아먹었는지 뼈다귀가 푸석푸석해 보일 정도의.

"쩝… 쩝……."

자신이 떼어준 반 마리의 꿩고기가 부족했던 듯 연신 입맛을 다시며 아쉬워하는 설혼을 지켜보며 소진의 입가에 슬며시 미소가 걸렸다.

자신이 만든 '진흙산계(山鷄)구이', 간단히 줄여서 '꿩구이'를 저렇게 맛있게, 살점 한 조각이 아쉬운 듯한 표정으로 발라먹는 모습을 보며 경계심이 많이 사라진 것이다.

"양이 조금 부족하셨던 것 같군요."

"예? 예, 조금 그럼 면이… 아! 그러고 보니 이런 진미(眞味)를 대접받고도 먹는 데만 정신이 팔려 미처 제 소개도 제대로 드리지 못했군요. 이런 추태가! 저는 설룡(雪龍)이라고 합니다. 내 자신하건대 적어도 꿩구이에 관한 한 귀공(貴公)의 솜씨는 가히 천하제일이란 칭호를 받을 만합니다."

"과찬이시군요. 저는 진명(眞明)이라고 합니다. 그나저나 양이 부족하셨다니 조금 아쉽군요. 밤중이 아니었다면 더 대접해 드릴 수도 있었을 텐데."

순간 설룡이라는 가명(假名)으로 자신을 밝힌 설혼의 눈빛이 번쩍하고 빛나며 다급한 목소리로 물었다.

"저, 저기, 실례지만 진 공자는 어디를 가기에 이 밤중에 오태산을 넘는 중이신가요?"

느닷없는 질문에 역시 진명이라는 가명으로 자신을 밝힌 소진이 떨떠름한 표정으로 대답했다.

"저는 북경으로 가는 중입니다만……."

"아핫! 그거 마침 잘됐군요. 저도 역시 북경에 급한 볼일이 있어서 밤중에 산길을 가는 중이었답니다. 마침 혼자 적적하던 참이었는데 같이 길동무라도 하며 가는 것이 어떨까요?"

갑작스러운 제의에 곤욕스러운 표정을 지어 보이던 소진이 이내 입을 열었다.

"그게… 저야 뭐 문제될 건……."

생전 처음 보는 이와 동행을 한다는 것이 조금 꺼려지기는 했지만 곰곰이 생각해 보니 북경까지만이라면 그다지 문제될 것도 없을 듯싶었다.

한편 소진이 승낙의 뜻을 내비치자 설혼은 만족스러운 웃음을 지어 보였다.

'크허허허헛! 그래, 항산(恒山)이야 조금 늦게 가면 되지 뭐. 저런 음식을 몇 번 더 먹을 수만 있다면 조금 돌아가는 수고 정도는 충분히 감수할 수 있다고!'

그렇다. 사실 설혼은 지금 누군가를 만나기 위해 항산으로 향하는 중이었다. 하지만 소진의 '좀 더 대접하지 못함이 아쉽다'는 한마디에 그만 충동적으로 북경행(北京行)을 결정해 버리고 만 것이다. 그는 원래 기행(奇行)을 일삼는 부류에 속했기 때문에 만약 누군가 그를 아는 이가 봤다면 '정말 설혼답다'라고 했을 만한 행동이었다.

아무튼 이렇게 두 사람의 북경행이 결정되고…

탁. 타탁. 모닥불의 마른 장작이 타 들어가는 소리와 함께 산서성 오태산 자락 산중심처(山中深處)의 밤은 더욱 깊어만 갔다.

널따란 상청궁의 대청 안에 이십여 명의 인원이 둥그렇게 모여 앉아 있다. 왠지 낯이 익은 짙은 청색의 도복들.

일견하기에는 그냥 아무렇게나 둘러앉은 듯했지만 자세히 살피면 그들의 시선이 모두 상석(上席)의 한 인물에게 쏠려 있다는 사실을 알 수가 있었다. 단정히 빗어 넘긴 백발(白髮)과 가슴까지 내려오는 백염(白髯)이 너무도 인상적인 선골도풍의 노인. 그가 바로 당금 무림의 태풍의 핵(核)으로 떠오르고 있는 광무자였다.

"광무 사백, 이제 제자들도 충분히 휴식을 취한 듯합니다. 당문과 아미, 점창으로 이어지는 결전에서 생긴 몇몇 부상자들 역시 완전히 치유된 상태입니다."

모처럼 모두가 한자리에 모인 청성 운 자(雲字) 항렬의 문인들 중 누군가가 보고를 마쳤다.

"으음, 좋군. 운평(雲平), 네 일은 어찌 되었느냐?"

"예, 사백. 문인들이 사용할 병장기는 이미 충분히 손질된 상태이고 여분의 것들 역시 넉넉히 준비되었습니다. '그들' 의 도움으로 병기류의 준비 역시 어려움은 없었습니다."

"다행이로구나. 그리고… 운묘(雲妙), 그것은 아직도인 것이냐?"

광무자의 안타까운 심정이 그대로 묻어나는 듯한 질문에 의외로 왼편에 앉아 있던 운묘자가 얼굴 만면에 환한 웃음을 지어 보이며 마치 기다렸다는 듯 시원스레 대답을 쏟아냈다.

"다행히 어제 늦은 저녁에 신단(神丹)의 연단(煉丹)이 마무리되었습니다. 곧장 알리려 했지만 이 자리에서 말씀드리려는 생각에……."

"오오! 드디어 약당(藥堂)의 오랜 숙원이던 청명신단(靑明神丹)이 완성되었다는 말인가!"

"운묘 사제! 네가 정녕 그것을!!"

운묘자의 말에 주위의 사형제들은 일제히 탄성을 내지르며 기쁜 빛을 감추지 못했다. 광무자 역시 얼굴에 기뻐하는 기색이 완연했다.

"정말 수고했다, 운묘야. 네가 정말 큰일을 해냈구나."

운묘자 본인의 얼굴에도 어느새 대단한 일을 해냈다는 뿌듯한 자부심 같은 것이 서려 있었다. 대체 청명신단이 무엇이길래 모두가 이렇게 환호성을 내지르는 것일까!

본래 청성에도 무당의 태청신단(太靑神丹)과 소림의 소환단, 대환단에 비견될 만한 뛰어난 명약(名藥)이 존재하고 있었다. 그것이 바로 청명신단(靑明神丹).

청명신단은 특히나 내상의 치료에 있어서 단연 탁월한 효능을 보였기 때문에 무림인들 사이에는 무가지보(無價之寶)로 여겨지던 명약 중의 명약이었다. 하지만 삼백 년 전 비밀리에 전수되던 청명신단의 연단법이 절전(絶傳)되면서 청성은 더 이상 청명신단을 만들어내지 못하게 되었다. 덕분에 청명신단이라는 이름은 이제 서서히 강호인들의 뇌리에서 사라져 가고 있는 중이었다.

그 당시 남아 있던 청명신단은 단 세 알. 이후로 청성파 약당(藥堂)의 문인들은 이 세 알의 청명신단과 몇몇 가지의 부수적인 단서들을 토대로 청명신단의 연단법을 재현하기 위해 부단한 노력을 기울여 왔다. 그리고 삼백 년간 이어온 그 의지와 노력이 당대(當代)에 운묘자의 손에 의해 결실을 맺게 된 것이다.

이 청명신단은 앞으로 청성의 행보에 큰 힘을 실어줄 것임에 틀림없었다. 이미 청성이 공개적으로 다른 육대문파에 도전장을 내민 상황에서 필수적으로 생겨날 내상자들은 이것의 도움을 크게 받게 될 것이기 때문이다.

그리고 이러한 사실을 잘 알고 있던 까닭에 누구보다도 청명신단의 완성을 기다리고 있던 광무자에게 이것은 너무도 좋은 징조로 보였다.

'육대문파와의 연이어 계속될 대결에서 부상자들이 속출하는 것은 자명한 일. 그 와중에서 청명신단은 본 문이 전력을 온전히 유지시키는 데 커다란 역할을 해줄 것이다. 더구나 이런 중요한 시기에 신단이 완성되었다는 것은… 하늘은 우리 청성의 손을 들어주고 있는 것인가?

"비단 운묘뿐만 아니라 모두들 이제까지 정말 수고가 많았다. 이야기를 들어보니 이제 제자들도 충분히 휴식을 취했고 다른 준비들도 두루두루 잘 마쳐진 것 같구나. 더욱이 며칠 전 저 다섯 녀석들도 출관하고, 때맞춰 청명신단까지 완성이 되었다."

광무자가 말한 '다섯 녀석들' 의 얼굴이 슬쩍 붉어졌다. 모두 이순(耳順:60세)을 훌쩍 넘기고 이제 거의 종심(從心:70세)이 가까워오는 이들이었지만 저 광무 사백에게는 여전히 '녀석' 인 것이다. 하지만 악감정 같은 것이 생겨나는 것은 아니었다. 그들 모두, 아니, 청성의 모든 제자들은 광무자가 얼마나 청성을 사랑하고 문인들을 아끼는지 잘 알고 있었기 때문이다.

이들 다섯 도인은 모두 현 장문인 운송자(雲松子)와 동배인 운 자 항렬의 노강호들로 십 년 전까지만 해도 청성오주(靑城五柱), 즉 청성의 다섯 기둥이라는 이름으로 활동하며 무극헌의 명성을 천하에 드높이던 인물들이었다. 그러나 십 년 전 돌연 강호에서 자취를 감추더니 이 자리에 다시 모습을 드러낸 것이다. 광무자가 '출관' 이라는 말을 한 걸 보면 아마도 어딘가에서 폐관수련을 하고 있었던 것이리라.

청성오주의 첫째이자 운 자 항렬 중에서도 최고수로 손꼽히는 운학자(雲鶴子)는 잠시 지난날의 상념에 빠져들었다. 고된 폐관수련을 마친 지금, 광무자를 제외한다면 청성오주의 실력은 청성 내에서도 단연 손꼽힐 만한 것이었다.

'십 년 전 광무 사백을 믿고 사제들과 함께 폐관수련에 들면서도 내심 확신을 갖지는 못했었건만 이렇게까지나 완벽하게 당신의 계획을 실현시키시다니… 광무 사백, 정말 대단한 분이시군요. 그런데 정말 십 년 전 가슴을 두근거리게 했던 광무 사백의 그 말이 정말 현실로 이루어질 수 있을까? 후훗, 하기사 지금에 와서 이런 의문을 갖는 것도 무의미한 짓이로군. 이미 화살은 시위를 떠났으니… 지난 십 년간의 수련이 아깝지 않도록 최선을 다하는 수밖에.'

운학자는 굳게 마음을 다잡으며 이어지는 광무 사백의 말에 귀를 기울였다.

"이미 지난 십 년간 우리가 할 수 있는 모든 준비는 마쳤다. 이젠 출사표를 던지는 일만이 남은 것 같구나."

"광무 사백! 그럼 드, 드디어!"

"그렇다. 이틀 후 진시(辰時)에 산문(山門)을 출발한다. 첫 번째 목표는 곤륜(崑崙)이다."

광무자의 결연한 한마디에 대청 내의 분위기가 착 가라앉았다. 모두들 어느새 진지한 표정이 되어 있었다. 몇몇은 비장한 눈빛으로 '곤륜'이라는 그들의 첫 번째 목표를 연신 입 안으로 되뇌이고 있었다.

"이미 모두들 알고 있듯이, 아무리 철저히 준비를 했다고 해도 이것은 모험이다. 성공할 수도, 실패할 수도 있는. 만약 실패한다면 우리 청성은 회생하기 힘든 엄청난 타격을 입게 될 것이다. 구대문파(九大門派)라는 허울 좋은 울타리 안에서 떨어져 나가게 됨은 물론이요, 강호의 한낱 웃음거리로 전락할지도 모를 일이지. 하지만 성공한다면? 내가 기필코 십 년 이내에 청성이 '무림의 태산북두(泰山北斗)'라는 이름으로 불리우도록 만들어놓겠다. 반드시! 그때가 되면 강호인들은 소림과 무당이라는 이름을 떠올리기 전에 '청성'이라는 두 글자를 먼저 떠올리게 될 것이라는 말이다!"

광무자를 비롯해 대청에 모인 이들의 눈에 어떤 열망, 그리고 염원의 빛이 새어 나오고 있었다.

태(泰). 산(山). 북(北). 두(斗).

이 네 글자의 말이 가져다 준 작은 불씨가 그들의 가슴을 온통 달아오르게 하고 있기 때문이리라. 그중에서도 광무자의 심정은 특히나 각별한 것이었다.

사십여 년 전, 구대문파 내에서도 거의 말석(末席)을 차지하고 있던 청성은 광무자라는 걸출한 제자를 배출해 내게 된다. 그리고 시작된 마교(魔敎)와의 정사대전(正邪大戰). 그곳에서 보여진 광무자의 놀라운 무공과 청성파 문인들의 혁혁한 전공(戰功)은 청성의 위치를 순식간에 급상승시켰고, 그로부터 십 년간 청성은 강호의 평화와 안녕을 위해 갖은 노력을 아끼지 않았다. 각지에서 청성 문인(門人)들의 협행(俠行) 소식이 줄을 이었고 강호의 힘든 일은 스스로 앞장서 해결해 나갔다. 그 결과로 강호인들은 구대문파 중에서도 소림과 무당 다음으로 청성을 꼽을 정도가 되었다.

아마 거의 이때 즈음이었으리라, 광무자와 정사대전에서 살아남은 그의 사형제들이 어떤 꿈을 갖게 된 것은! 자신들의 청성이 소림과 무당이라는 높다랗게 솟은 벽을 넘어 구대문파의 수좌(首座), 더 나아가서는 천하제일(天下第一), 즉 무림의 태산북두(泰山北斗)라는 명성을 듣게 하자는 꿈을.

그리고 또다시 십 년의 세월이 흘렀다.

그사이 청성에는 많은 변화가 있었다. 광무자라는 걸출한 고수를 통해 청성의 무학은 새롭게 평가되었고, 문호를 열어 외형적으로도 예전에 비해 크게 성장하게 되었다. 하지만 그러는 사이에도 청성의 활약은 여전히 변함이 없었다. 부지런히 협행을 행하고, 약자를 위해 힘을 아끼지 않는… 그리고 그들의 위치 역시… 전혀 변함이 없었다.

이런 현실 앞에서 이제는 다섯밖에 남지 않게 된 광무자와 그의 사형제들은 큰 좌절감을 맛봐야 했다. 하지만 결코 포기한 것은 아니었다. 그 후로 다시 십 년의 세월이 흐를 동안에도 청성은 여전히 강호를 위해 헌신적이었다.

십여 년 전 어느 날, 문득 주위를 둘러본 광무자는 자신이 혼자라는 사실을 깨닫게 되었다. 함께 청성의 영광을 위해 부단히도 애썼던 그의 사형제들은 이제 모두 이 세상 사람이 아니었다. 그리고 청성은 여전히… 무당과 소림의 다음일 뿐이었다.

이날부터 청성의 대외 활동은 기존의 절반에도 못 미칠 정도로 급격히 줄어들었다. 광무자는 자신과 이제는 없는 사형제들이 꿈꾸던 이상을 실현하기 위해 지금까지와는 전혀 다른 방법을 사용하기로 결심한 것이었다.

'나의 계획이 급류를 타기 시작한 것은 삼 년 전 천하제일부(天下第一富)라는 천화상단(天華商團)과 손을 잡으면서부터였지. 그들의 말처럼 그것이 정말 단순히 미래를 위한 투자였는지는 알 수 없지만 덕분에 모든 준비는 끝났다. 이젠 앞으로 나아갈 길만이 남아 있을 뿐. 험난한 여정이……'

청성의 거인(巨人)은 이렇게 자신의 꿈을 향해 한 걸음 한 걸음 행보(行步)를 옮겨가고 있었다.

묵룡도객

일찍이 광활하게 펼쳐진 화북(華北)대평원과 북방의 산간 지대를 잇는 교통의 요지로써, 그리고 연나라에 계성, 요나라에는 연경(燕京), 원나라에는 대도(大都)로 불리우며 중국 역대 왕조의 도읍지 역할을 해왔던 북경(北京).

지금은 영락제(永樂帝)의 북경 천도를 위한 마무리 작업들이 한창이었다. 이미 십여 년 전부터 차근차근 단계적으로 이루어진 북경 천도는 이제 자금성의 완공만을 남겨놓고 있을 뿐 거의 모든 진행이 완료된 상태였다. 황제 역시 이미 수년 전부터 북경에서 정사(政事)를 돌보고 있었기 때문에 사실 지금의 남경(南京)은 이미 수도로써의 기능을 거의 상실한 상태였다. 이제 일이 년 이내에 자금성과 북경성 내외부의 마무리 공사들이 끝나면 정식으로 영락제가 북경을 황도로 공표할 것이다.

천자(天子), 말 그대로 하늘의 아들이라는 황제(皇帝)가 사는 황도(皇都)란 어떤 곳일까? 물론 하루하루 목구멍에 풀칠하기도 힘든 이들에게 이런 질문을 던지는 것은 아무런 의미가 없는 짓일 것이다. 삶의 무거운 무게에 짓눌려 살아가는 것조차 고역인 그들에게 이런 생각은 단지 사치에 불과하기에. 하지만 보통의 평민들, 그리고 그 이상의 계층들에게 황도란 곧 '세상의 중심'을 가리키는 말이었다. 뿌리 깊게 이어지는 중화사상(中華思想)의 영향이겠지만 그들에게 천하의 중심은 중원(中原), 그리고 그 중원의 중심은 바로 황도인 것이다.

세상을 녹일 듯 타올랐던 여름의 기세가 한풀 꺾인 어느 날, 오 장 높이로 솟은 거대한 성벽을 지나 조만간 새로운 '세상의 중심'으로 거듭날 도시로 들어서는 두 사내가 있었다.

소진이 북경성을 들어서면서 가장 먼저 받은 느낌은 '활기 차다' 라는 것이었다. 길을 가는 행인들에게서도, 공사 중인 인부들에게서도 그리고 물건을 파는 아낙들에게서도 왠지 모를 생기가 넘쳐흐르고 있었다. 비록 삶의 어려움에 찌들어 잔뜩 주름진 얼굴일지라도 눈빛만큼은 그런 외형에 동화되지 않고 생생히 살아 있었다.

"설 형님, 아까 전부터 느낀 거지만 이곳 북경은 정말 활기 찬 도시로군요. 사람들의 행동 하나하나에 왠지 모를 자신감 같은 것이 충만한 것 같아요."

"그건 말이지……."

소진이 형님이라고 부르며 질문을 던진 사람은 오대산 자락에서 우연히 만나 이곳 북경까지 동행하게 된 설혼이었다. 두 사람 모두 그리 쉽게 누군가와 친해지는 성격은 아니었으나 삼 일간의 여정 동안 소진은 설혼의 그 자유분방함에, 설혼은 소진의 순수함에 끌려 이제는 서로 호형호제할 정도로 급속히 가까워진 상태였다.

"아마도 이곳이 새로운 황도로 지정되었기 때문이겠지. 생각해 봐, 자신들이 사는 곳이 세상의 중심이 된다는 사실을 알게 된 이들이 어떤 기분을 느끼게 될지. 비록 당장의 생활에 변화는 없겠지만 그들은 아마도 어떤 우월감을 느끼게 될 거야. 그리고 그것이 자신감이라는 형태로 표현되고 있는 것이겠지."

설명을 마친 설혼은 잠시 하늘을 올려보았다. 푸른빛으로 높게 솟은 하늘의 한가운데에 태양이 머물고 있었다.

"이럴 게 아니라 우선은 머물 곳을 정하는 게 좋겠군."

북경은 대도(大都) 중의 대도일 뿐 아니라 유동 인구가 상당한 곳이었기 때문에 길가에서 크고 작은 객잔들을 쉽게 찾아볼 수 있었다. 한가로이 유람을 나온 것이 아니었기에 두 사람은 그중 가장 가까운 곳으로 걸음을 옮겼다.

삼층 규모에 유성객잔이라는 이름을 가진 곳이었다. 일단 간단한 요깃거리로 배를 채운 소진과 설혼은 이층의 객실로 올라가 여장을 푼 후 다시 객잔 앞에 모습을 드러냈다.

"진 아우, 그럼 각자 볼일을 보고 객잔에서 다시 만나도록 하자."

"예, 설 형님."

지난 삼 일간의 여정 동안 두 사람은 서로에게 무언가 곤란한 사정이 있다는 것을 눈치 채고 북경에 가는 이유에 대해서는 묻기를 삼가해 왔다. 그래서 도착한 후에도 각자 따로 볼일을 보기로 의견을 나눈 것이다. 설혼은 원래 북경엔 볼일이 없었기 때문에, 그리고 소진은 나름대로의 중대한 이유가 있었기 때문에 서로가 만족스러운 선택이었다.

　애초에 설혼은 북경에 도착하면 소진과 헤어져 본래의 목적지였던 항산으로 갈 계획이었지만 소진에게 크게 호감을 가진 지금 그 계획은 조금 바뀐 상태였다. 가능하면 소진과 며칠 더 지내며 자신의 정체를 털어놓으려는 생각을 하고 있는 것이다. 내심 그냥 처음부터 본명을 밝힐 걸 잘못했다는 후회를 하고 있었다. 그리고 이것은 자신의 정체를 속이고 있는 소진 역시 공통적으로 느끼고 있는 감정이었다.

　한편 설혼과 헤어진 소진은 북경 거리를 헤매다가 한참을 물어서야 겨우 묵혼도객의 은거지인 청류장(靑柳莊) 앞에 설 수가 있었다. 마음은 급했지만 그렇다고 무턱대고 들어갈 수도 없는 일. 일단 멀찌감치 떨어져 장원의 주위를 면밀히 살피다가, 그 후 장내로 출입하는 인물들을 한참이나 지켜보던 소진은 푸른 하늘이 붉은빛으로 물들고 하루 일에 지친 사람들이 귀가(歸家)를 서두를 시간이 돼서야 그들 틈에 섞여 다시 유성객잔으로 향했다.

　거의 세 시진에 이르는 관찰 결과 특별히 눈에 띄는 점은 없었다. 장원의 규모도 그리 큰 편은 아니었고 간혹 출입하는 이들 중 무공을 익힌 흔적이 보이는 이도 찾아볼 수 없었다. 아무도 이런 곳에서 묵혼도객이라는 전대의 초거물급 무림기인이 은거 중이라는 사실을 상상조차 하지 못할 듯싶었다. 물론 소진의 관심은 묵혼도객이 아니라 아마도 그의 제자일 것이라 예상되는 무영에게 온통 쏠려 있었지만.

　'장원 안에 무영(無影), 그가 있을 확률은 절반. 하지만 없을 확률도 오 할이나 될 뿐더러 설혹 있다 하더라도 하루 종일 장원 앞을 지키고 서 있을 수는 없는 일이다. 묵혼도객은 내가 감당할 수 있는 상대가 아

닌데, 장원 안의 누군가가 낌새를 눈치 채기라도 한다면… 이번엔 정말 목을 내놓아야 할지도 모를 일이지.'

객잔으로 향하는 소진의 마음은 납덩이처럼 무겁기만 했다.

'역시 모험을 해봐야 하는 것인가! 그래, 최대한 조심해서 움직인다면 묵혼도객의 이목을 피해 장원 내부를 살피는 것 정도는 가능할지도…….'

막막하던 중에 무언가 방법을 찾기 위해 고심하던 소진이 생각해 낸 것이란 다름 아닌 '잠입(潛入)' 이었다.

"허허헛, 꽤나 늦었군. 그래, 갔던 일은 잘된 것이냐?"

낮에 볼일을 보기 위해 각기 헤어진 후 잠시 객잔 주위를 배회하다가 이내 다시 객잔으로 돌아와 이제까지 빈둥거리고 있던 설혼이 막 객실로 들어서는 소진을 반갑게 맞이했다.

"저야 뭐……."

소진이 말끝을 흐리자 설혼은 무언가 일이 잘 풀리지 않았다는 사실을 알 수 있었지만 더 이상 캐묻지는 않았다.

"설 형님이야말로 일찍 돌아와 쉬고 계신 걸 보니 일이 잘 풀린 모양이군요?"

"나? 아, 아니야. 시, 실은 나도 일이 잘 해결이 안 돼서 고민 중이었어."

"그렇군요."

설혼과 마찬가지로 소진 역시 더 이상 깊이 묻지는 않았다. 잠시 두 사람 사이에 어색한 침묵이 흘렀다.

소진은 침상에 기대앉은 채 묵혼도객이 은거 중인 청류장 잠입에 대

한 계획을 세우기에 바빴고, 설혼은 그런 소진의 얼굴을 물끄러미 바라
보며 속으로 깊은 한숨만을 내쉬고 있었다.

'흐이구, 아무래도 오늘 말하긴 다 그른 것 같군. 보아하니 무슨 심
각한 고민이라도 있는 것 같은데… 쩝, 오늘만 날이 아니니 분위기상
지금은 그냥 잠이나 자는 게 낫겠군.'

먼저 쉬겠다며 설혼이 침상에 몸을 뉘이고 얼마 지나지 않아 생각을
마친 소진이 홀로 객실의 어둠과 싸우던 등불의 작은 불씨를 단숨에
날려 버렸다. 그리곤 그 역시 침상에 몸을 내던졌다. 순식간에 방 안을
점령한 어둠 속에서 간간이 두 사람의 나지막한 숨소리만이 이어졌다.

마치 죽은 듯 미동조차 않고 누워 있던 소진의 눈이 슬며시 뜨여진
것은 사람들이 가장 깊은 잠에 빠져 있을 시간인 축시(丑時:새벽 2시)
무렵. 간간이 밖에서 들려오던 행인들의 발소리마저도 이미 끊긴 지
오래였다.

옆의 침상에서 들려오는 고른 숨소리를 다시 한 번 확인한 소진은
조심스레 몸을 일으켰다. 이제껏 드러내지 않던 무공까지 사용해 가며
세심한 주의를 기울인 탓에 침상에서 일어나 창가까지 이르는 동안 방
안을 휘감고 있는 적막은 한 치의 흐트러짐도 보이지 않고 있었다.

이윽고 객실의 창문이 빼꼼히 열리고… 그 사이로 소진의 몸이 마치
연기처럼 은밀하게 방 안을 빠져나갔다. 창가에서 단 한 번의 도약으
로 객잔의 지붕 위에 올라선 소진은 잠시 주위를 둘러보며 방향을 잡
은 뒤 순식간에 북경의 어두운 골목 사이로 녹아들었다.

교교한 달빛이 적막한 북경의 밤거리를 포근히 감싸 안는다. 수마(垂
魔)의 강력한 권능이 세상을 지배하는 시간, 은밀히 객잔을 빠져나와

적막한 밤거리를 달리던 소진은 담벼락의 어두운 그림자 속에 몸을 숨긴 채 전방을 주시했다.

일 장 정도 높이의 검붉은 벽돌담. 어딘가 눈에 익은 모습은 분명 해가 지기 전 이미 수차례나 살펴보았던 청류장의 것이었다. 어둠 속에서 두 눈을 빛내던 소진은 크게 심호흡을 한 번 하며 마음을 다잡은 후 계획했던 대로 조심스레 몸을 날렸다.

살랑 불어오는 미풍을 타고 소진의 신형이 가볍게 담장을 넘었다. 그리곤 한동안 내려앉은 그 자리에서 미동도 하지 않고 주위의 기척을 살폈다. 혹시 모를 매복이나 은신을 확인하기 위해서였다. 일각여를 기다려도 별다른 기척이 느껴지지 않자 그제야 어느 정도 안도감과 자신감을 얻은 소진이 조심스레 발걸음을 옮기며 장원 내부를 찬찬히 살펴 나갔다.

청류장은 그리 규모가 크지 않은 장원으로 담장 안으로는 다섯 채의 건물이 전부였다. 하지만 그중 한곳에는 사천(四天)의 일 인인 묵혼도객 이천걸이 머물고 있는 것이 분명했기 때문에 소진은 한 걸음 한 걸음에 신경을 곤두세울 수밖에 없었다.

총 다섯 채의 건물 중 네 곳을 살피는 데 걸린 시간이 거의 한 시진여. 엄청나게 느린 진도였지만 기척을 감추기 위해 극도의 주의를 기울이며 움직인 탓이었다. 그도 그럴 것이 까딱하면 자신의 목이 날아갈 수도 있는 상황인 것이다.

'휴우, 겨우겨우 네 곳은 살펴보았고 이제 남은 것은 저곳 하나인가?'

흐릿한 달빛 아래 장원의 가장 후미에 위치한 아담한 크기의 전각이 눈에 들어왔다.

꿀꺽, 절로 마른침이 넘어갔다. 이제까지 네 채의 전각들을 조심스
레 살펴본 결과 찾아낸 사람이라고는 하인들로 보이는 몇몇이 전부.
그렇다면 마지막 남은 저곳이야말로 소진이 그토록 신경을 곤두세우게
만든 장본인, 묵혼도객이 머무는 곳일 것이다.

문득 그냥 이대로 장원을 빠져나갈까 하는 생각도 들었지만 도저히
행동으로 옮길 수는 없었다. 아직 무영(無影)의 흔적을 전혀 발견하지
못했기 때문이다.

'그래, 묵혼도객이 저곳에 있다면 무영이 있을 확률도 그만큼 높다
는 말이겠지. 청진을 죽인 그놈이…….'

죽은 청진을 떠올리자 혼란스럽던 머리 속이 마치 얼음물이라도 한
바가지 뒤집어쓴 것처럼 차갑게 가라앉았다. 더 이상의 갈등은 없었
다. 소진은 얇디얇은 살얼음 위를 걷듯이 조심스레 눈앞의 어둠 속에
웅크리고 있는 전각을 향해 걸음을 옮겼다.

만약 은신술이나 잠입술을 전문적으로 익힌 자가 본다면 정말 어설
픈 모습이겠지만 소진은 나름대로 온갖 노력을 기울이며 전각에 접근
하고 있었다. 그리고 이런 노력 덕분인지 무사히 전각의 동쪽으로 난
창 아래에 도착한 소진이 가슴속 깊숙이 안도의 한숨을 내쉬었다.

'휴우, 일단 여기까지 오긴 했는데…….'

일말의 안도감 뒤로 밀려오는 또 다른 막막함. 단지 여기까지 온 것
으로 끝이 아니었다. 그의 목적은 창 아래에서 바위마냥 기척을 숨기
고 있는 것이 아니라 전각 내부를 살피며 무영의 흔적을 찾는 것이었
기 때문이다.

잠시 그 자리에서 생각에 잠겨보았지만 갑작스레 뚜렷한 묘안이 떠
오르길 기대하는 것은 애당초 무리였다. 결국은 이제껏 네 채의 전각

을 지나오며 했던 방법대로 창문에 작은 구멍을 내서 안을 살피기로
결정한 소진이 품 안에서 손바닥 정도 길이의 짤막한 소도(小刀)를 꺼
내 들었다.

아까 낮에 객잔으로 돌아오는 길에 준비한 것이었다.

손잡이를 단단히 움켜쥐고 소도를 창문에 덧대어진 한지에 가져다
대던 소진의 신형이 갑자기 굳어졌다.

'설마……!'

"그 칼은 좀 치워줬으면 좋겠군. 찢겨진 창문은 보기 싫으니 말이
야."

등 뒤에서 들려오는 무심한 목소리. 청류장의 적막을 조용히 뒤흔드
는 나지막한 목소리는 마치 뇌성벽력처럼 소진의 머리 속을 온통 휘저
어놓고 있었다.

심장이 터질 듯 세차게 두근거렸다. 그토록 주의를 기울였건만 '그'
의 눈을 피하지 못한 것이다. 등 뒤에서 느껴지는 거대한 존재감은 분
명 '그', 묵혼도객 이천걸이 틀림없으리라.

땀으로 흥건하게 젖은 오른손에 들린 소도를 천천히 다시 품 안으로
갈무리한 소진이 조심스럽게 목소리가 들려온 쪽으로 몸을 돌렸다. 그
의 뒤로 삼 장 정도 떨어진 곳에 짙은 흑의를 입은 초로의 노인이 한
명 서 있었다.

서리가 내린 듯 희디흰 백발에 창백한 안색, 좁고 각진 얼굴이 전체
적으로 꽤나 냉막해 보이는 인상이다. 거기에 왼쪽 눈을 가로지르며
이마에서 턱 아래까지 종(縱)으로 길게 이어진 한 줄의 상흔(傷痕)은 보
는 이로 하여금 절로 헛바람을 들이키게 할 만한 모습이었다.

상대방의 얼굴에 이어진 기다란 상흔을 확인한 소진의 심정은 한마

디로 절망적인 것이었다.

'냉막한 인상에 얼굴의 상흔, 게다가 이 고요한 가운데의 압도적인 존재감. 확실한… 묵혼도객 본인이로군.'

상대방의 얼굴에 난 상처를 보고 소진은 그의 정체를 확신할 수 있었다. 왜냐하면 그것은 사십여 년 전 마교와의 정사대전 당시 마교의 최강자들이던 사대호법 중 혈잔마조(血殘魔爪) 굉렴(宏廉)과의 혈투에서 입은 상처로, 강호에서는 묵혼도객을 나타내는 외모상의 특징으로 알려져 있었기 때문이다.

"누군데 이 시간에 내 집 담을 넘은 건가? 한낱 좀도둑은 아닌 것 같은데?"

확실히 평범한 좀도둑이라는 생각은 들지 않았다. 소진이 묵혼도객에게 엄청난 중압감를 느꼈듯이 묵혼도객 역시 소진의 안으로 깊이 갈무리된 범상치 않은 기운을 느낀 것이다. 이제껏 스스로 밝히지 않는 이상 누구도 알아채지 못했던 소진의 무공을 그는 한눈에 알아보고 있었다.

"당신이… 묵혼도객 이천걸?"

소진의 짧은 한마디에 묵혼도객의 이마에 깊은 골이 패였다.

'이제 보니 내 정체를 알고 온 놈이었군. 지난 삼십 년간 나를 찾아낸 이는 아무도 없었는데 어떻게 갑자기……'

"묵혼도객이라… 오랜만에 들어보는 이름이로군. 그런데 내가 이곳에 은거 중인 것은 어떻게 알았나? 아니, 그보다 내가 이곳에 있다는 것을 알면서도 이렇게 도둑고양이처럼 잠입을 시도가 이유가 먼저 듣고 싶군. 요사이 묵혼도객이라는 별호가 한낱 종이호랑이를 지칭하는 말로 전락하기라도 한 건가? 아니면 자네는 목숨이 두 개라도 되는 겐가?"

낮게 으르렁거리며 내뱉는 마지막 말에서는 옅은 살기마저 묻어 나왔다. 그의 날카로운 눈빛에 소진은 살갗이 따끔거릴 정도였다.

애초에 상상했던 것보다도 훨씬 더 크게 보이는 상대였다. 현재 소진은 묵혼도객의 기운에 완전히 압도당하고 있는 것이다.

'내가 사천이라는 명성을 너무 우습게 봤던 것인가? 설마 이 정도일 줄은… 더구나 저렇게 살기까지 내보이는 상대에게서 무사히 몸을 뺄 수 있을지도 장담할 수가 없다. 이, 이렇게 된 이상!'

상대의 기도에 짓눌려 막막하기만 하던 와중에 갑자기 한줄기 오기가 치밀어 올랐다. 어차피 이렇게 된 거 이판사판이라는 생각이 들었다. 막상 입을 열려니 다리가 후들거렸지만 결국엔 억지로 입을 벌리고 목소리를 토해냈다.

"묵혼도객이라는 별호는 아직도 강호에서 사천의 다른 분들과 함께 전설로 회자되고 있습니다. 제 목숨은 당연히 하나뿐이고요. 그럼에도 제가 이렇게 은밀히 노선배님의 은거지를 찾은 것은 한 가지 반드시 알아내야 할 것이 있었기 때문입니다."

자신을 정면으로 마주 보며 할 말을 토해내는 소진을 보는 흑의노인, 즉 묵혼도객의 눈에 기광이 스치고 지나갔다. 그도 그럴 것이, 자신이 보내고 있는 무형의 압력 속에서도 저 애송이는 꿋꿋이 하고픈 이야기를 하고 있는 것이다.

'허허, 대단하군. 당금에 내 무형지기(無形之氣)를 받아내며 저렇게 태연히 말을 할 수 있는 젊은이가 있을 줄이야… 이를 두고 장강의 뒷물결이 앞 물결을 밀어낸다고 하는 것인가! 그런데 과연 누가 있어 저런 녀석을 키워낸 것일까?'

그 역시 제자를 둔 입장이다 보니 소진을 가르친 이가 누구일까 하는 의구심이 들었다. 하지만 그보다는 소진의 '알아내야 할 것이 있다' 는 말이 더욱 마음에 걸렸다.

"이곳에 뭔가 알아낼 것이 있어서 왔다고?"

"그렇습니다. 노선배님이라면 '무영' 이라는 이름을 알고 계시리라 믿습니다만······."

바로 이어지는 소진의 말에 묵혼도객은 정말 의외라는 표정을 지어 보였다.

"너는 정말 많은 것을 알고 있구나. 내가 이곳에 은거하고 있다는 사실과 내 하나뿐인 제자의 이름은 세상에 아는 이가 몇 되지 않거늘."

내 하나뿐인 제자! 이 말로 소진은 자신의 추측이 정확했다는 사실을 확인할 수 있었다. 하지만 이런 생각도 잠시, 소진은 이곳을 무사히 빠져나갈 방도를 찾기 위해 맹렬히 머리를 굴리기 시작했다.

"그렇다면 너는 무영, 그 아이에게 볼일이 있어서 이 야심한 밤에 청류장의 담장을 넘은 것이냐?"

"그, 그렇습니다."

"이런 시간에 도둑고양이처럼 몰래, 그것도 무기를 가지고 찾아온 볼일이라면 필경 좋은 일은 아닐 테군. 그렇다면 내가 일단은 자네를 잡아둬야만 하겠다는 생각이 드는데······."

묵혼도객이 말하는 바는 분명했다. 이 녀석이 어떻게 자신의 은거지를 알아냈는지, 제자와는 무슨 관계인지, 그리고 그의 스승이 누구인지 등 궁금한 점이 많았지만 일단은 이곳에 잡아놓고 무영을 불러들여 해결을 보기로 결정을 내린 것이다.

한편 유심히 상대를 지켜보며 내심 빠져나갈 궁리만을 하고 있던 소진은 묵혼도객의 이런 의도를 단번에 눈치 챌 수 있었다.

'이잇! 내가 순순히 잡혀줄 줄 알고!'

일단 상대가 손을 쓰기 시작하면 몸을 빼기가 거의 불가능할 것이라는 생각에 소진은 재빨리 먼저 신형을 날렸다. 우측으로 오 장여 떨어진 곳의 담장을 단숨에 뛰어넘으려는 생각이었다.

눈을 한 번 깜박일 정도의 시간 사이에 소진의 신형은 오 장이라는 거리를 가로질러 정면을 막아선 일 장 높이의 담장을 마악 넘으려 하고 있었다. 자신을 노리는 공격에 대비해 등 뒤로 모든 신경을 집중하고 있었지만 특별히 위험한 기운 같은 것은 전혀 느껴지지 않았다.

이대로라면 무사히 이곳을 벗어날 수도 있겠다는 생각이 막 들려는 찰나, 그의 정면으로 한줄기의 날카로운 경기(經氣)가 날아들었다. 전혀 예측하지 못한 곳에서의 공격. 소진은 이 갑작스런 상황에 대경실색하여 재빨리 그것을 피하려 하였으나, 그의 몸은 전력을 다해 앞으로 쏘아져 나아가는 상태였기 때문에 정면에서 날아드는 공격을 피한다는 것은 결코 용이한 일이 아니었다. 하지만 어느새 경기는 그의 코앞까지 짓쳐든 상태. 도저히 피할 수가 없는, 즉 충돌이 불가피한 상황이 되자 소진은 이를 앙다물고는 급히 두 손에 기운을 모으며 전신의 요혈(要穴)을 보호했다.

콰콱!

그리 요란스럽지는 않은 충돌음이었지만 담을 넘기 위해 반 장 정도 높이로 띄워져 있던 소진의 몸이 허공에서 크게 흔들리며 뒤로 밀려났다.

'크윽! 어, 어떻게 정면에서……'

전혀 예기치도 못한 방향에서의 공격에 크게 당황한 그는 가까스로 신형을 가누며 바닥에 내려섰다. 하마터면 땅바닥에 곤두박질할 뻔한 상황이었지만 겨우 위기를 모면한 소진은 바닥에 내려서자마자 의도적으로 몇 발자국 몸을 움직이며 또 다른 공격에 대비했다. 하지만 우려와는 달리 추가적인 공격은 이어지지 않았다.

"으음!"

날카롭게 두 눈을 빛나며 묵혼도객을 찾던 소진의 입에서 낮은 침음성이 흘러나왔다. 그는 한 발자국도 움직이지 않고 처음 나타났던 바로 그 자리에 서서 가만히 자신을 지켜보고 있었기 때문이다. 분명 방금 전 공격의 주체임이 틀림없는 그가… 입가엔 마치 재미있는 장난감을 보고 있는 듯한 느낌의 옅은 미소를 띤 채로.

"회, 회선장(回旋掌)?"

소진의 반응에 묵혼도객의 입가에 맺혀진 미소가 조금 더 짙어졌다. 아마도 무언(無言)의 긍정이리라.

상대방의 허를 노린 도주마저도 완전히 간파당한 지금 소진이 그의 손을 빠져나가기란 거의 불가능에 가까웠다. 이런 사실을 잘 아는 까닭에 묵혼도객은 여유를 가지고 이 눈앞의 젊은이를 유심히 관찰하고 있는 중이었다.

"후후훗, 자넨 정말 볼수록 재미있는 친구로군. 정말 재미있어. 방금 전의 경공이나 몸놀림, 그리고 내 회선장력을 받아내는 빠른 반응과 판단을 보면 무언가 있는 듯하면서도 한편으로는 너무 어설프단 말야. 마치 좀 전 자네의 그 어리숙한 잠입술처럼 말이지. 갈수록 궁금해지는군, 자네를 가르친 이가 과연 누구인지가."

아직 완전히 연마되지 않은 금강석. 묵혼도객은 소진에게 그런 느낌을 받고 있었다. 그것도 상당히 잘 갈고닦아진.

이런 젊은이를 보고 전대의 기인으로서, 그리고 역시 제자를 가르치는 이로서 그의 사부가 과연 누구인지에 관심이 가는 것은 당연한 일이리라.

하지만 세상만사가 다 자신의 의도대로 흘러가지는 않는 법. 소진과 그의 사부에 대한 호기심과 감탄으로 꺼낸 묵혼도객의 말은 듣는 이에게는 전혀 다른 의미로 받아들여지고 있었으니……

'뭐? 내가 어설프고 어리숙하다는 건 받아들일 수 있겠지만 어째서 갑자기 사부님을 들먹이는 거지? 나처럼 어설픈 제자를 길러낸 사람이 누군지 궁금하다는 것인가? 이이잇! 감히… 지금 사부님을 모욕하는 것인가!'

할아버지가 돌아가신 이후 줄곧 그 자리를 대신한 것은 다름 아닌 그의 사부, 진류 도장이었다.

그리고 소진은 자신의 이 하나뿐인 사부를 지금 상대가 조롱하고 있다고 굳게 믿어 의심치 않고 있었다. 순간 분노라는 이름의 불꽃이 가슴 깊은 곳에서 피어올라 삽시간에 온몸을 휘감으며 타올랐다. 상대에 대한 두려움과 이곳을 빠져나가야 한다는 생각은 이미 마화(魔花)의 먹이가 되어 어느새 흔적도 없이 사라져 버린 후였다.

"그나저나 자네의 기도는 어딘지 모르게 낯이 익은데 말이야……"

챙!

소진에게 아무런 반응이 없자 계속 자신의 생각을 꺼내놓던 묵혼도객의 입이 달빛 아래 청아하게 울리는 검명(劍鳴)에 막혀 굳게 다물어졌다. 돌연 소진이 등 뒤로 메어져 있던 검을 뽑아 든 것이다.

절도있는 동작으로 천천히 검을 뽑아 든 소진이 다리를 비스듬히 벌려 하체를 안정시키며 동시에 오른손으로 살포시 말아 쥔 검을 비스듬히 앞으로 내세웠다.

바람마저 숨을 죽인 가운데 두 사람은 여전히 침묵을 지키고 있다.

"좋은 자세로군. 한데 느닷없이 검을 빼 든 이유를 물어도 되겠나?"

둘 사이의 적막을 먼저 깨뜨린 것은 묵혼도객의 물음이었다. 그는 달빛에 비추인 서늘한 검광과 그만큼이나 차가운 소진의 안광을 한 몸에 받으면서도 여전히 입가의 미소를 지우지 않고 있었다.

"…나의 사부님께 배운 것을 제대로 보여 드리겠소."

잠시 침묵을 이어가던 소진이 무감정한 목소리로 대답했다.

"직접 보고 알아내라 이건가? 후훗! 재미있군. 지난 수십 년간 내게 정면으로 검을 들이댄 놈들은 손가락으로 꼽힐 정도이거늘… 좋다, 그렇다면 나 역시 제대로 상대해 주지."

암습 같은 것은 신경도 쓰지 않는지 옷자락을 펄럭이며 돌아선 묵혼도객 이천걸은 소진에게 정면으로 마주 보이는 전각으로 들어가더니 이내 한 손에 길고 뭉툭하게 생긴 평범한 도 한 자루를 들고 나타났다. 묵직한 도의 무게감이 마음에 드는지 만족스런 미소를 지어 보인 그는 대략 소진의 삼 장 앞에 멈춰 섰다.

"아, 그리고 자네, 혹시 내 집의 하인들이 기거하는 건물도 살펴보았나?"

지나가는 투로 묻는 말이었지만 순간 그의 눈빛이 날카롭게 빛났다. 그 모습에 소진은 상대가 무엇을 알고자 하는지를 직감적으로 알아챌 수 있었다.

"그들은 모두 수혈(睡穴)을 짚어놓았으니 내일 아침까지는 아마 세상 모르고 잠만 잘 거요."

"그렇군. 역시 내가 사람을 잘못 보지는 않았어. 자, 그럼 시작하세나.”

허공에 휘휘 몇 번 도를 그어본 묵혼도객이 아무렇게나 자세를 잡으며 소진에게 손짓을 했다. 먼저 공격하라는 의미였다.

맞닿은 어금니와 가볍게 검을 말아 쥔 손에 슬며시 힘이 들어가는 것을 느끼며 소진이 안광(眼光)을 빛냈다. 상대의 허점을 찾으려는 것이다.

뭉툭한 도선(刀先)을 지면으로 늘어뜨린 채 삼 장 앞에 우두커니 서 있는 묵혼도객. 너무도 허술해 보이는 자세였지만 시간이 지날수록 소진의 얼굴은 웬일인지 점점 어두워지고 있었다.

‘허, 허점은 너무도 많다. 하지만 그 어느 곳으로도 공격을 성공시킬 자신이 없다. 이, 이것이 바로 사천(四天)이라 불리우는 이들의 진짜 실력인가!’

어느새 소진의 이마에는 굵은 땀방울들이 송골송골 맺혀 있었다. 실제 칼을 맞대는 것보다도 더 큰 심력(心力)이 소모되고 있는 것이다.

‘정말 대단하군. 저 젊은 나이에 나의 무형지기를 이렇게나 받아낼 수 있다니…….’

사실 이미 묵혼도객은 자신이 일으키는 무형의 기운만으로도 적을 굴복시킬 수 있을 정도의 경지에 올라서 있었다. 소진 역시 조금만 더 지나면 결국 그에게 무릎을 꿇게 되리라. 하지만 그것은 그가 원하는 바가 아니었다. 그는 소진의 진짜 실력과 사문의 정체가 너무도 궁금했던 것이다.

암암리에 상대를 압박하던 자신의 무형지기를 거둬들인 묵혼도객이 큰 소리로 웃음을 터뜨리며 도를 아무렇게나 앞으로 내저었다. 얼핏 보면 시정잡배의 마구잡이식 칼질과도 같은 모습이었다.

“크허허헛! 이토록 기다려도 자네는 싸움을 시작할 생각이 없는 듯하니 그냥 내가 먼저 공격하도록 하겠네.”

슈슉!

묵혼도객의 말이 끝남과 동시에 그의 도기가 삼 장이라는 거리를 순식간에 가르며 소진에게 밀려들었다. 도저히 좀 전의 그 난잡한 ‘휘두름’의 결과라고는 믿어지지 않는, 머리카락이 쭈뼛 설 정도의 위력적인 도기(刀氣)였다. 하지만 단지 감탄하고만 있다가는 눈 깜짝할 새에 몸이 두 쪽이 날 만한 상황. 살기 위해서라도 소진은 부지런히 손에 들린 검을 놀려야만 했다.

스스슥.

이제는 소진의 것이 된 청진의 검이 한없이 부드럽게, 하지만 결코 느리지 않은 속도로 원을 그렸다. 그리고 그 부드러운 원의 궤적과 맹렬히 밀려드는 도기가 만나는 순간, 소진은 예상보다도 훨씬 묵직한 중압감에 몸을 떨면서도 전력을 다해 도기를 위로 쳐 올렸다. 이미 당가에서 선보였던 이화접목의 묘리였다.

파팟!

소진의 왼쪽 어깨 위로 지나가는 도기는 그 동반하는 경풍만으로도 얼굴이 따끔거릴 정도였다.

‘크흑! 이, 이런 무지막지한… 평범한 일수의 위력이 당가에서 상대했던 운귀자의 중검(重劍)만큼이나 강력하다니!’

긴장감에 등 뒤가 땀으로 축축하게 젖어들었다. 단지 일 초식의 교환이었지만 묵혼도객과 자신의 실력 차를 뼈저리게 느낄 수 있었다. 만약 운귀자와의 대결에서 이화접목의 무리를 완전히 깨우치지 못했다면 승부는 이 한 수로 결정났을지도 모를 일이었다. 하지만 상대방의 실력에 놀라는 것은 비단 소진뿐만이 아니었다.

'이럴 수가! 나의 팔성 공력이 담긴 도기를 아무런 피해 없이 받아냈단 말인가! 더구나 저, 저 검법은!'

"그것은 태극혜검! 이제 보니 무당파였구나!"

흠칫!

단 한 수 만에 자신의 무공 내력을 알아내 버리는 묵혼도객의 눈썰미는 소진을 놀라게 하기에 충분한 것이었다. 상대방이 이렇게 자신의 수법을 정확하게 알아보니 특별히 다른 대답을 할 필요조차 없을 듯싶었다.

하지만 이어지는 그의 말은 영 엉뚱한 것이었으니…

"그렇다면 너는 설마 무극검(無極劍)의 제자?"

"엥?"

난데없이 웬 이상한 이름이 튀어나온단 말인가. 무극검이라니… 하지만 소진은 금세 그 이름이 결코 낯설지 않은 것임을 깨달았다.

'갑자기 무슨 말을… 그런데 무극검? 무극검이라… 왠지 귀에 익은 별호 같은데. 앗! 그렇지! 무극검이라면 분명 사천 중의 일 인이면서 사문의 존장이신……'

문득 소진의 머리 속에 옥설(玉雪)이라는 도호로 불리우는 무당의 웃어른이 떠올랐다. 묵혼도객이 말하는 무극검은 분명 자신의 기억으론 그분의 별호가 틀림없었다.

무당의 무극검 옥설(玉雪) 도장.

그는 바로 단칼에 용의 배를 가를 만큼의 위력이 있다고 하여 도룡도객(屠龍刀客)이라 불리우는 묵혼도객(墨魂刀客) 이천걸, 그 박심정대한 무공으로 이름난 청성의 광무자(廣武子), 그리고 이미 사십 년 전 고

금제일의 신법(身法) 달인으로 인정받은 섬전무영(閃電霧影) 전백(全白)
과 더불어 무림사천(武林四天)이라는 영예로운 칭호로 불리우는 무당
파의 전설적인 기인인 것이다.

"노선배께서는 지금 무극검이라논 별호를 쓰시는 옥설 사숙조님을
말하는 것인가요?"

많은 의미를 내포하는 말이었다. 지금 소진은 '옥설 사숙조' 라는 표
현을 함으로써 자신과 무당의 관계를 직접적으로 시인하고 있는 것이
다. 어차피 상대방이 자신의 무공 내력을 알아내 버린 지금, 더 이상
정체를 숨긴다는 것은 무의미한 일이라는 사실을 깨달았기 때문이리
라. 게다가 여기엔 상대와 손속을 교환한 후 느낀 깊은 절망감 역시 한
몫을 하고 있었다. 도저히 빠져나갈 수가 없으리라는.

"뭣이! 사숙조라고? 그렇다면 너는 무극검이 아니라 그 아래인 진
자 항렬의 제자란 말이냐? 흥! 나는 믿을 수가 없다. 대체 무극검 이후
로 무당에 누가 있어 너 같은 아이를 키워낼 수가 있단 말이냐!"

"제 사부님은……."

이미 자신이 무당의 문하임을 밝힌 이상 주저할 것은 없었다. 소진
은 당당하게 가슴을 펴고 자신이 세상에서 가장 자랑스럽게 생각하는
사부님의 함자를 또박또박 발음했다.

"제 사부님은 무당에서 진 자, 류 자를 쓰시는 분입니다. 노선배님이
말한 본 문의 옥설 사숙조님은 아쉽게도 아직 한 번도 만나뵐 기회가
없었습니다."

"진류라고? 그럴 리가! 옥설말코가 아니라, 내가 은거할 당시 명호
조차 알려지지 않았던 그런 녀석 따위에게 배운 무공으로 나의 일도(一
刀)를 무리없이 받아낼 수 있을 리가 없질 않은가!"

묵혼도객의 적나라한 표현에 소진의 얼굴이 분노로 검붉게 물들었다.

"웃기지 마시오! 당신의 그 잘난 도기 따위는 백 번이 더 온다 해도 모두 받아낼 자신이 있소!"

묵혼도객의 얼굴에 냉랭한 기운이 피어났다. 소진의 말이 그의 심기를 자극한 것이다.

"흥! 좋게 봐주려 했더니 이제 하늘 높은 줄을 모르는구나. 좋다, 그렇다면 어디 얼마나 견뎌내는지 한번 보자꾸나."

말이 끝나기가 무섭게 묵혼도객 이천걸은 수중에 들린 장도를 정면으로 짧게 휘둘렀다.

파팟! 슈슉!

순간 날카로운 파공음과 함께 반월형의 도기가 소진의 가슴을 노리고 짓쳐들었다. 발끈하는 마음에 큰소리는 쳐냈지만 이미 지난번의 격돌로 이 도기의 위력을 경험한 소진은 한층 신중해진 얼굴로 검기를 끌어올렸다.

힘으로 대항해서는 몇 합 버티지 못할 것이 뻔했다. 역시 좀 전에 사용했던 이화접목의 수법이 가장 현명한 대처법이리라.

"크윽!"

퍼펑!

입 안에서 절로 묵직한 신음성이 터져 나온다. 뒤편으로는 흙더미들이 거의 담장을 넘어설 정도의 높이로 숫구쳐 오르고 있었다. 소진이 방향을 흘려보낸 도기가 땅으로 향하면서 만들어낸 결과물이었다.

하지만 이번에는 이 엄청난 위력에 놀랄 여유조차 가질 수 없었다. 충격으로 살짝 몸을 떨며 신형을 안정시키던 소진의 귓가로 연이은 파공성들이 들려왔기 때문이다.

'이런 젠장할!!'

순간 소진의 몸이 마치 곧은 나무 막대기가 쓰러지듯 그대로 뒤로 넘어갔다.

슈숙!

예의 그 날카로운 파공음과 함께 간발의 차이로 얼굴 몇 치 위를 스치듯 지나가는 강력한 도기. 시기 적절하게 사용된 멋들어진 철판교의 신법이었다.

그리고 계속되는 공격. 반격 같은 것은 엄두도 내지 못했다. 하긴 단지 피하고 막아내기에도 버거운 형편에 무슨 반격을 생각하겠는가. 하지만 그 와중에서도 다행인 것은 그 무지막지한 공격을 오십 초 이상이나 받아내면서 아직 큰 부상이 없다는 점이었다.

계속되는 격렬한 움직임과 묵직한 충격에 두 팔은 연신 고통의 비명을 질러대고 있었고 다리에는 가는 경련이 일어날 정도였다.

슈숙! 슈슈숙!

퍼퍼펑! 콰드득! 퍼펑!

대기를 찢어발기며 날아드는 도기와 그걸 피하고 막아낼 때마다 터져 나오는 폭음들. 자신이 아직 살아 있다는 것을 확실히 느끼게 해주는 그 파공음과 폭음들이 어느 순간 마치 거짓말처럼 사라지는 것을 느끼며 소진은 무거운 두 발을 잠시 멈춰 세웠다.

소진이 흘려보낸 묵혼도객의 도기가 바닥을 때리면서 피어오른 흙먼지들이 어느 정도 가라앉자 장내의 상황이 일목요연하게 드러났다. 꼭 집을 수는 없지만 어느 선을 중심으로 확연히 달라 보이는 모습.

마치 아무런 일도 없었던 듯 처음과 똑같은 자세로 꼿꼿이 서 있는 묵혼도객과 산발된 머리, 거의 누더기처럼 너덜너덜해진 옷, 그리고 사방에서 피어오른 흙먼지와 땀이 섞여 얼룩덜룩해진 얼굴의 소진은 너무도 극명한 대조를 보이고 있었다. 게다가 소진의 뒤로 펼쳐진 풍경이란…

곳곳에 움푹움푹 패인 구덩이들과 밑동만을 남기고 쓰러진 아름드리 나무들, 여기저기 무너진 담장들은 마치 큰 태풍이 지나간 후의 폐허와 같은 모습이었다.

"허억! 허억! 허억!"

소진이 비참한 몰골을 한 채 거친 한숨을 몰아쉬었다. 몸은 마치 물 먹인 솜처럼 무거웠고 오른손에 쥐어진 검은 천근만근처럼 느껴졌지만 긴장을 늦출 수는 없는 일. 몸은 무거워도 날카로운 시선만은 여전히 변함없는 자세로 서 있는 묵혼도객을 주시하고 있었다.

한편 돌연 공격을 멈춘 묵혼도객 이천걸 역시 묵묵히 상대방에게 눈길을 던지는 중이었다.

'대단하군. 나의 팔성 공력이 담긴 묵룡섬(墨龍閃)을 벌써 칠십 초식이나 받아내다니. 젊은 시절의 무극검도 저 정도는 아니었건만… 게다가 나이에 어울리지 않게 깊은 내공은 정말이지 놀라울 정도로구나. 이대로 십 년만 지난다면 가히 천하제일을 노려볼 만한 그릇이로다. 하나!'

"대단하군, 대단해. 내 묵룡섬의 수법을 이 정도까지나 받아낼 줄이야. 그럼 어디 이 한 수도 받아내는지 한번 보자꾸나."

이 갑작스런 기회에 조금이라도 체력과 내공을 더 회복하기 위해 안간힘을 쓰던 소진의 안색이 흠칫 굳어졌다. 이제까지 아무렇게나 칼질을 해대던 묵혼도객이 돌연 도를 가슴 높이까지 들어 올리며 어떤 초식의 기수식을 취하고 있었기 때문이다. 위력 면에서 보다 뛰어난 무공을 펼치려는 것임이 분명했다. 이제까지도 겨우겨우 버티던 소진의 얼굴이 절망으로 물들었다.

'크윽! 이런 상태로 더 이상은 무리다. 어차피 묵혼도객의 손아귀에서 빠져나가기란 불가능한 상태. 이렇게 그의 손에서 놀아나느니 차라리 이 목숨을 바쳐서라도 내 반드시 그에게 일격을 날리고 말리라!'

비장한 각오를 굳힌 소진은 그 이후의 일은 생각하지도 않는 듯 전신의 내공을 한 톨도 남김없이 끌어올리기 시작했다. 전신의 혈맥과 근육들이 터질 듯 비명을 질러댔지만 그는 이를 악물고 묵묵히 진기를 한곳으로 몰아갔다.

우우웅!

소진의 오른손에 쥐어진 검이 주인의 고통을 아는지 낮게 흐느끼며 울음을 토해낸다. 그리고 그 울음이 멈춰진 순간.

"묵룡참(墨龍斬)!"

묵혼도객이 냉랭한 목소리와 함께 먼저 도를 날렸다. 마치 마술처럼 묵혼도객의 도끝에서 생겨난 묵빛 도기가 광룡과 같은 기세로 소진에게로 짓쳐들었다.

그리고 그 모습을 지켜보던 소진 역시 이에 질세라 커다란 함성과 함께 자신의 온 힘이 담긴 일검을 떨쳐 냈다.

"우아악! 태극무한(太極無限)!"

서로를 향해 달려드는 커다란 힘이 두 사람의 중간에서 맞닥뜨린 순간, 묵혼도객은 똑똑히 볼 수 있었다. 서서히 자신의 묵룡도기를 반으로 가르며 다가오는 청색의 빛무리를.

"그, 그럴 리가! 거, 검강?!"

이 한 수로 승부는 결정이 난 것이라 생각하고, 아니, 확신하고 있던 묵혼도객의 안색이 순간적으로 차가운 돌덩어리처럼 딱딱하게 굳어졌다. 분명 자신의 눈으로 확인하고 있으면서도 사술(邪術)이 아닐까 하는 생각이 들 정도였으니 그의 놀람이 어느 정도인지는 알 만한 것이리라.

하지만 이런 심정과는 별개로 놀랍도록 단련된 그의 정신과 육체는 이 예기치 못한 위험에 대해 스스로 대처해 나가고 있었다.

자신을 집어삼킬 듯한 기세로 몰아치는 도기의 폭풍과 광포하게 휘도는 내부 진기의 가공할 압력에 소진의 입가에는 어느새 가느다란 핏줄기가 내비치고 있었다.

너무도 무리한 진기의 운용은 묵혼도객의 공격만큼이나 자신에게 큰 위험이 되는 것이었지만, 현재 소진은 오히려 그것에 더 더욱 박차를 가하는 중이었다. 혼신의 힘이 담긴 반 자 남짓한 길이의 검강이 상대의 묵빛 도기를 서서히 가르며 전진해 나아가고 있었기 때문이다.

'크윽! 조, 조금만 더…….'

문득 살아서 이곳을 걸어나가는 것은 자신이 될지도 모른다는 생각이 들 정도의 상황이었다.

하지만 자신에게 가해지는 압력이 갑자기 배가되는 것을 느끼며 잠시나마 이런 환상은 바람에 날리는 한 줌의 재처럼 단숨에 흩어지고 말았다.

현저히 느껴지는 힘의 차이. 잠시나마 유지하던 우위는 단숨에 나락으로 떨어지고… 묵빛의 용이 날카로운 이빨을 드리운 채 더욱 사나운 기세로 소진의 몸을 덮쳤다.

"크아악!"

초목이 몸을 움츠릴 정도의 참혹한 비명성이 터져 나오며 선홍빛 핏줄기가 허공을 물들였다.

모두가 짧은 숨을 한 번 몰아쉴 정도의 시간 사이에 벌어진 일이었다.

'이런!'

묵혼도객의 눈에 선연한 빛의 핏물을 토해내며 실 끊어진 연처럼 위태하게 뒤로 팅겨지는 소진의 신형이 잡혔다.

예기치 못한 위급 상황에서 자신도 모르게 전력을 쏟아낸 결과였다. 그리고 그것은 스스로 생각하기에 상대를 죽음으로 몰아넣기에 충분할 정도의 힘이었다.

'조금 전의 그것은 분명 완성된 형태의 검강이었다. 나이에 비해 놀랄 만한 실력이긴 하지만 검강을 구현하기엔 아직 부족함이 많아 보였는데 어떻게… 큰 실수로다, 실수였어. 저 아이에게 물을 말이 이다지도 많건만……'

이미 경지에 이른 자신의 눈을 의심케 할 정도의 놀라운 한 수를 보여준 아이. 분명 절명했으리라 생각하면서도 혹시나 하는 마음에 그는 신형을 날렸다.

만에 하나 아직 숨이 붙어 있을 경우 좌도방문의 사술로 혼백(魂魄)을 붙잡아서라도 자신의 의문을 풀려는 생각이었다.

하지만 그보다 한 발 앞서 바닥으로 떨어지려는 소진의 신형을 낚아채 가는 인영이 있었으니…

우측으로 오 장 정도 떨어져 서 있는 커다란 대추나무 그늘에서 갑자기 튀어나온 그 인영은 말 그대로 빛살 같은 속도로 달려와 소진의 축 늘어진 몸을 안아 들었다.

"갈!"

이 또 다른 불청객의 등장에 묵혼도객은 귀청을 울릴 정도의 호통을 내지르며 두 팔을 주욱 앞으로 내뻗었다.

콰르릉!

순간 흡사 뇌전이 몰아치는 듯한 소리가 터져 나오며 그의 손에서 시작된 묵빛의 장력이 엄청난 속도로 쏘아져 나갔다. 그의 절기 중 하나로, 마치 손에서 뇌전이 쏘아져 나가는 듯하다 하여 분뢰장(噴雷掌)이라 불리우는 무공이었다.

파팍! 우지직!

앞선 두 사람의 대결에서 부러져 가로 누워 있던 나무가 다시 두 동강 나며 부수적인 파편들이 허공으로 비산했다. 방금 전 묵혼도객이 내지른 분뢰장에 적중당한 결과였다. 그리고 또한 그의 장력이 헛되이 허공을 가른 결과이기도 했다.

파파팟!

소진을 들쳐 업은 인영은 달려오던 속도를 죽이지 않고 그대로 다시 앞으로 쏘아져 나갔다. 누군가 본다면 귀신이 아닌가 의심할 정도의 엄청난 속도였고, 동시에 이것이 방금 전 묵혼도객의 장력이 허공을 가른 주된 이유였다.

"머, 멈춰랏!"

자신의 분뢰장력이 상대의 발걸음을 멈추게 할 것이라 믿어 의심치 않던 묵혼도객은 오늘 자신의 예상이 연거푸 빗나가자 큰 당혹감을 느끼며 황급히 신형을 날렸다.

하지만 고작 십여 장 정도를 따라가던 그는 무슨 연유에선지 다시금 걸음을 멈춰 세우는 것이 아닌가!

한편 이러는 사이에 이미 소진을 안아 든 그 인영은 어느새 시야에서 사라져 버린 후였다.

"후후훗."

우두커니 담장 앞에 멈춰 선 묵혼도객 이천걸의 입에서 자조적인 웃음이 터져 나왔다.

"검강을 다루는 무당의 애송이에 이어서 이번에는 전광비(電光飛)의 경공을 사용하는 녀석이라… 그렇다면 아까 전혀 기척이 느껴지지 않던 중에 갑자기 나타난 것도 이해가 되는군. 아마 천둔무영(天遁無影)의 은신술을 사용하고 있었을 테니… 후훗, 정말 우습군. 오랜 세월이 흘렀다곤 하지만 젊은 고수들 중 내 손아귀를 벗어날 만한 실력을 가진 이가 적어도 둘이나 생겨날 줄이야. 아무리 그들의 후인(後人)이라 할지라도 말이지. 역시 앞 물결이 뒷 물결에 의해 밀려나는 강호의 순리는 바뀔 수 없는 것인가."

그가 이렇게 쉽게 추격을 단념한 것은 상대방이 사용하는 경공 수법을 알아봤기 때문이었다.

전광비(電光飛).

묵혼도객 이천걸이라는 이름이 도(刀)에 관한 한 천의무봉의 경지에 이른 절대고수를 지칭하듯, 경공과 은신술의 수법에 관한 한 누구도 따라갈 수 없다는 평가를 듣고 있는 이. 사십여 년 전 그와 함께 마교의 사대호법을 물리친 사천의 또 다른 일 인으로서 그들 중 가장 신비하다고 알려진 섬전무영 전백의 독문경공이 바로 이것이었다.

말 그대로 번개처럼 빠른 경공술. 마교와의 정사대전 당시 얼마나 많은 마교의 절정고수들이 섬전무영 전백의 대표적 장기인 천둔무영의

은신술과 전광비의 번개 같은 빠르기 앞에 농락당했었던가. 누구보다
도 이런 사실을 잘 알고 있는 묵혼도객은 상대의 경공이 전광비라는
것을 확인하고는 바로 추격을 포기한 것이다.

"무당의 제자와 섬전무영의 후인이라… 이들을 놓친 것이 훗날 어
떤 결과로 돌아올지가 의문이로구나."

많은 일들이 일어난 밤이었지만 사위는 아직도 어두컴컴했다. 미약
한 달빛 아래 엉망이 된 자신의 뒷 정원을 바라보며 잠시 심란한 심사
에 빠져들었던 묵혼도객은 이내 다시 잠을 청하려는 듯 자신의 전각으
로 걸음을 옮겼다.

내일은 아마도 하루 종일 소란스러우리라. 엉망이 된 정원을 원상복
구시키느라 하인들이 내내 부산을 떨 것이 뻔하기에……

살아 있다는 느낌

캄캄하던 밤하늘은 어느덧 짙은 푸른빛으로 변해가고 있었다. 어느새 또 다른 하루의 새벽이 시작되고 있는 것이다.

어딘지 모를 곳의 얕으마한 야산. 먼동이 트는 것을 느끼며 그는 서서히 발걸음을 멈췄다.

"하아! 하아!"

이미 뒤따르는 이가 없다는 것을 누차례 확인하고 또 확인하면서도 혹여나 하는 마음에 쉬지 않고 달린 지가 벌써 반 시진여. 스스로의 경공술에 대한 자신감이 남다른 그였지만 시체마냥 축 늘어진, 아니, 어쩌면 이제는 정말 시체일지도 모를 누군가를 들쳐 메고 전력을 다해 달린다는 것은 상당한 고역이었다. 그답지 않게 거칠어진 숨결이 그것을 잘 말해 주고 있었다.

풀썩!

평평한 바위 위에 업고 있던 이를 조심스레 내려놓는 그의 어깨가 등 언저리까지 검붉은빛으로 물들어 있었다. 멀쩡한 의복이 피로 물들어 있는 것으로 보아 그의 선혈이 아닌 것은 분명했다. 아마도 업혀 있던 이가 흘린 핏물이 그의 의복을 적신 것이리라.

채 숨을 돌릴 겨를도 없이 그는 황급히 눕혀진 이의 상세를 살피기 시작했다. 많은 양의 피를 쏟아낸 듯 상의는 온통 붉은빛으로 물들어 있었고 입가에도 흐르다 굳어진 핏물이 엉겨 붙어 있었다. 창백하다 못해 푸르게까지 보이는 안색은 영락없이 죽은 이의 그것과 같았다.

일단 외형적으로는 가슴 부근에 가로로 길게 이어진 깊은 상처가 가장 먼저 눈에 들어왔다. 상의를 붉게 물들인 선혈의 주된 원인은 아마 이것일 듯싶었다. 일견하기에 그 외에는 별다른 외상이 보이지 않자, 다음으로 그는 신중히 상대의 맥을 살피기 시작했다.

맥문을 잡아가는 그의 손이 가볍게 떨렸다. 수유의 시간이 마치 억겁처럼 길게만 느껴졌다. 하지만 손이 닿은 후에도 결코 쉽지가 않은 듯 한껏 좁혀지던 그의 눈이 일순 커다랗게 치켜 떠졌다. 금방이라도 끊어질 듯 미약하지만 아직 완전히 사라지지 않은 자그마한 생명의 기운을 감지한 것이다.

그는 황급히 품 안의 작은 옥병에서 엄지손톱만한 크기의 환약을 하나 꺼내 들었다. 사문 비전의 구명단(求命丹)이었다.

하지만 닫혀진 상대의 입을 억지로 벌리고 환약을 밀어 넣으려던 그는 무슨 생각이 들었는지 잠시 행동을 멈췄다. 그리곤 잠시 주저하는 듯하다가 이내 환약을 자신의 입에 넣고 잘게 부순 후 그것을 다시 상대의 입으로 밀어 넣었다. 자칫 환약이 기도를 막을까 염려하여 취한 행동이었다.

이 구명단이 그의 목숨을 구할 수 있을지는 미지수였지만 적어도 잠시간의 생을 연장시켜 줄 것임은 틀림없었다. 이후 넝마처럼 찢겨지고 피에 물든 상대의 상의를 벗겨내고 가슴의 상처에 금창약을 두텁게 바른 그는 자신의 상의를 찢어 상처를 동여맸다.

그로서는 현재 할 수 있는 모든 조치를 취한 것이었다. 이 이상을 위해서는 누군가 다른 이의 도움이 필요했다.

"잠시만 기다리거라. 내 서둘러 다녀오마."

생사를 오가는 이가 자신의 말을 알아들을 수 있을 리가 만무했지만 그는 진지한 눈빛으로 상대를 주시하다가 조금 전 지나쳤던 마을을 향해 신형을 날렸다.

멀리서 떠오르는 미약한 햇살이 그의 얼굴을 비췄다. 수염이 말끔히 정리된 호남형의 인물. 그는 다름 아닌 북경의 객잔에서 세상모르고 자고 있어야 할 설혼이었다. 그리고 혼절한 채 바위 위에 누워 있는 이는 바로 설혼의 도움으로 청류장을 벗어난 소진이었다.

두두두두!

푸른 하늘 아래 길게 이어진 관도를 두 마리의 갈색 말이 이끄는 마차가 거침없는 속도로 달리고 있다. 말들은 특별히 좋은 품종의 것으로는 보이지 않았고, 마차 역시 아무런 장식도 없는 그저 평범한 것이었다.

오늘 아침만 해도 북경성 외곽에서 서쪽으로 십 리가량이나 떨어진 자그마한 마을 어느 유지의 집에서 편안히 잠을 자던 두 마리의 말들은 지금 자신들의 새로운 주인이 된, 저 마부석에 앉은 빌어먹을 인간의 비위를 맞추기 위해 연신 거친 숨결을 토해내며 달리고 또 달리고

있었다. 조금만 속도가 떨어지려는 기미가 보이면 가차없이 엉덩이와
등판으로 채찍을 휘둘러 대니 죽어라 달리는 것 외에는 별다른 방법이
없는 것이다.

말들의 거친 숨결에 섞인 원망을 한 몸에 받으면서도 이를 아는지
모르는지 연신 채찍을 날리고 있는 이는 다름 아닌 설혼이었다. 새벽
녘 마을에 내려가 사람들을 깨워가며 가까스로 구입한 마차에 소진을
태운 채 해가 중천인 지금까지 오로지 죽어라고 달리고만 있는 것이다.

마부석에 앉은 설혼은 마차 안에 죽은 듯이 누워 있는 소진을 힐끔
바라보았다.

'생각 같아서는 낙양에 계신 사부님께 당장에라도 달려가 도움을 청
하고 싶지만, 이런 상태에서 장거리 이동은 소진에게 너무 위험하다.
항산에라도 어서 도착해야 도움을 좀 받을 수 있으련만……'

그의 사부라면 무림에서는 전설적인 기인의 한 사람. 그분이라면 분
명 어떤 명쾌한 방도를 제시해 줄 것만 같았지만 은거지인 낙양까지는
너무도 먼 길이다.

결국 설혼이 차선책으로 선택한 곳은 그나마 현재 위치에서 가장 믿
을 만하면서도 가까운 곳이며, 애초에 그의 목적지였던 항산(恒山)의
석정산장(石井山莊)이었다. 그곳의 오랜 식객 중 하나인 병서생(病書生)
공손기(公孫奇)의 의술이 뛰어난 경지에 이르렀음을 익히 들어 알고 있
었기 때문이다.

'에잇! 그나저나 이놈의 말들은 또 왜 이리 느려 터진 거야!'

"이럇! 이럇!"

그의 답답한 마음에 죽어나는 것은 마차를 끄는 두 마리의 불쌍한
말들이었다.

　그리고 단지 살기 위해 조랑말 시절 젖 먹던 힘까지 모조리 끌어다 발굽이 부서져라 달린 이들은 다음날 늦은 오후가 돼서야 가까스로 산서성 북동쪽 귀퉁이에 위치한 항산의 초입에 다다를 수가 있었다. 생존을 위한 처절한 몸부림의 결과였다.

　산서성의 영구현(靈具縣) 남쪽에 위치한 항산(恒山)은 중원을 상징하는 오악(五岳) 중 북악(北岳)으로 그 높이가 이천이백십구 척에 이르는 곳이다. 워낙 이름난 명산이고 산세가 수려한 까닭에 최고봉인 천봉령(天峯嶺) 아래로 뭇 산사(山寺)들과 태상노군(太上老君), 옥황대제(玉皇大帝), 원시천존(元始天尊)을 모시는 여러 도관들이 유명했다.

　그러나 이는 단지 항산을 오르길 갈망하는 일반인들에게나 유명한 것들이었고 강호인들 사이에는 항산 하면 떠오르는 곳이 한 군데 더 있었으니, 이름하여 석정산장(石鼎山莊)이다.

　항산의 서쪽 완만한 능선에 위치한 이곳 산장은 한때 탈혼수(奪魂手)라는 별호로 천하를 종횡하던 속가의 기인이 강호를 떠난 이후 말년을 보내는 곳이었다. 비록 그의 무공이 속가인으로서는 보기 드물게 훌륭한 것이고, 성품이 호탕하여 주위에 많은 벗이 있다고는 하나 이미 강호를 등진 인물.

　강호의 특성상 이런 이들은 수년만 흐르면 서서히 잊혀지게 마련이건만, 그럼에도 석정산장은 매년 강호거파와 유수한 무림세가의 방문객들이 줄줄이 이어지고 있다. 그 이유는 단 한 가지. 탈혼수 화조인(華照寅)이 나이 삼십 줄에 얻은 두 딸의 미색이 천하에서도 손꼽히는 것이었기 때문이다.

마차는 산 아래 버려둔 채 소진을 업고 석정산장에 도착한 설혼은 하인의 공손한 안내를 받으며 산장 안으로 들어섰다. 또 다른 누군가가 그가 왔다는 사실을 내원에 알리기 위해서인지 후닥닥 먼저 뛰어들어 가는 모습도 눈에 들어왔다.

"수고스럽겠지만 장주님께는 자네가 이야기를 좀 전해 드리고 일단 조용한 객방으로 안내해 주겠나?"

이미 그를 앞장서던 하인 역시 설혼의 등에 업힌 산송장 같은 인물에 적잖이 신경을 쓰고 있던 터라 군소리없이 그들을 내원(內院)의 객방으로 안내했다.

본래 내원의 객방은 주인의 중요한 손님이나 친인척이 아니면 들이지 않는 법이지만 안내하는 이나 따라가는 이나 모두 그리 어색해하는 바가 없는 걸 보면 설혼은 석정산장에 있어서 상당히 중요하게 평가되는 인물임에 틀림없었다.

아늑한 분위기의 객방에 들어선 설혼은 곧바로 소진을 침상에 눕히고 사지를 편안히 한 후 상세를 살폈다.

결코 헛되이 사용하는 일이 없기를 신신당부하며 사부님이 건네주셨던 네 알의 사문 비전 구명단은 이제 겨우 한 알밖에는 남지 않았다. 게다가 오는 길에 잠시 말을 쉬게 하기 위해 마차를 세울 때면 내공 소모를 아끼지 않으며 추궁과혈을 계속해 왔건만 지금 소진의 상세는 처음에 비해 결코 좋아졌다고 말을 할 수 없는 정도였다.

"사부님이 바들바들 떨리는 손길로 고작 네 알 주면서 죽어가던 사람도 단숨에 화색이 돌게 할 만큼 신묘한 구명신단이라고 신신당부를 하셨던 건데… 그래서 나도 이제껏 안 먹고 애지중지 가지고 있던 걸 세 알이나 먹였는데 아직도 전혀 차도가 없다니! 설마 제자를 무림에 내보내면서 뭔가 줄 게 없으니까 가짜 구명단을 줬던 건가? 아냐, 평소 속이 좁긴 했어도 그 정도까지는 아니었는데……."

여전히 바람 앞의 촛불처럼 위태롭기만 한 소진의 상세를 보며 자신이 먹인 세 알의 구명단의 효능에 심각한 의심을 품던 설혼의 귓가로 다급한 발자국 소리가 들렸다. 점점 선명하게 울리는 걸 보면 이곳을 향하는 것이 분명해 보인다.

덜컹!

거칠게 문이 열리며 누군가 급하게 방 안으로 뛰어들었다. 한눈에 들어오는 당당한 풍채의 중년인. 큰 코와 두툼한 입술, 그리고 각진 턱을 뒤덮은 굵은 턱수염이 사내다운 냄새를 물씬 풍기는 사람이었다. 상당히 개성이 강한 인상이었지만 그중에서도 특히 보는 이의 시선을 사로잡는 것은 그의 머리가 터럭 한 올조차도 남아 있지 않은 확실한 대머리라는 점이었다.

마치 제 집 안방이라도 되는 양 문을 박차고 들어온 중년인은 방 한켠에 서 있는 설혼을 확인하고는 한걸음에 달려와 양 어깨를 덥석 움켜쥐었다.

"이보게! 대체 무슨 일인가! 내 듣기론 다 죽어가는 듯한 이를 하나업고 왔다던데… 자네는 괜찮은 겐가? 응?"

상대의 걱정스런 눈빛에 설혼은 가슴이 훈훈해짐을 느꼈다. 누군가가 자신을 걱정해 준다는 것은 상당히 든든하고 기분 좋은 일임에 틀림없기 때문이다.

"예, 장인어른. 염려해 주신 덕분에 제 몸에는 별다른 이상이 없지만 제가 데려온 이 친구는 지금 위중한 상태여서 서둘러 손을 써야 할 것 같습니다. 이곳 석정산장의 식객들 중 빼어난 의술로 이름난 공손 선생이 계시다 들었습니다만……."

중년인은 일단 설혼의 몸에는 아무런 이상이 없다는 것에 안도하면서 그에게 장인어른이라고 불리운 것이 상당히 기분 좋았는지 만면에 미소를 띠며 흔쾌히 고개를 끄덕였다.

이 대머리가 인상적인 중년인이 바로 당금의 석정산장을 세운 장본인, 탈혼수 화조인이었다. 그리고 아직 강호에 알려지지 않은 사실이지만 설혼은 그의 두 딸 중 맏이인 빙혼수(氷魂手) 화옥(華玉)의 정혼자, 즉 장래 화조인의 사위 될 사람이었던 것이다.

아마 얼마 후 이 사실이 천하에 공표된다면 설혼은 뭇 강호 기남아들의 시기와 질투 어린 시선을 받게 될 것이 분명했다. 왜냐하면 빙혼수 화옥이라는 이름은 호사가(好事家)들에 의해 발표되는 강호 최우수 며느릿감 및 신붓감 후보에서 고정적으로 수위를 점하는 사봉(四鳳), 그녀들 중의 한 명이었기 때문이다.

"자네가 무슨 말을 하는 것인지 알겠네. 내 당장 공손 선생을 청해 오도록 하지."

잠시만 기다리라는 말을 남기고 올 때처럼 거침없는 발걸음으로 방을 나선 그가 다시 돌아온 것은 대략 반 식경 정도의 시간이 지난 후였다. 물론 옆에는 설혼의 부탁대로 병서생 공손기를 대동한 채로 말이다.

"으음……."

강한 바람이라도 불면 날아갈 듯 호리호리한 체격에 마치 중병이라도 앓는 듯 병색이 완연한 얼굴. 한참이나 진맥을 하고 가슴의 상처를 살피던 그의 입에서 나지막한 침음성이 터져 나왔다.

설혼은 문득 병서생이라는 별호가 그의 외모와 너무도 잘 어울린다는 전혀 엉뚱한 생각을 하면서도 황급히 진맥 결과를 물었다.

"어떤가요? 상태가 많이 안 좋은가요?"

"이건 정말이지… 설 소협은 이 환자에게 사문비전의 구명단을 세 알이나 먹였다고 했던가요?"

"예, 제가 분명 구명단을 직접……."

설혼은 차마 자신의 입으로 으깨어 직접 넣어줬다는 말은 하지 못하고 끝을 흐렸다. 아무리 거리낌없고 돌출 행동을 즐기는 성격의 그라도 장래의 장인어른 앞에서 그런 얘기를 하는 것은 영 껄끄러웠던 것이다.

"그렇다면 이분을 살린 것은 바로 설 소협이로군요. 먼저 제가 진맥한 결과를 자세히 말해 드리지요. 일단 이 환자는 무언가 감당하지 못할 정도의 충격으로 인해 심맥이 크게 상했습니다. 이런 표현은 좀 그렇지만 언제 죽어도 이상하지 않을 정도의 내상이더군요. 그런 이분의 끊어질 듯한 한 줌의 생기를 이어주고 있는 것이 바로 설 공자께서 가지고 계셨다던 그 구명단의 약력(藥力)인 듯합니다. 죽음의 문턱에 다다른 이를 이렇게 이승에 붙잡아둘 정도라면 참으로 탁월한 효능의 영단(靈丹)임에 틀림없군요."

"그, 그렇다면 진 아우가 회복될 수 있다는 말인가요?"

"그 과정이 지극히 더디긴 하지만 이미 부상은 치유되고 있는 상태입니다. 만약 제가 몇 가지 방법으로 약력을 격발시킨다면 지금보다 더 빠른 회복이 가능하긴 합니다만……."

순간 기쁨으로 물들던 설혼의 얼굴이 살짝 찡그려졌다. 공손 선생이

미묘한 말투가 왠지 모를 불안감을 안겨주었기 때문이다.

　"의원이기에 앞서 한 사람의 강호인으로서 이런 말을 전하는 것은 정말 안타까운 일이지만 솔직히 말씀드리지요. 어느 수준까지의 회복은 가능합니다. 다시 말해 일상의 생활을 영위할 정도까지는 회복이 가능하다는 얘깁니다. 하지만 무공을 되찾는 것은 아마도… 포기해야 할 겁니다."

　일순간에 방 안의 공기가 무겁게 가라앉았다. 아직 혼절해 있는 소진을 제외한 삼 인은 말하는 이나 듣는 이나 모두 무림인이 무공을 상실한다는 것이 무엇을 의미하는지 잘 알고 있었기 때문이다. 날개가 부러져 더 이상은 하늘을 날지 못하는 새와 같은 신세. 특히나 강호의 전설적 도객인 묵혼도객 이천걸조차 놀라게 한 소진의 실력을 직접 목도한 설혼의 충격은 더 더욱 큰 것이었다.

　"그럴 수가… 정말 방법이 없는 것입니까?"

　"가히 전설에나 나올 법한 영약의 힘을 빌린다면 혹여나 가능할지도 모르지요. 하지만 이런 바람이 얼마나 허황된 것인지는 설 소협이나 장주님께서도 잘 아시리라 믿습니다."

　"……."

　설혼은 대답 대신 힘없이 고개를 떨구었다.

　"그럼 장주님, 저는 탕약과 침구함을 준비해 올 테니 저를 도우면서 환자를 살필 아이를 한 명한 마련해 주십시오."

　치료를 위해 몇 가지 준비해 줄 것을 당부한 공손 선생은 서둘러 방을 나섰다. 비록 구명단의 힘으로 경각의 위기는 벗어난 듯했지만 환자의 상태는 아직도 엄중한 것이었기 때문이다. 설혼은 충격이 상당한 듯 여전히 앉은 채로 바닥만을 뚫어져라 응시하고 있었다.

‘남에게 쉽게 관심을 보이는 아이가 아니건만, 누구이길래… 대체 무슨 일이 있었던 것일까?’

화조인은 물끄러미 설혼과 침상에 누워 있는 소진을 번갈아 바라보다가 조용히 자리에서 일어났다. 설혼에게 묻고 싶은 점들이 한두 가지가 아니었지만 아무래도 지금은 때가 아닌 듯싶었다.

‘빨리 가고 싶으면 먼저 뛰어가면 될 걸 언니는 왜 나를 끌고 가지 못해서 안달이람. 설 오빠가 왔다는 소식을 직접 전해주는 게 아니었는데……’

이런 생각을 하는 와중에도 언니의 채근은 계속되고 있었다.

“연아! 오늘따라 왜 이리 걸음이 굼뜬 거니? 어서 가자~”

“좀 천천히 간다고 설 오빠가 도망가 버리는 것도 아니잖아, 언니. 그리고 이렇게 호들갑스러운 건 영 언니답지가 않다고. 설 오빠가 이런 언니의 모습을 본다면 뭐라고 할 것 같아?”

화옥(華玉)은 동생의 말에 문득 스스로도 느껴지는 바가 있어 객방으로 향하던 걸음을 잠시 늦추었다. 뭐, 굳이 부인하고 싶은 건 아니었다. 사랑하는 정혼자의 얼굴을 근 두 달 만에야 보게 된 탓에 그녀답지 않게 흥분한 게 사실이니까.

“호호호, 알았어. 그런데 너는 설 오빠가 뭐니? 앞으로는 그냥 형부라고 불러. 어차피 나와… 결혼할 사이인데.”

‘결혼’ 이라는 말을 내뱉는 그녀의 얼굴이 조금 상기돼 보였다. 두 사람 사이의 애정은 옆에서 지켜보기에도 애틋한 바가 있기에 그다지 틀린 말은 아니었다. 단지… 그녀는 자신의 감정에 충실하고 그것을 솔직히 표현하는 언니의 성격이 일순 부럽다는 생각이 들었다.

항산 산자락에 자리 잡은 석정산장이 대부호의 장원만큼이나 큰 것
도 아니고 두 사람은 산장 내부의 구조에 정통한 이들이었기에, 그녀들
은 어느새 내원 깊숙한 곳에 위치한 객방 앞에 도달할 수 있었다. 문
앞에서 일부러 작은 인기척을 낸 화옥은 주저없이 문을 열고 안으로
걸음을 옮겼다. 역시 그 아버지에 그 딸이라고나 할까?

"화매(華妹)! 끄응……."

침상 앞으로 바짝 의자를 끌어다 앉아 있던 설혼이 안으로 들어서는
그녀를 보곤 벌떡 일어났다. 하지만 이내 자신의 실수를 깨달은 듯 다
시 천천히 자리에 앉으며 미안한 표정으로 누군가에게 고개를 숙여 보
였다. 옆에 앉아 있던 공손 선생이 그에게 책망의 눈초리를 보내고 있
었다.

"설 가가……."

한편 설혼이 자리에서 벌떡 일어설 때까지만 해도 그가 자신에게 달
려와 으스러지게 껴안아줄 것을 기대했던 화옥은 이어지는 반응에 실
망해서인지 기운 빠진 목소리로 그의 이름을 불렀다. 하지만 이번엔
대꾸조차 없었다. 설혼은 미안한 표정으로 입 앞에 검지손가락을 대며
조용히 하라는 신호를 보내곤 다시 옆에 앉은 공손 선생과 침상을 번
갈아 주시했다.

어느새 다가온 동생이 충격으로 딱딱하게 굳어진 언니의 어깨를 잡
고 설혼의 뒤편으로 걸음을 옮겼다. 언니라면 죽는시늉도 하던 설혼이
저러는 이유가 사뭇 궁금해졌기 때문이다. 아니, 이미 공손 아저씨가
누군가를 치료 중이라서 그런 것은 눈치 챈 상태이니 정확히 말하자면
침상에 누워 있는 그 '누군가' 의 정체가 궁금한 것이리라.

걸음을 찬찬히 옮길수록 설혼의 몸에 가려 보이지 않던 환자의 얼굴

이 서서히 드러났다. 그리고 머리에서 턱까지 이어지는 환자의 완전한 윤곽을 확인한 순간 그녀는 자신에게 기대 있던 언니 화옥이 깜짝 놀랄 만큼 흠칫 몸을 떨며 떠듬떠듬 입을 열었다.

"소… 소진, 소 공자가 어떻게!"

항산의 석정산장이 유명한 이유는 장주인 탈혼수 화조인이 늘그막이 얻은 두 딸의 미색이 천하에서도 손꼽히는 것이었기 때문이다. 게다가 무공에 대한 자질 역시 자태만큼이나 뛰어나 천하의 후지기수들 중에서도 단연 발군의 기량을 선보일 정도였으니…

강호인들은 그런 그녀들에게 후기지수의 으뜸이라는 사봉의 두 자리를 내주는 것을 결코 주저하지 않았다. 냉혼수 화옥과 관음수 화연이라는 별호를 가진 그녀들에게…….

"뭣이? 진 아우가 사실은 무당의 약선(藥仙) 소진이라고? 하지만 그는 분명 무협에서 죽은 것으로 알려졌는데……."

"저도 정말 죽은 줄로만 알고 있었어요. 그래서 소 공자의 얼굴을 보고 더 더욱 놀랐던 거고요."

"잠깐! 그러니까 정리를 해보자면 사위가 오태산에서 만나 동행하게 된 저 친구가 실은 얼마 전 죽은 것으로 알려진 무당의 신진고수라는 말이냐? 사위에겐 그간 정체를 숨기고 있었던 것이고?"

연락을 받고 급히 달려온 화조인이 자신이 방금 들은 바를 확인하려는 듯 물음을 던졌다.

"그렇습니다, 장인어른."

"무당에선 이 사실을 알고 있는 것일까, 모르고 있는 것일까? 게다가 저 부상은… 이보게, 그렇다면 저 부상은 대체 어디서 당한 거지? 믿기는 힘들지만 연아의 말대로 저 젊은이가 정말로 당가에서 청성의 운귀자를 무찔렀다면, 당금 무림에 그를 저렇게나 곤궁에 빠뜨릴 만한 인물은 그리 많지 않을 텐데 말이야.”

강호를 등진 후 대부분의 시간을 산장에서만 지내는 화조인과 역시 비슷한 처지의 공손 선생은 비록 최근의 강호 소식에 대해서는 아는 바가 없었으나 둘 다 강호에 잔뼈가 굵은 인물들이었다. 때문에 그들은 화연과 설혼의 대화를 통해 알게 된 사실만을 가지고도 문제의 핵심을 정확하게 짚어내고 있었다.

하지만 이어지는 대답은 이런 그들의 냉정한 판단을 크게 뒤흔들어 놓을 만한 것이었다.

“그를 저렇게 만든 장본인은 바로… 묵혼도객 이천걸이었습니다.”

“뭐, 뭣이!”

“묵혼도객!”

설혼의 대답에 화조인과 공손 선생은 물론이고 화연과 잠자코 듣고만 있던 화옥까지도 도저히 믿지 못하겠다는 듯한 표정으로 다시금 그를 주시했다. 무언가 더 자세한 설명을 바라는 눈빛이었다.

“묵혼도객이 아직도 살아 있단 말인가? 하긴… 아직 광무자와 자네의 사부님도 살아 계신 상황이니 이상할 것도 없는 일이로군. 그런데 정말 묵혼도객이 확실한 겐가?”

“얼굴의 상흔과 무공, 그리고 그 엄청난 기도. 분명 묵혼도객 본인이었습니다. 만약 그가 잠시 방심한 틈이 아니었다면 저로서도 도저히 그의 손을 빠져나오기 힘들었을 것입니다.”

“나, 나는 믿지 못하겠네. 가슴에 난 상흔은 분명 엄청난 도기에 의 한 것 같기는 하네만 그 장본인이 묵혼도객이라니! 게다가 아무리 방심한 틈을 노렸다 해도 자네는 어떻게 묵혼도객의 손속 아래서 사지가 멀쩡히 도망 나올 수 있었단 말인가! 그것도 혼절한 저 친구를 데리고서…….”

이제껏 별 이의 없이 화조인의 말에 동조하고 있던 공손 선생이 도저히 인정할 수 없다는 투로 설혼의 주장을 반박하고 나섰다. 그러자 설혼은 입가로 쓴웃음을 지으며 자신의 장인인 화조인을 바라보았다. 화조인 역시 잠시 그를 마주보다가 가볍게 고개를 끄덕여 보이고는 입을 열었다.

“공손 아우, 사실 이건 몇 가지 사정 때문에 아직 비밀로 하고 있던 바이지만 상황이 이리 되었으니 내 말해 줌세. 저 아이가 바로 사룡 중 가장 신비하다고 알려진 신비룡 설혼이라네. 만약 전력을 다해 도망가고자 했다면 아무리 묵혼도객이라도 저 녀석을 잡기는 힘들었을 테지. 그는 전광비의 경공술을 익히고 있으니…….”

그가 신비룡이었다는 말에 새삼스러운 눈으로 바라보기는 했으나 그걸론 부족했다. 후기지수의 으뜸인 사룡(四龍)과 이제는 전설이 되어 버린 사천(四天)은 격이 달라도 너무 다른 존재들인 것이다. 그러나 마지막에 화조인이 덧붙인 설명이 그를 다시금 움찔하게 만들었다.

“전광비? 전광비라면! 그, 그렇다면 자네가 섬전무영 노선배의 후인이란 말인가?”

“제 사부님이 활동하시던 때의 외호가 섬전무영이었다 들었습니다.”

그의 대답에 병서생 공손기는 마치 꿀 먹은 벙어리마냥 멍청히 설혼을 바라볼 뿐이었다. 묵혼도객에 이어 이번에는 섬전무영의 제자라니…….

망연자실해 있는 공손기에게는 좀 더 생각할 시간이 필요하리라 생각한 화조인은 다시 궁금한 것을 물었다.

"아까 저 소진이라는 친구와 오태산에서 만나 북경까지 동행하게 되었다고 했지? 그 이후로 더 자세한 이야기를 좀 듣고 싶은데… 괜찮겠나?"

화조인의 물음에 설혼은 북경에 도착한 이후로의 일들을 설명하기 시작했다. 물론 원래는 이곳 석정산장으로 향하던 길이었지만 산중에서 맛본 소진의 음식 맛에 그만 북경까지의 동행을 결심하게 되었다는 말은 쏙 빼놓은 채로…….

"북경에 도착한 저희는 서로가 말 못할 사정이 있다는 것을 눈치 채고 헤어져서 각자의 일을 보게 되었습니다. 지금 생각해 보니 그때 소진은 아마 묵혼도객이 있던 장원의 위치를 확인하고 온 듯합니다. 그 당시 북경은 초행길인 듯했으니까요. 아무튼, 그리고 밤이 되어 잠을 자다가 무언가 이상한 느낌에 일어나 보니 방에서 저 녀석이 사라지고 없더군요. 그 당시에는 저도 정말 황당할 뿐이었습니다. 무공도 모르는 녀석이 아무 기척도 없이 사라졌으니…….""

"음? 무공도 모르는 녀석이라고? 그게 대체 무슨 말인가. 조금 전에는 분명히…….""

조금 전 분명 소진이 묵혼도객과 싸우다 부상을 당했다고 했으면서 이제는 무공을 모르는 이라고 하니 듣고 있던 화조인은 고개를 갸웃하며 말을 끊었다.

"그게… 저 역시 아직까지 의문인 점이지만, 묵혼도객 이천걸과 직접 자웅을 겨루는 모습을 보기 전까지는 저도 소진이 무공을 익혔다는 사실을 전혀 눈치 채지 못했었습니다."

"그럴 리가 있나! 무림인이라면 아무리 감추려 해도 주머니 안의 송곳처럼 금방 드러나는 것이 바로 그런 것이거늘……."

"아니에요, 아버지. 아마 설 오빠, 아니, 형부의 말이 맞을 거예요. 당문에서 운귀자와 대결할 때도 막상 칼을 맞대기 전까지는 아무도 소공자가 무공을 익히고 있다는 사실을 눈치 채지 못했었거든요. 그전부터 안면이 있던 저 역시 마찬가지였고요."

화연이 설혼의 말에 힘을 실어주자 화조인은 마지못해 수긍하는 빛을 보였다. 자신의 막내딸은 저 능구렁이 같은 사위 될 녀석과는 달랐다. 절대 허언을 내뱉을 아이가 아니었다.

한편 설혼은 '형부'라는 호칭에 흐뭇한 표정으로 화연을 한번 바라본 후 계속 말을 이었다.

"아무튼, 그래서 저는 지체없이 사문의 천리추종술(天里追從術)로 그의 흔적을 쫓기 시작했습니다. 그리고 도착하게 된 곳이 바로 묵혼도객의 장원이었죠. 상대가 묵혼도객이란 것을 확인한 뒤로는 천둔무영술을 극성으로 펼치면서도 안심이 안 돼서 오 장 이내로는 접근하기가 어렵더군요. 멀찌감치 떨어진 나무 그늘 아래 몸을 숨기고 두 사람의 대결을 지켜보았는데, 묵혼도객의 도기는 정말 보는 것만으로도 소름이 돋아날 정도였습니다. 장난 같은 휘두름에서 일어난 도기가 십 장 밖에 서 있던 아름드리 나무를 밑동째 쓰러뜨릴 정도였으니까요. 그런데 더 더욱 놀라웠던 것은 그런 상대의 공격을 계속해서 받아내는 소진의 실력이었습니다. 한 발자국도 물러서지 않고 맞서다가 결국엔 이런 신세가 됐지만 말이죠. 그 이후로는 조금 전에 설명해 드린 대로입니다."

설혼이 말을 마치자 제각각의 반응들이 터져 나왔다. 모두 표현하는 방법은 달랐지만 크게 두 부류로 나눌 수 있으리라.

먼저 화조인과 병서생 공손지는 도저히 믿기 어렵다는 반응이었다. 묵혼도객의 공격을 꿋꿋이 받아내는 젊은 검객이 다 죽어가는 안색으로 침상에 누워 있는 이 젊은이라니… 더구나 파리한 안색에 도무지 비범한 구석이라곤 찾아볼 수 없는 소진의 모습은 그들에게 이런 불신감을 더 더욱 강하게 심어주고 있었다.

반면 화연과 화옥 자매는 설혼의 말을 수긍하는 눈치였다. 화옥이야 정혼자인 설혼의 말이라면 팥으로 메주를 쑨다 해도 믿을 여인이니 어찌 보면 당연한 반응이었고, 운귀자와의 대결을 직접 목도했던 화연은 소진이라면 충분히 그럴 만하리라는 생각을 하고 있었다.

"장인어른과 공손 선생께서는 여전히 믿기 힘든 부분들이 있으신 것 같군요. 뭐, 더 자세한 대답은 진 아우, 아니, 소 아우가 깨어나면 충분히 해드릴 수 있으리라 생각합니다. 정신을 차리기만 한다면 말이죠."

설혼과 화조인의 시선이 공손기에게로 모아졌다. '소진이 언제쯤 되어야 정신을 차리겠느냐?'는 물음의 답을 구하는 눈빛이었다.

"흠흠, 설 공자가 복용시킨 구명단의 약효가 예상보다도 더 뛰어난 덕분에 늦어도 일주일 이내에는 정신을 차릴 수 있을 것으로 보입니다."

그 외에도 소진의 상태에 대해 몇 가지 설명을 더 늘어놓은 공손 선생은 잠시 밖으로 시선을 돌렸다. 어느새 창밖은 고요한 어둠으로 가득했다.

이후로도 현재의 상황에 대해 여러 가지 논의들이 오갔지만 이내 이들은 소진 본인의 설명 없이 더 자세한 내용—소진과 묵혼도객의 관계, 무당 내에서 소진의 처지 등—을 파악하는 것은 도저히 불가능하다는 사실을 깨달았다. 모든 중요한 열쇠를 소진이 쥐고 있는 이상 더 이상의 논의는 무의미했다. 이제 이들에게는 단지 기다림의 시간이 필요할 뿐이었다.

한 가지 특이할 만한 사건이라면 줄곧 소진에게 눈을 떼지 못하고 있던 화연이 마지막에 소진의 간호를 자원했다는 사실이다. 모두들 조금은 의아스러운 눈으로 그녀를 바라보았지만 그녀는 흔들리지 않는 맑은 눈빛으로 모두의 의심을 종식시키며 결국엔 다음날부터 병서생 공손기의 손을 도와가며 소진의 간호를 시작하게 되었다.

정말 힘겹게 눈이 감겼다. 밀려오는 졸음을 참으며 몇 번이고 눈꺼풀을 파르르 떨다가 감긴 눈이었으니 힘겹게 감겼다는 말이 맞으리라.

오랜만에 맞이한 단잠에서 그녀는 꿈을 꿨다.

우연한 첫 만남에서 그는 그녀에게 깊은 인상을 남겼다. 자신과는 전혀 다른 세상의 사람이라는 생각에 가슴에 묻어놓기 했지만 간혹 그를 떠올리면 입 안에 달콤한 기운이 맴돌았던 기억이 났다.

두 번째로 그를 만난 것은 사천의 한 객잔에서였다. 본래 감정의 절제에 능숙한 그녀였지만 객잔으로 들어서는 그를 발견했을 때의 그 반가움이란… 당가주의 회갑연에서 그의 정체를 알게 되었을 때에는 놀람보다도 안도감이 앞섰다. 그가 사실은 자신과 같은 세상의 사람이었다는 데서 오는 안도감이.

그리고 또다시, 이번엔 자신의 집으로 죽은 줄로만 알았던 그가 찾아왔다. 침상에 누워 있는 그의 얼굴을 확인한 순간 그녀는 이유없이 치솟아오르는 눈물을 가까스로 참아냈다. 그리곤 그가 깨어나기를 빌고 또 빌었다.

누가 그랬던가, 우연이 세 번 계속되면 인연이라고.

정말 힘겹게 눈이 뜨였다. 몸에는 기운이 하나도 없었고 눈꺼풀은
마치 천 근처럼 무겁게 느껴지는 중에 가까스로 희미한 빛을 보게 된
것이었으니 힘겹게 떴다는 말이 맞으리라.

그 작은 틈으로 스며 들어오는 빛줄기가 마치 뾰족한 바늘처럼 두
눈을 콕콕 찔러댔지만 절대 다시 눈을 감을 마음은 없었다. 지금 눈을
감으면 왠지 두 번 다시는 뜰 수 없을 것만 같은 불안감이 그를 그렇게
만들고 있었다.

시간이 조금 지나자 얇은 습막이 눈을 한결 편하게 해주었을 뿐 아
니라 빛에도 어느 정도 적응이 되어갔다. 그리고 그제야 소진은 하나
둘 주위를 둘러볼 여유를 가질 수 있었다.

창가를 비스듬히 비추는 양광(陽光)과 귓가를 간지럽히는 새들의 지
저귐. 아침의 분위기였다.

'으음, 도무지 몸에 힘을 줄 수가 없구나. 여기는 어디지? 내가 왜
이런 곳에⋯ 그래! 나는 묵혼도객과 칼을 맞대다가 분명⋯⋯.'

차츰 정신을 추스르며 자신이 혼절하기 직전까지의 상황을 기억해
낸 소진이 깜짝 놀라 몸을 일으키려 했다. 의도대로라면 분명 벌떡 침
상에서 몸이 일으켜져야 했으나 그의 몸은 단지 한 번 꿈틀하고 겨우
고개만 조금 위로 들려졌을 뿐이다. 그리고 그제야 소진은 자신의 침
상가에 있는 누군가를 발견할 수 있었다. 하얀 피부가 칠흑 같은 머리
와 너무 잘 어울리는 단아한 외모의 그녀. 앉은 채로 잠이 들었는지 두
눈은 살포시 감겨져 있었고 표정은 너무도 편안해 보였다. 아마도 좋

은 꿈을 꾸고 있는 듯싶었다.

하지만 어째서 그녀가 자신의 옆에 있는 것일까? 이 문제에 대한 답을 찾으려는 듯 소진은 그녀를 뚫어져라 바라보았다. 아니, 그보다 이유는 알 수 없지만 그녀에게서 도저히 시선을 뗄 수가 없었다는 설명이 더 맞을 것이다.

"으음……."

소진의 인기척에 잠을 깬 것인지, 아니면 긴 꿈이 끝난 것인지 작은 신음성과 함께 그녀가 눈을 떴다. 그리곤 그 크고 맑은 눈망울이 소진에게로 향했다. 두 사람의 눈이 허공에서 마주쳤다.

"소, 소 공자! 깨어났군요."

"화연 소저."

목소리가 좀 탁하긴 했지만 말하는 데 어려움은 없었다.

"다행이에요, 정말 다행이에요."

그녀의 진심 어린 말투에 소진은 묘한 감동을 느꼈으나 내색하지 않고 말을 이었다.

"여긴 어디죠? 몸에 힘이 하나도 없군요."

"여긴 저희 집이에요. 항산의 석정산장. 그리고 힘이 없을 만도 하지요. 무려 닷새 만에 정신을 차렸으니."

"오, 오 일 만이라고요?"

놀라서 토끼눈을 하는 소진을 보며 화연이 낮은 웃음을 터뜨렸다.

"호호홋, 그래요. 참! 이럴 게 아니라 어서 공손 아저씨를 불러와야겠네. 잠시만 기다리세요. 제가 소 공자의 질문에 자세히 답해줄 만한 분들을 데려올 테니까요."

화연이 자신에게 함박웃음을 지어 보이곤 방을 나가자 소진은 누운 채로 깊은 숨을 들이마셨다. 문득 누가 자신을 이곳까지 데려왔는지를 묻지 못했다는 생각이 들었지만 이내 머리에서 지워 버렸다. 어차피 잠시 후면 다 알게 되리라는 생각이 들어서였다. 화연이 열어놓은 창으로 들어온 서늘한 아침 공기가 폐부 깊숙이까지 스며들었다. 몸에 기운은 하나도 없었지만 그 기분 좋은 느낌을 만끽하기에는 전혀 불편함이 없었다.

살아 있다는 느낌. 화연의 말대로 정말 다행이라는 생각이 들었다.

第五章

세상에 죽으란 법은 없다

"그러니까 설 형님이 정말 그 신비룡(神秘龍) 설혼(雪魂)이라는 말인가요? 사룡(四龍) 중의 그?"

화연을 기다리던 중 방으로 들어서는 설혼의 모습을 보는 순간 소진은 미처 생각하지 못하고 있던 사실 한 가지를 떠올릴 수 있었다. 왜 그걸 생각하지 못했던가. 오태산 산중에서 처음 만나던 날의 그 가공할 은신술과 경공술! 자신이 가진 의문점들에 대한 답변을 명쾌하게 해줄 만한 이가 등장했음을 그는 직감적으로 알 수 있었다.

자신의 상세를 확인하려는 공손 선생의 손길조차도 물리치고 설혼과 대화를 시작한 지도 이미 일각여. 결코 긴 시간은 아니었지만 그간의 이야기를 듣기에는 충분할 정도의 시간이었다.

"미안하다. 사실 북경에서 기회를 봐서 이야기하려고 했는데 일이 이렇게 되는 바람에……."

이제야 자신의 정체를 밝힌 설혼이 조금 머쓱한 표정이 되어 말했다. 소진은 그런 그의 모습을 유심히 한차례 지켜보았다. 사룡과 자신의 인연은 참으로 남다른 면이 있다는 생각이 문득 들었다. 청성의 유운검 사구정, 지금은 죽고 없는 청진, 당가의 당표, 그리고 신비룡 설혼까지……. 설혼을 마지막으로 소진은 사룡을 모두 만나본 셈이었다.

'설 형님이 사룡 중에서도 가장 행사가 은밀하다는 신비룡이었을 줄이야… 게다가 비천무영의 제자였다니……. 이제야 일전의 그 엄청난 경공과 은신술도 모두 이해가 되는군.'

"설 형님이 제게 미안할 일이 뭐가 있나요. 저야말로 정체를 숨기고 있다가 하마터면 형님까지 위험에 빠뜨릴 뻔했는걸요."

청류장에서 자신을 구해낸 것을 두고 하는 말이었다. 설혼이야 좀 전에 대수롭지 않다는 투로 말했지만 실제로 그것이 얼마나 위험한 일인지는 소진 자신이 너무도 잘 알고 있었다. 제아무리 그가 고금제일의 경공이라는 전광비(電光飛)를 익혔다 할지라도 상대는 묵혼도객 이천걸인 것이다.

그래서일까? 설혼을 향한 소진의 눈빛에는 무한한 신뢰의 빛이 담겨져 있었다. 그리고 그런 그의 시선이 못내 부담스러웠던 설혼이 여지껏 주저하고 있던 말을 힘겹게 꺼냈다.

"소진아, 실은… 그것 말고도 한 가지 더 해줄 말이 있단다."

침상에 비스듬히 기대앉은 채 설혼을 바라보던 소진이 무엇이든지 말해 보라는 듯 편안한 표정을 지어 보였다. 하지만 오히려 그것이 더 큰 부담으로 작용하는 듯 한참을 망설이던 설혼은 결국 옆에 서 있던 공손 선생에게 시선을 돌렸다. 무언가 도움을 바라는 눈빛이었다. 그리고 다행히도 공손 선생은 그의 마음을 이해하는 듯 한 걸음 앞으로 나서며 대신 입을 열었다.

"흐흠, 소(蘇) 소협, 아무래도 이 문제는 의원인 내가 이야기하는 것이 더 맞겠군. 소 공자의 상세와도 관련이 있는 일이니 말이야."

그제야 설혼이 꺼내려던 이야기가 무엇인지 알아챈 화조인과 그의 두 딸의 낯빛이 무겁게 가라앉았다. 설혼은 어차피 알게 될 일이라면 빨리 사실을 밝히려는 생각을 하고 있는 것이다. 그중에서도 화연은 특하나 심각한 표정으로 상황을 주시하고 있었다.

"경청하겠습니다."

소진이 자신에게로 고개를 돌리자 병서생 공손기는 의원답게 침착한 안색으로 이야기를 시작했다.

"오 일 전, 설 소협이 데려온 자네를 처음 보았을 때 나는 정말 가슴이 철렁했다네. 굳이 표현을 하자면 그때의 자네는 마치… 산송장 같았거든. 하지만 진맥을 해본 결과 놀랍게도 자네는 죽음에서 한 발자국 발을 뺀 상태더군. 이 이유는 좀 전에 들어서 알고 있듯이 설 소협이 가지고 있던 구명단 덕분이었지. 일단 소생의 기운이 보이자 나도 희망을 가지고 자네의 상세를 치료하려 했었다네. 하나……."

공손기는 낮은 한숨을 내쉬며 잠시 말을 끊었다. 소진의 안색은 여전히 변함이 없었다.

"손을 쓸 수가 없더군. 그래, 자네의 내상은 의원인 나로서도 도저히 손쓸 방도가 없을 만큼 금방 숨이 넘어가도 이상할 게 없을 정도로 엄중한 것이었네. 단지 구명단의 약효가 한 줌의 생기만을 안전하게 보존하고 있을 뿐이었지. 이 상황에서 내가 할 수 있는 일이라곤 자네의

몸에 내재되어 있던 약력(藥力)을 격발시켜 생(生)의 기운을 더욱 북돋
아주는 것 정도가 전부였다네. 그러니까… 다시 말하자면 자네의 생명
을 살릴 수는 있었으나 안타깝게도 자네의 내가진기는… 다시 예전의
상태로 되돌리기 불가능하리라는 말일세."

"역시 그랬군요."

병서생의 무척이나 조심스러운 마지막 말을 들은 소진은 마치 이미
알고 있었다는 듯한 느낌의 한마디를 내뱉으며 씁쓸한 미소를 지어 보
였다.

그리고 이런 소진의 반응에 조마조마한 심정으로 그를 지켜보던 설
혼과 공손 선생, 화조인과 화연, 화옥 자매는 실로 어안이 벙벙할 따름
이었다.

'역시 그랬군요' 라니! 말이 조금 이상하긴 하지만 적어도 대경실색
한 얼굴로 혹시나 있을지도 모를 회생(回生)의 방도를 묻거나 절망과
좌절의 수렁텅이에서 허우적거리는 모습을 보여줄 것이라 예상하던 이
들에게 소진의 이런 반응은 너무도 의외의 것이었다. 무공 상실을 의
미하는 한마디를 들은 강호인의 반응치고는 말도 되지 않을 정도로 담
담한 모습이었다는 말이다.

"자네… 정말로 괜찮은 겐가?"

화조인이 떠듬거리는 말투로 물었다. 무림을 은퇴한 입장인 자신 역
시 이런 일을 당한다면 엄청난 충격을 받게 되리라. 때문에 나름대로
위로의 말까지 준비하고 있던 그에게 소진의 이런 반응은 도저히 이해
가 가지 않는 것이었다.

"실은 저 역시 미천하지만 의술을 익힌 관계로 여러분들이 오시기
전에 제 몸의 상태를 어느 정도 파악할 수가 있었습니다. 나름대로 운

기요상법에 대해서는 자신이 있었지만 이번 경우에는 도저히 길이 보이질 않더군요. 그래도 다행히 생명은 건졌으니 그것으로 만족을 해야겠지요."

"허허허, 이렇게 초연한 기질이라니… 소 공자야말로 내 처음 보는 기인 중의 기인이오."

모두의 심정을 대변하는 공손 선생의 한마디였다. 그들에게 소진은 말 그대로 젊은 기인으로 비춰지고 있었다. 단 한 사람, 화연을 제외한다면.

'후훗, 그래. 저런 반응은 소 공자니까 가능한 것이겠지. 그는 무당의 무진 도장보다는 약선루의 약선이 더 어울리는 사람이니까.'

그가 실의에 빠질 것을 걱정하던 화연은 의외로 담담한 모습에 한결 마음이 놓였다. 그리고 남들은 이해하지 못하는 그의 마음을 자신은 어느 정도 눈치 챘다는 사실에 그녀는 왠지 모를 뿌듯함을 느끼고 있었다.

종일 푸르던 하늘이 붉게 물드는 황혼 녘. 시야를 가득 메우고도 모자라 끝없이 이어진 협곡은 보는 이로 하여금 절로 고개를 숙이게 할 만한 장관이었다.

원체 붉은빛을 띠는 척박한 토양은 하루의 마지막을 장식하며 선연히 타오르는 태양 빛을 받아서인지 더 더욱 그 빛을 발하고 있다. 멀리서 본다면 가슴 한 켠이 섬뜩해질 만큼 붉게 빛나는 협곡.

"과연 인근의 주민들이 지나길 꺼려할 만한 곳이로군요. 붉은 토양이라니……."

"게다가 이름까지 '피의 협곡'이라면 누구라도 꺼리는 마음이 생길

만하구나. 모두 단지 자연의 조화일 뿐일진대."

약간은 공포스럽다고까지 할 만한 풍경 때문인지 이 넓은 협곡에 있는 이라고는 그들 일행이 전부인 듯싶었다.

─광무 사백, 그렇다면 지금이야말로 저희들의 뒤를 졸졸 따르는 녀석들을 제거하기에 절호의 기회가 아닐까요?

어깨를 나란히 하고 나아가던 운송자의 느닷없는 물음에 광무자는 잠시 그에게 시선을 던졌다. 그리곤 그 역시 같은 전음으로 대답을 해주었다.

─그런 쥐새끼 같은 놈들에게까지 일일이 신경을 쓸 필요가 있겠느냐. 우리는 그저 갈 길을 가면 그뿐.

청해성의 최남단에 위치한 거대한 협곡. 그 초입에 작은 촌락을 이루며 사는 이들에 의하면 '피의 협곡'이라는 섬뜩한 이름을 가진 이곳을 지나는 일단의 무리들이 있으니…

협곡을 온통 뒤덮은 적색의 토양과 선명히 대조되는 청색의 무리들. 이들은 바로 천하에 출사표를 던진 후 그 첫 목표로 잡은 곤륜파를 향해 이동 중인 청성의 문인들이었다. 그리고 그 선두에 선 채 무리를 이끄는 이들은 다름 아닌 광무자와 운송자를 비롯한 운 자 항렬의 인물들이다.

"광무 사백, 저희가……."

말을 꺼내놓고도 잠시 주저하던 운송자는 결국 묻고 싶던 바를 드러내 보였다.

"저희가 사천의 본산을 출발한 지도 벌써 열흘이 넘어갑니다. 곤륜파까지의 길이 험하고 거리가 비록 멀다고는 하지만 걸음을 재촉했으면 벌써 닿았어도 무리가 없는 상황이 아닌지요. 하지만 저희는 이제 겨우 반을 왔을 뿐입니다. 대체 왜 이렇게 여정을 늦추시는 겁니까, 사백? 사천(四川)에서 아미와 점창을 상대했을 때처럼 폭풍 같은 기세로 몰아치리라 예상했던 저희들은 참으로 당혹스러울 따름입니다. 더욱이 청성을 나선 이래 계속 저희의 뒤를 따르는 이들을 모른 척 가만히 놔두시는 것도 저의 짧은 소견으로는 이해하기가 힘듭니다. 사백께서는 어떤 뜻을 가지고 계신 것인지 가르침을 내려주십시오.”

뒤를 따르던 운몽자와 운학자 등은 짐짓 아닌 척하면서도 모두 운송자의 물음에 주의를 기울이는 중이었다. 다름 아닌 광무 사백의 명인지라 군소리없이 따르고는 있었지만 그들 역시 지금의 이런 상황이 의아스럽기는 마찬가지였던 것이다.

“허허헛, 그것이 그토록 궁금했으면 진작에 물어볼 것이지 어찌 줄곧 마음속에 품고 있다가 이제야 묻는단 말이냐?”

광무자의 대수롭지 않다는 듯한 반응에 질문을 던진 운송자의 귀밑이 살짝 붉어졌다. 생각해 보면 광무 사백에 대한 너무 큰 믿음이 만들어낸 웃지 못할 촌극인 것 같기도 했다.

“하긴 미리 귀띔을 해주지 않은 내 잘못이 큰 것 같기도 하구나. 사실 그렇게 복잡한 것은 아니건만. 우리가 이렇게 천천히 길을 가는 것은 지금보다는 가까운 미래를 위해서이다. 생각해 보거라. 지금이야 막 출진을 한 상태이니 누구 하나 부상을 당한 이도 없고 제자들의 사기도 높지만 곤륜을 상대한 후에는? 그리고 다른 문파들을 상대한 후에는? 며칠 앞의 일들을 내다보기 힘든 것이 지금 우리의 실정이다. 지금의 움직임은 그런 때에 대비하기 위한 것이지. 이제 곧 맞닥뜨리게 될 곤륜부터 생각해 보자꾸나. 물론 곤륜에 패할 정도라면 애초에 이런 계획은 세우지도 않았겠지만 그 과정에서 혹여 이중 누군가 부상을 입게 될지도 모를 일이다. 문파 간의 대결은 아마도 장로들로 대변되는 절정고수들 간의 비무로 진행될 것이기에 충분히 가능한 일이겠지. 그러나 명심해야 할 것은 우리가 상대할 이들은 곤륜이 다가 아니라는 점이다. 계속해서 또 다른 상대를 찾아가야 하는 상황에서 우리 역시 전력을 정비하고 부상자를 치료할 시간이 필요하겠지. 하지만 우리는 쉴 수가 없다. 왜냐하면 이 싸움은 우리가 시작한 것이기 때문이지."

이제야 알겠다는 듯 고개를 끄덕이는 운송자를 보며 광무자가 부연 설명을 덧붙였다.

"만약 청성에서 곤륜까지는 번개 같은 속도로 움직인 우리가 다음 상대를 찾아가는 과정에서 부상자를 치료하고 전력을 가다듬느라 오랜 시간을 허비한다면 강호인들의 눈에 우리가 어떻게 비춰지겠느냐? 그들은 아마도 우리의 실력에 의문을 품게 되겠지. 하나 이렇게 느리긴 하지만 일정한 속도로 이동해 나간다면? 우리는 필연적으로 생기게 될 부상자들을 안정적으로 치료할 시간을 벌게 될 뿐 아니라 강호인들의 얄팍한 판단의 잣대를 신경 쓸 필요도 없게 되는 것이다. 그러니 고작 우리의 뒤를 밟는 어리석은 녀석들 따위에게 너무 조바심 내지 말고 조금만 여유를 갖거라. 우리는 지금과 같은 이 속도로 천하를 굴복시킨 후 다시금 청성산을 밟게 될 테니."

운송자는 감탄했다는 듯 옅은 탄성을 내뱉으며 어느새 한 걸음 앞서가는 광무 사백의 등을 바라보았다. 나이에 걸맞지 않게 넓기만 한 광무자의 어깨를 바라보는 그의 눈빛에는 무한한 신뢰의 빛이 담겨져 있었다.

'이것이 첫 번째 이유라면 두 번째는⋯ 천하의 이목을 집중시킬 필요가 있기 때문이지. 왜냐하면 그것이 천화상단이 우리 청성을 지원하는 대가로 내건 유일한 전제 조건이었으니까. 어째서 고작 그런 조건을 내걸었는지는 모르겠으나 저들 역시 나름대로의 꿍꿍이속이 있겠지. 상인이라는 자들은 결코 이윤이 나지 않는 일에 손을 대지 않는 법이니.'

제자들에게는 미처 밝히지 못한 사실을 가슴속에 되뇌이며 광무자는 청해성 남단의 거대한 핏빛 협곡을 한 걸음 한 걸음 나아가고 있었다.

멀리 보이는 산 중턱의 나무들이 드문드문 보기 좋은 붉은빛으로 물든 것을 보면 강북의 여름도 어느새 끝나가는 듯하다. 산장 옆으로 난 소로를 잠시 걸으면 항산의 풍광이 한눈에 들어오는 멋진 장소를 만나게 된다. 글을 배운 묵객이라면 멋진 시 한 수가 절로 터져 나오고, 술맛을 아는 주당이라면 독한 죽엽청 한 잔이 간절히 그리워질 만한 그런 곳이었지만 그 가운데의 평평한 바위 위에 앉은 소진은 무슨 생각을 그리하는지 주변의 경치에 젖어들지 못한 채 시선을 바닥에만 고정시키고 있었다.

'오행신공의 요상편을 벌써 몇 번이나 외워보았지만 도저히 길이 보이질 않는구나. 어떻게 된 게 이놈의 내상은 매번 그 정도가 심해져서 이제는 회복할 방도조차도 떠올릴 수가 없으니 원.'

그렇다. 이번엔 정말로 대책이 서질 않았다. 처음 정신을 차린 그날부터 사흘이 지난 지금까지 한시도 쉬지 않고 고민한 문제에 대한 해답은 여전히 그 모습을 드러내질 않고 있었다. 강호에 출도한 이후로 벌써 심각한 내상을 스스로 치유한 경험도 두 번이나 되고 최고 수준의 요상법인 오행신공 요상편을 달달 외우고 있는 그였지만 말이다.

물론 목숨을 건진 것만으로도 다행이라는 처음의 생각이 변한 것은 아니었다. 단지 그는 포기하지 않고 혹시라도 가능할지 모를 모든 방법들을 생각해 보고 있을 뿐이었다.

'그렇다고 무협(巫峽)의 동굴에서와 같은 방법을 쓰는 것은 섶을 지고 불구덩이에 뛰어드는 격이고… 차라리 용한 심마니를 하나 구해서 산속이나 뒤지고 다녀볼까? 지성이면 감천이라고, 혹시 공손 선생이 말했던 희세(稀世)의 영약이라도 발견하게 될지 모를 일이니.'

피식, 스스로 생각해 놓고도 너무 어이가 없었는지 소진은 입가에 허탈한 웃음을 지으며 무릎 사이에 파묻고 있던 고개를 들어 올렸다.

"크크큭, 내가 어쩌다가 이런 생각까지 하게 된 거지? 나참, 정말 어처구니가 없군."

"호호홋, 무슨 생각을 하셨길래 그렇게 어처구니가 없다는 거지요?"

아무도 없는 줄 알고 큰 소리로 혼잣말을 내뱉었던 소진이 깜짝 놀라 뒤를 돌아보았다. 어느 틈에 나타났는지 하얀 치아를 길고 가는 손으로 가리며 나지막이 웃고 있는 화연 소저가 눈에 들어왔다. 문득 눈앞이 환해지는 기분이었다.

"화, 화 소저, 대, 대체 언제부터 거기에……."

"실은 조금 됐어요. 무언가 깊이 생각하시는 것 같아서 잠자코 지켜보고만 있었지요. 여기는 혼자서 오신 건가요?"

"그, 그렇지요."

얼굴을 발갛게 물들인 소진의 모습이 재밌었는지 화연이 다시 한 번 짤랑짤랑한 교소를 터뜨린 후 말을 이었다. 조금 놀랍다는 듯한 표정이었다.

“소 공자의 회복 속도는 정말 경이롭다는 말이 어울릴 정도네요. 정
신을 차린 지 사흘 만에 스스로 거동할 만큼 기력을 회복하다니.”

“제 능력이라기보다는 모두가 설 형님 덕분이죠. 하루가 다르게 몸
상태가 좋아지는 걸 보면 그 약의 효과가 대단하긴 대단한 듯하군요.
공손 선생조차도 이제 더 이상의 치료는 필요가 없겠다고 말씀하실 정
도니까 말이죠. 참! 그리고 보니 정말 고마운 사람이 한 명 더 있었네
요. 아마 산장의 사람이었던 것 같은데……..”

“예? 그게 누구죠?”

석정산장의 사람이라는 말에 화연이 되물었다.

“제가 혼절해 있는 동안 계속 절 간호해 준 분이 한 분 계세요. 처음
정신을 차렸을 때 가장 먼저 이야기를 나눈 사람이기도 하고요. 물론
그 이후에도 여러모로 도움을 많이 받았죠. 나이는 대략 화 소저 정도
이고 얼굴도 화 소저만큼이나 아름다운 분인데… 혹시 누군지 아시나
요?”

소진의 능청스러운 질문에 이번에는 화연의 얼굴이 잘 익은 사과빛
으로 물들었다. 하지만 그리 싫은 기색은 아니었다. 특히나 ‘화 소저만
큼이나 아름다운’ 이라는 말은 그녀의 가슴을 뛰게 하기에 충분한 말이
었다.

그리고 그녀의 달아오른 얼굴 역시 소진의 시선을 빼았기에 충분한
것이었다. 잠시간 넋을 잃고 그녀의 옥용을 바라보던 소진은 이내 자
신의 실태를 깨닫고 황급히 시선을 돌리며 말을 이었다. 다행히 그녀
는 고개를 숙이고 있어서 그의 이런 행동을 눈치 채지 못한 듯싶었다.

무언가 이 어색한 분위기에서 벗어날 구실이 필요했다.

“허, 허헛, 화 소저, 아, 아직 식사 전이시죠? 이렇게 큰 도움을 받고

도 제가 변변히 해드릴 것이 없군요. 괜찮으시다면 제가 점심 식사를 대접해 드려도 될까요?"

"…예."

작은 목소리로 짧은 대답을 겨우 내뱉은 그녀가 종종걸음으로 먼저 앞서 나갔다. 아마 소진을 주방으로 안내하려는 것이리라. 그녀는 소진의 점심을 대접하겠다는 말의 의미를 정확히 알고 있었기 때문이다.

석정산장의 제법 널찍한 주방에 들어선 소진은 오랜만에 느껴보는 이 친숙한 분위기에 절로 기분이 좋아졌다. 약간 습한 공기와 그 속에 녹아들어 있는 음식 내음. 그가 주방 내부를 찬찬히 둘러보는 동안 숙수장에게 무언가 말을 건넨 화연이 다시 그의 옆으로 다가왔다.

"숙수장에게는 제가 말을 해놓았으니 편하게 요리하실 수 있을 거예요. 그런데 정말 제가 도와드릴 건 없나요?"

"그럼요. 화 소저께서는 그냥 편안히 구경이나 하고 계세요."

"하지만 아직 기력이 완전히 회복된 것도 아닐 텐데……."

그녀의 걱정스런 말에 소진은 왠지 모르게 기분이 좋아져서는 가슴을 탕탕 두드리며 말했다.

"하하핫, 걱정하지 마세요. 단지 무공을 쓸 수 없을 뿐이지 기운은 넘쳐 나니 말이죠."

그 모습이 꽤나 우스웠는지 화연이 나지막한 웃음을 터뜨렸다. 저 정도까지 호언장담한다면 크게 걱정할 일은 없을 것 같았다.

"호홋, 소 공자님의 모습을 보니 어떤 음식이 나올지 사뭇 기대가 되네요. 그렇다면 저는 가서 언니와 형부를 데려올게요."

그녀가 설혼과 화옥을 불러오기 위해 주방을 나서자 소진은 손을 비비며 오랜만에 요리를 준비하기 시작했다. 누군가를 위해 요리를 한다는 것은 언제나 즐거운 일이었지만 그 대상이 화연이라는 사실이 특히나 그의 마음을 들뜨게 하고 있었다.

종인걸(鍾仁杰)은 과거 탈혼수 화조인이 강호를 종횡할 당시, 그의 도움으로 목숨을 건진 후 이것이 인연이 되어 석정산장의 일원이 된 사람이었다. 그의 직업은 다름 아닌 요리사. 석정산장이 지어진 이래로 십수 년의 세월 동안 변함없이 숙수장의 직책을 맡고 있는 인물이 바로 그인 것이다.

하지만 그런 그도 주방에서 장주의 금지옥엽 중 하나인 관음수 화연 소저의 방문을 받은 것은 오늘이 처음이었다. 마치 천계에서 내려온 선녀와 같은 그녀의 자태는 아마 평생 그의 머리 속에서 잊혀지지 않으리라.

문득 종인걸의 시선이 주방의 한쪽 구석으로 꽂혔다.

'돌아가는 상황을 보아하니 막내아가씨께서는 저 녀석이 직접 만든 음식을 드시려는 건가? 치잇! 어디서 온 녀석인지는 모르겠으나 감히 이 종인걸을 제쳐 놓고 막내아가씨 앞에서 음식 솜씨를 뽐내려 하다니. 크흐훗, 그러나 결코 쉽지는 않을 것이다. 이미 막내아가씨는 내 뛰어난 음식 맛에 익숙해 있어서 어지간한 수준의 음식은 거들떠보지조차 않으실 테니.'

상대의 느릿느릿한 칼 놀림을 보며 종인걸은 자신의 생각에 확신을 가졌다. 엉성한 칼질로 볼 때 실력도 안 되면서 작은아가씨의 환심을 사기 위해 이곳을 찾은 녀석임에 틀림없었다.

자신의 주방에서 칼을 잡기엔 아직 십 년은 이르다는 말을 해주고 싶어 입이 간질간질했지만 가까스로 참아낸 그는 찬찬히 밖으로 걸음을 옮겼다. 어찌 됐든 그는 작은아씨의 손님인 것이다.

한편 이 엉성한 칼질의 주인공인 소진은 나름대로 심각한 난관에 봉착해 있었다.

'이, 이런! 그러고 보니 주방칼의 무게를 미처 생각하지 못했었구나. 화 소저에게는 이미 호언장담을 해놓고선 이제 와서 칼이 너무 무거워서 음식을 만들지 못했다고 말할 수도 없는 노릇이고… 에휴~ 한마디로 진퇴양난이로군.'

절로 한숨이 터져 나왔다. 스스로 생각해도 정말 어처구니가 없는 사태였다. 설마 거의 이십 년간을 매일같이 손의 일부처럼 능수능란하게 다뤄온 주방칼이 커다란 환도(環刀)마냥 무겁게 느껴지는 날이 올 줄이야!

아직 기초적인 근력조차도 완전히 회복되기 전이라 무언가를 힘주어 오래 잡고 있는 것이 여간 힘든 일이 아니었다. 상황이 이러하니 칼질이 생각과 달리 영 어색하고 엉성해지는 것은 당연한 결과이리라.

"그래도 역시 별수없겠지. 상당히 힘겹긴 하겠지만 일단 시작한 일은 끝을 보는 수밖에."

이미 다른 사람까지 부르러 간 화연에게 양해의 말을 전할 만큼 소진의 낯짝은 두껍지 못했을 뿐더러, 요리사로서의 자존심이 상당히 작용한 결정이었다.

좌우의 손목을 번갈아 주무른 소진은 다시 오른손으로 주방칼을 집어 들었다. 이번에는 좀 전과 달리 손잡이를 최대한 짧게 잡고 있었다. 조금이라도 힘을 적게 쓰려는 생각에 취한 행동이었다. 그리곤 예의 그 엉성해 보이는 칼질이 다시 시작됐다.

음식을 만드는 소진이나 음식을 먹으려는 이들이나 모두 상당한 인내심이 필요할 듯싶었다.

"연아, 아직도 더 있어야 하는 거니? 잠시만 잠시만 하면서 기다린 지도 벌써 반 시진이 다 되어가잖아. 대체 산해진미를 얼마나 만드는 중인지는 모르겠지만 주방에 가서 적당히 좀 마무리해서 가져오라고 하면 안 되겠니?"

"언니, 소 공자도 아마 성심성의껏 준비하고 있을 텐데 내가 재촉을 하러 가면 기분이 상할 것 아냐. 그러지 말고 정말로 조금만 더 기다려 보자. 응?"

"또 그 조금만이니? 칫! 약선(藥仙)이든 약신(藥神)이든 한 번만 더 대접받으려 했다가는 분명 기다리다가 지쳐서 굶어 죽고 말 거야."

화옥이 계속 툴툴거리며 불평을 늘어놓는다. 사실 틀린 말은 아니었다. 벌써 반 시진이나 무언가 나오길 기다린 덕분에 시간은 벌써 미시(未時:오후 2시)를 넘어서고 있었다. 점심때가 한참이나 지나 버린 것이다.

"화매, 우리 좀 더 기다려 보자고. 그 녀석이 이렇게 오래 시간을 끄는 걸 보면 분명 뭔가 대단한 걸 만들어 오려는 것 같으니 말야. 왠지 기대되지 않아?"

"흥! 기대는 무슨! 무림인에다 나이도 저렇게 젊은데 요리 실력이 뛰어나 봤자지. 설 가가, 음식이란 어느 정도 연륜이 붙은 손이 만들어야 깊은 맛이 나오는 법이라고요."

한마디 더 내뱉기는 했지만 원래 설혼의 말이라면 껌벅 죽는 그녀였기 때문에 그 이상 입을 열지는 않았다. 그녀가 조용해지자 방 안이 따라서 조용해졌다.

그리고 그 덕분에 그들은 점차 가까워지는 누군가의 발소리를 더욱 명확히 들을 수 있었다.

"누가 문을 좀 열어줘요~"

문 앞에서 발자국 소리가 멈추고 대신에 목소리가 들려왔다. 틀림없는 소진의 것이었다. 가장 가까이 있던 설혼이 주저없이 문을 열었다.

그는 왠지 모르게 소진의 목소리 끝이 떨린다고 느꼈지만 손에 들린 커다란 접시를 보는 순간 그런 생각은 저 멀리 날아가 버리고 말았다. 물론 접시에 정신이 팔린 나머지 소진의 이마에 자그마하게 맺혀 있는 땀방울들 역시 보지 못했다.

'휴우, 살았다.'

설혼이 문을 열자마자 옳커니 하며 접시를 받아 들자 소진은 남몰래 안도의 한숨을 내쉬며 이마에 맺힌 땀방울을 소매로 슬쩍 쓸어 내렸다. 장장 반 시진에 걸친 중노동(?)의 결과 그의 양손은 거의 한계에 다다라 있었던 것이다.

가까스로 요리를 완성해서 가져오긴 했지만 방 안에서 그를 기다리던 이들, 특히나 화연에게 미안한 감정을 감출 수 없었다. 그는 화옥과 화연 자매가 앉아 있는 쪽으로 고개를 숙여 보이며 사과를 말을 던졌다.

물론 양손은 의식적으로 소매 안에 숨긴 채였다. 요리를 하며 너무 무리한 까닭에 손가락 마디마디가 가늘게 떨리고 있었기 때문이다.

"제가 너무 오래 기다리게 한 것 같군요. 죄송합니다. 막상 시작하고 보니 생각보다 손 가는 곳이 많아서……."

"괜찮아요. 뭐 그럴 수도……."

“홍! 괜찮긴 뭐가 괜찮아. 남은 기다리다 지쳐서 배가 등가죽에 붙을 지경인데!”

“어, 언니!”

화옥의 퉁명스런 반응에 크게 당황한 화연이 그녀의 누이와 소진의 안색을 번갈아 살폈다. 다행히 소진은 그다지 동요한 눈치가 아니었다.

“하하핫, 형수님께서는 화가 단단히 나신 모양이군요. 그래도 핀잔은 다들 허기를 좀 채운 후에 듣도록 하겠습니다. 음식은 식으면 맛이 떨어지니까요. 저래 봬도 정말 고생해서 만든 요리거든요.”

“그래, 화매. 어서 내 옆에 앉아서 맛을 좀 보라고. 자자.”

먼저 자리에 앉은 설혼이 손수 접시에 음식을 덜어주며 손짓하여 부르자 화옥은 기분이 한결 나아지는 것 같았다. 물론 여기에는 자신을 대뜸 ‘형수님’ 이라고 부른 소진의 한마디 역시 크게 작용하고 있었다.

그녀는 한결 기세를 누그러뜨린 채 별로 밉살스럽지 않은 표정으로 입술을 한 번 삐죽 내밀어 보이고는 자신을 챙겨주는 정랑(情郞)의 옆자리에 바짝 붙어 앉았다. 뒤이어 화연과 소진 역시 자신들의 자리를 찾았다.

탁자 중앙에 놓인 요리는 그저 평범해 보이는 동안자계(東安子鷄)였다. 물론 삶은 닭을 몇 가지 재료와 함께 볶아서 만드는 일반의 동안자계보다 여러 가지 다른 재료들이 더 들어가 있기는 했지만 단지 그것뿐이었다. 눈길을 끄는 화려한 장식도, 고급 요리에서 흔히 보이는 정갈함도 전혀 찾아볼 수가 없었다. 오히려 자세히 살핀다면 듬성듬성 이상한 모양으로 썰린 몇몇 재료들을 쉽사리 찾아낼 수 있을 정도였다.

조금 전 화옥이 그를 퉁명스럽게 대한 것도 음식이 늦은 것보다는 바로 이런 이유에 있었다. 그렇게 오래 기다리게 한 후에 기껏 가져온 음식이 고작 이런 수준의, 그것도 단 한 가지 요리였기 때문이다. 자리에 앉은 화연 역시 조금 의아스러운 표정으로 잠시 소진을 바라보았다. 그녀가 알기로 소진의 실력은 결코 이런 정도가 아니었지 않은가.

소진은 차마 이것도 정말 힘들게 만든 거라는 말은 하지 못하고 머쓱한 표정만을 지어 보이고 있었다.

음식을 앞에 놓고 좋아하는 것은 설혼뿐이었다.

북경까지의 동행 도중 소진은 그에게 간단한 요깃거리만을 몇 번 해 주었을 뿐이다. 때문에 그는 단지 제대로 된 요리를 맛보게 되었다는 것만으로도 이미 얼굴에 희색이 만연한 상태였다. '길가에서 대충 만든 것도 그 정도였는데 주방에서 제대로 만들면 과연 얼마나 대단할까' 라는 것이 그의 생각이었다.

각기 다른 이유로 망설이고 있는 두 자매와 달리 자신의 앞에 놓인 조그마한 접시에 한가득 음식을 퍼 담은 설혼은 주저없이 젓가락을 입으로 가져갔다.

한 번 삶았다가 기름에 볶은 암닭의 여린 속살이 입 안에서 찢기우며 담백한 육즙을 사방으로 퍼뜨렸다. 자칫 느끼할 수도 있는 맛이었지만 곁들여진 가는 파와 붉은 고추가 뒷맛을 깔끔하게 정리해 주었다.

"크으읏! 역시!"

얼핏 듣기만 해서는 진의(眞意)를 파악하기 힘든 표현이었지만, 더 이상의 설명은 그다지 필요하지 않아 보였다. 왜냐하면 어느새 설혼은 자신에게 덜어놓은 동안자계를 꾸역꾸역 입 안으로 밀어 넣고 있는 중이었기 때문이다.

그리고 그 모습에 놀란 화연, 화옥 두 자매가 반사적으로 음식을 입으로 가져갔다. 물론 이들에게서도 반응은 곧바로 나타났다.

화옥의 반응은 과거 약선루를 찾았던 사람들이 보였던 그것과 별반 다를 바가 없었다. 믿기지 않는 듯한 표정으로 소진과 접시에 담긴 요리를 번갈아 쳐다보던 그녀는 이내 설혼처럼 식사에 열중했다.

화연은 '그러면 그렇지!' 하는 표정으로 소진을 바라보았다. 외형은 투박했지만 그 맛은 변함이 없었기 때문이다.

"소 공자님도 어서 드세요. 보기완 다르게 아주 맛있네요."

비록 '보기완 다르게' 라는 표현이 소진의 가슴을 콕콕 찔렀지만 화연의 환하게 웃는 모습은 그 아픔을 시원하게 씻어주고도 남음이었다.

"아, 예, 화 소저도 어서 많이 드세요. 저는 속이 좀 불편해서……."

"저런! 많이 안 좋으세요? 혹시 그런 거면 공손 아저씨를 찾아가 보시든지요."

사실 속이 불편하다는 것은 핑계였다. 이미 주방에서 무언가를 만들어 먹고 온 후였기 때문에 단지 배가 고프지 않을 뿐이었다. 그리고 설사 배가 고팠다 하더라도 지금처럼 손의 잔경련이 멈추지 않는 상태에서는 도저히 먹을 수가 없었으리라.

자신을 걱정해 주는 화연을 보며 소진은 가슴이 조금 뜨끔했지만 애써 태연한 척하며 대답했다.

"그 정도까지는 아니구요. 별로 심각한 건 아니니 제 걱정 마시고 어서 식사하세요. 이러다가 잘못하면……."

소진이 고개를 돌려 왼편에 나란히 앉은 남녀를 번갈아 쳐다보았다. 속도의 차이가 있긴 했지만 앞에서 무슨 말을 하든 먹는 데 여념이 없는 두 사람. 사랑하면 닮아가는 것인지 닮은 사람끼리 사랑을 하게 되는 것인지 모르겠지만 문득 너무도 닮아 보이는 두 사람이었다.

한편 그가 걱정하는 것은 접시에 풍성하게 담겨져 있던 동안자계가 어느새 반 이상이나 사라졌다는 사실이었다. 이런 속도라면 언제 바닥을 드러내 보일지 모를 일이다. 화연 역시 소진의 시선을 쫓아 이 사실을 깨닫고는, 그저 경악스러운 표정으로 이 한 쌍의 식충(食蟲)들을 바라볼 따름이었다.

‘휴우~ 다행히도 무사히 넘어갔구나. 그건 그렇고 어서 소식이 와야 할 텐데…….’

잠시간의 안도감이 몰려왔다. 우려했던 식사 대접이 무사히 끝났지만 그보다도 소진은 무언가를 초조히 기다리고 있었다. 어떤 ‘소식’을…….

꾸르륵. 꾸르륵.

자신의 뱃속에서 들려오는 기묘한 울림에 침상에 누워 있던 소진이 벌떡 일어났다. 힘들었던 점심 대접이 끝나고 방에 누워 쉬면서 은근히 기다리던 그 ‘소식’이 드디어 온 것이다.

“얏호! 드디어 올 것이 왔구나!”

양손을 머리 위로 번쩍 치켜들며 환호성을 내지른 소진은 서둘러 방을 뛰쳐나갔다.

정신을 차린 지 오 일 만에 처음 아랫배에 저릿한 통증을 느낀 소진이 향한 곳은 후원 후미진 곳에 위치한 측간이었다.

“끄으응! 푸하하하하! 으읍!”

기묘한 신음성에 뒤이어 커다란 웃음소리가 연신 터져 나왔다. 다행인 것은 그의 웃음소리에 묻혀 간간이 들려야 할 질퍽한 소음이 들리지 않는다는 점이리라. 아마 측간 앞을 누군가 지나치기라도 했다면 어떤 미친놈이 들어앉아 있나 하고 비아냥거렸을 것이다.

"후으읍! 좋아! 이 방법을 쓰자. 역시 세상에 죽으란 법은 없으니… 신중을 기한다면 화(禍)를 입지는 않으리라."

대체 무슨 방법을 사용한다는 것인가.

소진이 처음 이 방법을 생각해 낸 것은 낮에 주방에서 음식을 만들면서였다. 언제부터인가 요리를 할 때면 항상 하게 되는 고민이 바로 '이 요리는 사람들에게 어떤 도움을 줄 수 있을까?' 이다. 오늘은 특별히 화연을 떠올리며 이런 고민을 하던 중 문득 한 가지 생각이 떠올랐다.

자신에게도 도움을 줄 수 있지 않을까 하는, 즉 지금의 심각한 내상을 치유하는 데 자신의 약선식이 도움이 되지 않을까 하는 생각이었다.

물론 과거 무당에서 오행신공을 연성할 당시에도 내공의 빠른 증진을 위해 약선식을 이용한 적이 있었다. 하지만 그때와 지금은 처한 상황이 너무도 달랐다. 비단 내상 치료를 위해 이 방법을 사용하려는 것은 이번이 처음일 뿐만 아니라, 결정적으로 현재 소진은 전혀 내공을 운용할 수가 없는 처지이다.

약선식을 무공에 이용하는 것은 마치 날이 잘 선 양날의 검을 휘두르는 것과 같았다. 잘만 사용하면 큰 도움이 되지만 자칫하면 치명적인 상처를 입을 수도 있는 방편인 것이다. 그리고 일정 수준의 내공은 혹시 모를 그 상처를 최소화할 수 있는 안전장치인 셈이었다.

이에 소진은 그 자리에서 한 가지 실험을 시행했다. 물론 피실험자는 소진 자신이었고 실험의 내용은 현재의 상태에서 음식으로 얼마나 정확하게 자신의 몸을 다스릴 수 있느냐 하는 것이었다. 최소한의 안전장치인 내공을 운용할 수 없는 상태에서 한 치의 오차는 곧바로 자신에게 큰 화가 될 수 있기에 하게 된 실험이었다.

그리고 그 실험의 결과를 소진은 여실히 행동으로 보여주고 있었다. 아까 주방에서 자신이 만들어 먹은 음식은 금(金)의 기운을 북돋우는 성질의 것이었다. 자고로 오행의 금(金)은 차가운 가운데 뜨거운 기운[陰中之陽]이라 하여 오장 중의 폐(肺), 육부 중의 장(腸)에 해당하는 기운이다. 즉, 자신이 계산했던 대로 금의 기운을 적당히 북돋우니 장의 운동이 활발해져서 지난 오 일간 한 번도 오지 않던 그 소식이 드디어 찾아온 것이다.

소진이 측간을 찾게 된 데에는 이렇게 복잡한 사연들이 얽혀 있었다. 물론 낮에 유독 음식이 늦어지고, 기껏 만들어온 음식을 자신은 속이 안 좋다는 이유로 사양한 것 역시 같은 맥락에서 비롯된 일들이었다.

측간에서 볼일을 마친 소진은 느긋하게 바지를 추스르고는 유독 경쾌해 보이는 발걸음으로 걸음을 옮겼다. 아마도 몸과 마음이 모두 가벼워졌기 때문이리라.

"어머, 소 공자."

"화 소저, 마침 잘 만났군요."

거처로 향하던 중 자신을 부르는 소리에 소진은 잠시 걸음을 멈추고 고개를 돌렸다. 그리고 그 목소리의 주인공이 화연이라는 사실에 크게 반색했다. 마침 자신 역시 그녀를 찾아가려는 참이었기 때문이다.

한편 상대가 자신을 보고 반가워하자 화연은 왠지 모르게 마음이 즐거워져서 가볍게 미소 지었다. 어느 순간부터인가 느끼게 된 이 설레임의 정체를 그녀는 어렴풋이 짐작해 가고 있었다.

"왜요? 저에게 무슨 볼일이라도 있으신가요?"

"그런 건 아니고요. 실은 장주님을 좀 뵈었으면 합니다. 부탁드릴 일이 좀 있어서……."

문득 화연의 얼굴에 실망의 기운이 서렸지만 그것은 미처 소진이 눈치 채기도 전에 사라졌다.

"무슨 일인지 제가 알면 안 되는 건가요?"

"하하핫, 안 되긴요. 어차피 장주님께 부탁을 드리면서 다 말하게 될 텐데요. 가는 길에 먼저 알고 싶으신 건가요?"

"아뇨, 그냥 아버님과 함께 들을게요. 저를 따라오세요."

소진의 거처는 내원의 객실이었기 때문에 장주의 처소는 그리 멀리 떨어지지 않은 곳에 있었다. 미처 안으로 들어가기도 전에 호탕한 웃음소리가 먼저 들려왔다.

"크하하하! 자자, 자네도 한 잔 받게나."

"예, 장인어른."

화연이 무슨 일인가 싶어 걸음을 재촉했다. 장주의 처소 한쪽으로는 탁 트인 서쪽을 바라보고 운치있는 정자가 한 채 서 있었는데 지금 그곳에서는 조촐한 술상이 벌어지고 있었다. 방금 들려온 대화에서 쉽사리 알 수 있듯이 그 술상을 마주하고 있는 인물들은 설혼과 소진이 보고자 하던 화조인이었다. 두 사람의 모습을 확인한 화연이 먼저 종종걸음으로 정자 위에 올라 화조인의 어깨에 가볍게 기댔다.

"아버지~ 무척 기분이 좋아뵈네요."

"오오, 우리 연이가 왔구나. 하하핫. 방금 이 사위 놈이 직접 이렇게 술을 가져왔길래 내 대작해 주는 중이란다. 아! 자네도 왔군. 그사이에 몰라볼 정도로 좋아졌군. 정말 불가사의할 정도야. 허허헛!"

“다 장주님의 배려 덕분입니다.”

“내 배려는 무슨… 자, 자네도 어서 와서 앉게나.”

뒤이어 소진을 발견한 화조인이 그를 술상의 한자리로 청했다. 소진이 정자 위로 올라와 앉자 그의 맞은편에 앉은 설혼이 가벼운 미소를 지어 보였다.

단조롭게 사각으로 지어진 정자의 서향(西向)으로는 낮은 담을 넘어 항산의 험준한 절봉들이 산장을 에워싼 병풍처럼 펼쳐져 있었다. 때마침 노을이 질 때라 붉게 타오르는 듯한 산세와 벌겋게 물든 하늘이 만들어내는 절경에 소진은 입이 딱 벌어지고 말았다.

“후훗, 어떤가. 멋지지 않은가? 죽은 아내가 생전에 가장 좋아했던 곳이라네.”

소진에게 하는 말인지, 아니면 설혼에게 하는 말인지 정확히 알 수는 없었다. 어쩌면 그냥 허공에 대고 하는 혼잣말 같기도 했다. 하지만 왠지 그 모습이 외로워 보인다고 생각한 화연이 옆에서 아버지의 어깨를 꽈악 움켜쥐었다.

이에 부드러운 눈길로 도무지 미운 구석이라곤 찾아볼 수가 없는 막내딸을 바라보던 화조인이 문득 소진에게 시선을 돌렸다.

“그래, 무슨 할 말이 있는 듯 보이네만.”

소진은 그의 엄청난 눈치에 혀를 내둘렀다. 역시 늙은 생강이 맵다는 말은 괜히 나온 것이 아니었다.

“실은 작은 청이 있어서 왔습니다. 다름이 아니라 주방에서 가까운 방을 하나만 내주셨으면 합니다.”

“음? 갑자기 그게 무슨 말인가. 혹시 지금 머무는 곳이 불편하기라도 한 겐가?”

“그게 아니라…….”

설마 소진이 이런 부탁을 할 줄은 몰랐던 화연이 어리둥절한 표정으로 소진을 바라보았다. 설혼과 화조인의 모습 역시 그녀와 별반 다를 바 없었다.

“그게 아니라 혼자 내공을 회복할 방안을 좀 연구했으면 해서 드리는 말씀입니다.”

“그것참 이상한 말이로군. 내공을 회복하는 데 어째서 주방에 가까운 방이 필요하다는 말이지? 혼자서 고심할 조용한 곳이 필요하다면 내가 다른 곳을 마련해 줄 수도 있다네.”

“하핫. 그, 그런 것이…….”

아무래도 이들을 이해시키기 위해선 자신의 요리에 대한 언급을 하지 않을 수가 없을 것 같았다. 하지만 그렇게 되면 일이 번거로워질 것임은 안 봐도 눈에 선했다. 아마 처음엔 모두 믿지 못하리라. 그럼 자신은 무언가 이들을 납득시킬 만한 행동을 해야 하고, 그러면 또 다른 질문이 날아들 테고.

점차 세상 물정에 눈을 뜨면서 소진은 자신의 요리 경지가 일반인들의 상식을 얼마나 넘어서는 것인지 확실히 깨닫고 있었다.

“전에 말씀드렸듯이 소 공자는 그 유명한 약선루의 약선(藥仙)이잖아요. 어쩌면 주방에 가까이 있는 것이 본인에게는 더 편해서 그럴지도 모르죠. 어차피 어려운 일도 아닌데 그냥 소 공자가 원하는 대로 해 주시는 건 어떨까요?”

한창 어찌할 바를 모르고 있을 때 어디에선가 구원의 목소리가 들려왔다. 화연이었다. 소진이 난처해하는 듯하자 한 손을 거들고 나선 것이다.

　소진은 그녀에게 고마움이 담뿍 담긴 눈길을 보냈고 화조인은 눈을 반쯤 내리 감고 잠시 생각하는 기색을 보이다가 이내 고개를 끄덕였다. 그는 유독 이 막내딸의 말이라면 순한 양처럼 잘 따르는 편이었다.

　"하긴 그도 그렇구나. 본인의 취향이 그렇고 스스로 원한다는데 내가 일부러 막을 이유는 없겠지. 하지만 오늘은 이미 날이 저물어가니 내 내일 날이 밝는 대로 주방 근처에 머물 곳을 마련해 보겠네."

　"감사드립니다, 화(華) 장주님. 그리고 또 한 가지… 신세를 지고 있는 입장에서 너무 염치없는 부탁일지도 모르겠지만, 제가 그곳에 기거하는 동안은 그저 누가 폐관수련한다 생각하시고 아무도 절 찾지 않도록 해주셨으면 합니다."

　스스로 생각해도 너무 염치없는 부탁이었지만 이것 역시 화조인은 군말없이 승낙해 주었다. 화연의 부탁이 있어서가 아니라 어느 정도 측은한 마음이 들어서였다. 이미 병서생 공손기에게 들어 소진의 무공 회복이 불가능하다고 알고 있는 그에게 지금 소진의 모습은 절망에서 벗어나려 발버둥 치는 필사적인 몸부림으로 보였기 때문이다. 대단한 착각이었지만 나름대로는 그럴듯한 해석이었다.

　"소진아, 무슨 방법이라도 있는 거냐?"

　잠자코 듣고 있던 설혼이 걱정스러운 안색으로 물었다. 그 역시 화조인과 비슷한 생각을 하고 있는 듯싶었다.

　"뜻이 있는 곳에 길이 있는 법이지요. 하늘이 돕는다면 무언가 결과가 있으리라 믿습니다."

　애매모호한 대답이었다. 그 대답만큼이나 애매한 웃음을 지어 보인 소진이 여전히 술상을 마주하는 설혼과 화조인을 뒤로하고 정자에서 물러났다.

노을 빛에 모두 타버린 것인지 어느새 검게 변한 산에서 불어 내려온 차가운 밤바람이 옷깃을 파고들었다. 문득 내일부터는 아마 하루하루가 피 말리는 긴장의 연속이 되리라는 생각이 들었다.

“자신은 있는 건가요?”

왼편을 보니 자신의 뒤를 따라 정자를 떠나온 화연이 나란히 걷고 있었다.

“글쎄요, 이런 일은 자신감만으로 되는 일이 아닌지라…….”

“꼭 무공을 되찾을 수 있으리라 믿어요.”

그녀의 눈빛에는 그에 대한 강한 신뢰가 담겨져 있었다. 소진은 가슴 한구석이 든든해지는 것을 느꼈다. 조금 전 화조인과 설혼이 굳이 감추려 하던 그 회의적인 시선과 달리 화연의 눈은 한 점 흔들림없는 믿음을 보여주고 있었다.

‘이 여인의 나에 대한 강한 신뢰는 어디서 기인한 것인가. 그녀 역시 나에 대해 그리 많은 것을 알지는 못할 터인데…….’

소진은 이번 폐관 아닌 폐관에서 그녀에 대한 자신의 감정을 찬찬히 돌아봐야겠다는 생각이 들었다.

마치 기왓장의 단면처럼 단아한 모양의 달이 두 사람이 지나는 앞을 은은히 비춰주고 있었다.

소진의 행방은?

　중원의 상권(商圈)들 중에서도 노른자위로 유명한 낙양. 그 낙양에
서도 한창 번창일로(繁昌一路)에 있는 금룡전장의 총관인 서문장은 점
심 식사가 끝난 후 가을의 따스한 양광을 받으며 이제 마악 오수(午睡)
에 빠져들려는 참이었다.

　그는 식후 한 식경 정도의 단잠은 하루를 활기 차게 보내는 데 큰 도
움이 된다는 확실한 지론을 가지고 살아가는 사람이었다. 이 지론의
사실 여부를 떠나 그가 금룡전장 낙양지부의 번성에 큰 기여를 하는
것은 사실이었기에 전장의 수하들은 특별한 일이 있지 않는 한 이 시
간대에는 거의 그를 찾으려 하지 않았다.

　지금까지 그가 이 낙양의 금룡전장을 책임진 이래 그의 단잠을 깨울
만한 특별한 일은 단 한 번 일어났을 뿐이다. 그때가 아마 낙양성에 금
룡전장이 생긴 이래 최초로 특급 금룡패를 가진 이가 왔었을 때일 것

이다.

　"서문 총관님! 서문 총관님!"
　마악 아리따운 선녀들이 손짓하는 몽계(夢界)로 한 걸음 발을 내딛
던 서문장은 자신을 부르는 다급한 목소리에 놀라 퍼뜩 정신을 차렸다.
무언가 아쉬운 마음에 쩝쩝 입맛을 다셔봤지만 눈앞에 아른거리던 섬
섬옥수들은 이미 사라진 후였다. 갑자기 짜증이 밀려들었다.
　"웬 소란이냐!"
　급히 달려오던 구조삼(具朝三)이 서문장의 일갈(一喝)에 실린 사나운
기세에 놀라 멈칫했다. 그는 출납대의 서기(書記)로 일하는 자였는데,
흘깃 서문장의 눈치를 살폈다. 분위기로 보아 마땅한 이유를 대지 못
하면 가벼운 꾸지람 정도로는 끝나지 않을 것임이 분명했다. 하지만
그 역시 허튼소리를 하러 이렇게 헐레벌떡 뛰어온 것은 아니었다.
　"초, 총관 어른! 또 왔습니다!"
　"이 후레자식아! 어떤 놈이 왔길래 이 소란이냐고!"
　서문장이 짜증 가득한 목소리로 구조삼에게 소리쳤다. 그의 신경질
적인 목소리에 구조삼이 다시 한 번 움찔했지만 설명은 이어졌다.
　"트, 특급 금룡패가 또 왔단 말입니다."
　"특급이든 뭐든 어째서 이 시간에… 뭐, 뭐라고?"
　두 사람 사이에 잠시간의 정적이 흘렀다. 그리고 그 덕분에 또 다른
목소리가 더욱 선명하게 서문장의 귀를 파고들었다.
　"그 어떤 놈이 바로 날세. 오랜만이로군."
　휙!
　바람 소리가 날 정도로 빠르게 서문장의 시선이 뒤로 향했다. 이곳

은 전장의 심처(深處) 중 하나이다. 절대로 아무나 출입할 수 있는 곳이
아니었다.

"서문 총관님, 저분이 바로 그분입니다. 그런데 이곳엔 어떻
게……."

처마 아래로 서 있는 백의인(白衣人)이 눈에 들어왔다. 굵은 눈썹에
조금 각진 얼굴, 갈색으로 그을린 피부가 호방한 인상을 주는 사내였
다. 두 눈을 크게 깜박이며 몇 번이고 상대의 얼굴을 확인한 서문장이
떠듬떠듬 입을 열었다.

"소, 소장주?"

"급한 일이 있어서 연락도 못하고 이렇게 달려왔네. 몇 가지 물어볼
것이 있으니 잠시 자리를 옮기지."

백의인은 마치 자신이 이곳의 주인이라도 되는 양 거침없이 걸음을
옮겼다. 너무도 당당하고 자연스러운 태도였다. 그런데 더욱 놀라운
점은 서문장은 갑자기 나타난 백의인의 이런 행동이 마치 당연하다는
듯이 불평 한마디 없이 공손하게 그의 뒤를 따라 걸음을 옮겼다는 사
실이다.

사실 당연한 일이었다. 왜냐하면 백의인이야말로 금룡전장의 실질
적 주인이나 다름이 없었기 때문이다. 그가 바로 강남제일이라는 금룡
장의 소장주 곡치현이었다.

금룡전장 깊은 곳의 작은 방 안.

차를 가져오려는 하인조차 물리고 곡치현이 자리에 앉자마자 그가
품 안에서 꺼내 든 것은 손바닥만한 크기로 접힌 누런 종이였다.

"읽어보게. 자네가 보냈던 것이 맞는가?"

“예. 맞습니다, 소장주.”

종이를 받아 내용을 확인한 서문장이 순순히 고개를 끄덕였다. 이것은 금룡전장 내에서 보고할 사항들을 적기 위해 같은 크기로 만들어져 배포되는 종이였는데, 서문장은 그 내용과 필체가 자신의 것임을 확인한 것이다.

얼마 전에 신경 써서 작성한 후 항주의 금룡장으로 직접 보낸 것이기 때문에 분명히 기억이 났다.

“그렇다면 자네가 정말 소진을 만나보았단 말인가?”

“소진이라면 그 특급 금룡패를 가진 젊은 공자를 말씀하시는 건가요? 그분이라면 여기 보고드린 대로 분명 만나봤습죠.”

“그의 인상착의를 기억나는 대로 말해 보게.”

“그러니까… 얼굴은 둥그스름한 계란형이고, 전체적으로 아주 평범한 인상이었습니다. 눈꼬리가 약간 처져서 좀 순해 보이기도 하더군요. 키도 그리 크지는 않았습니다. 대략 제 어깨에서 조금 더 올라오는 정도랄까? 아무튼 처음엔 좀 황당했습니다. 특급 금룡패를 가지고 있으면서 그 가치를 모르는 듯했으니 말이죠.”

서문장의 설명을 들으면 들을수록 곡치현의 머리 속으로는 그가 알고 있는 누군가의 모습이 선명하게 그려지고 있었다.

'그가! 소진이 정말 살아 있었단 말인가!'

“자, 자네가 보고한 내용에 따르자면 그가 이곳에서 은자 천 냥을 사용했다고 나와 있는데, 그 돈의 용도는 혹시 알고 있나?”

“알다마다요. 소 공자가 이곳에서 사용하신 은자 천 냥의 용도는 하오문에 지급한 정보비였습니다.”

“정보비? 그렇다면 소진이 하오문에서 정보를 샀단 말인가? 그게 어떤 정보였지?"

"그건 저도 잘… 아시다시피 하오문은 정보를 거래할 때 오직 당사자 이외에는 허용을 하지 않는지라… 하나 분명한 것은 소 공자께서 북경으로 향했다는 사실입니다."

"북경이라고?"

"예. 출발하기 전에 제게 북경으로 가는 길을 자세히 물었으니까요."

서문장에게 필요한 것들을 묻던 곡치현이 답답한지 가슴을 쿵쿵 두드렸다. 산 넘어 산이라더니… 기껏 실마리를 잡는가 했더니 하필이면 하오문이었다.

하오문은 고객에 대한 비밀을 절대로 보장하고 같은 정보는 단 한 번만 파는 것으로 유명하다. 아무리 금룡장이라는 막강한 배경을 가진 곡치현이라도 이 불문율을 깨는 것은 불가능하리라. 이것은 하오문이 이제까지 살아남을 수 있었던 가장 큰 이유 중 하나였기 때문이다.

결국 이제 소진의 행방에 대해 아는 것은 그가 북경으로 향했다는 것이 전부였다. 그래도 그가 살아 있다는 사실을 알게 된 것만으로도 그의 발걸음이 결코 헛된 것은 아니었다.

십여 일 전, 전국의 사업장에서 하루에도 수십 건씩 올라오는 보고서를 검토하던 중 곡치현은 한 가지 놀라운 소식을 접하게 된다. 그것은 낙양의 금룡전장에서 보낸 것이었는데, 내용인즉슨 특급 금룡패를 가진 이가 그곳에서 은자 천 냥을 사용했고 그 이름을 소진이라 밝혔다는 것이었다.

도저히 믿어지지가 않는 소식이었지만 평생에 단 한 명뿐이던 친우(親友)와 관련된 것이었다. 더구나 그는 강호의 소문에 이미 죽은 것으로 알려진 인물이었기에 결코 소홀히 판단할 수가 없는 문제였다. 결국 직접 사실을 확인하기로 결정한 그는 이곳 낙양까지 한달음에 달려온 것이다.

"북경이라……."

곡치현이 나직한 목소리로 되내였다. 소진이 살아 있다는 사실을 확인한 이상 발걸음을 되돌릴 수는 없었다. 그는 소진의 흔적을 따라 북경행을 결심하고 있었다.

산이 높으면 하늘이 가까운 것이 이치일 것이나 무당의 하늘은 오히려 더욱 높고 푸르기만 했다. 한두 달 전까지만 해도 숨 막힐 듯하던 짙은 녹음(綠陰)도 어느덧 편안한 풍경으로 바뀌어가는 걸 보면 드넓은 호북평원을 오연히 굽어보는 천하의 무당산도 계절의 변화 앞에서는 무력하기만 한가 보다.

항산의 그것에 비견될 만한 기기묘묘(奇奇妙妙)한 절봉과 그 사이를 세차게 휘도는 급류에 잠시 넋을 빼앗겼던 추명인(秋鳴寅)은 자신의 본분까지 잊지는 않을 듯, 이내 정신을 차리고 다시 부지런히 산을 올랐다.

아마 조금만 더 가면 해검지가 보일 듯싶었다. 무당산은 예전에도 한번 오른 기억이 있었다. 그리고 이것이 사부인 화조인이 이번 일을 그에게 맡긴 가장 큰 이유였다.

석정산장의 문인들이 대부분 그렇듯이 적수공권(赤手空拳)을 수련한 탓에 별다른 제재없이 해검지를 지난 추명인은 이내 무당의 지명원(知

明院)에 당도할 수 있었다. 지명원은 일반의 향화객이나 유람객들과 달리 무당파에 특별한 용무가 있는 이들을 위해 마련된 장소였다.

그가 들어서자 마침 안에 있던 중년의 도인이 일어서며 그를 맞았다.

"지명원의 정목(正木)입니다. 앉으시지요."

"산서(山西) 석정산장의 추명인이라 합니다."

추명인이 마주 예를 취하곤 마련된 자리에 앉자 자신의 도호를 정목이라 밝힌 도인이 다시 입을 열었다.

"이제 보니 파옥수(破玉手) 추 소협이었군요. 그래, 이곳 지명원은 무슨 일로 찾으셨는지요?"

나긋나긋한 말투에 비교될 정도로 단도직입적인 물음이었다. 하나 지명원이 생긴 취지를 생각해 본다면 어쩌면 이것이 가장 적절한 수순일지도 몰랐다. 이곳을 찾는 이들은 대체적으로 긴 대화를 필요로 하지 않는 것이다.

한편 추명인은 무당파의 도인이 자신을 알아보자 기분이 좋았는지 얼굴빛이 한결 밝아졌다.

"실은 사부님의 명을 받고 이렇게 무당산을 오르게 되었습니다."

"추 소협의 사부님이라면… 탈혼수(奪魂手) 화 대협 말입니까?"

정목이 의아한 기색을 띠며 되물었다. 탈혼수 화조인이라면 강호의 선배 고인이긴 하지만 이미 수년 전 강호를 은퇴하고 항산의 석정산장에 은거 중인 인물이었다. 그런 그가 무당에 용무가 있다는 것이 조금 신기하게 비춰졌던 것이다.

"예, 사부님께서 무당에 이 서찰을 전해주라며 저를 보내셨습니다. 그리고 이것은 반드시 무 자 항렬 이상의 도장에게 직접 전달해야 한다고 하시더군요.”

추명인이 품 안에서 서찰을 꺼내 보였다. 정목의 인상이 가볍게 찌푸려졌다. 물론 많이 자제해서 ‘가볍게’ 였다.

무 자 항렬의 도장이라면 자신의 존엄하신 사부님이 포함될 뿐더러 현재 무당의 실세(實勢)에 해당하는 분들이었다. 더구나 무 자 항렬 이상의 분들에게 직접 전해주어야만 한다니…

‘크읏! 지금 저 애송이가 고작 탈혼수 화조인이라는 이름을 믿고 무당을 만만히 여기는 것인가? 저놈을 그냥 죽도록 패서 쫓아버려?’

추명인에게 대한 처분을 두고 심각하게 고민 중이던 정목 도장의 시선이 다시 상대에게 향했다. 그의 면상을 다시 보며 맞으면 아플 만한 곳을 찍어두려던 의도도 있었으나 더 큰 이유는 그가 무언가를 잊었다는 듯 한마디 설명을 더 덧붙였기 때문이다.

“…라고 하시더군요.”

“예? 추 소협, 죄송합니다만 다시 한 번만 말씀을…….”

미처 앞의 내용을 듣지 못했던 정목이 다시 듣기를 청했다. 그러자 자신이 말할 때는 내내 다른 곳을 보다가 다시 설명을 부탁하는 정목 도장의 모습이 조금 언짢았는지 추명인이 퉁명스레 말했다.

“사부님께서 무당의 무진 도장과 관계된 일이라 하면 아실 거라고 하셨다고요!”

평소 같으면 ‘강호 후진(後進)들의 예의범절 강화 교육’ 이라는 명목 아래 이렇게 불손한 태도로 말하는 녀석들을 가만히 보고만 있을 정목 도장이 절대 아니었다. 더구나 추명인처럼 미운털이 박힌 경우라면 더더욱 그랬다. 어쩌면 이번엔 그의 예의범절 강화 교육 중 최고 필살기라는 '싸대기 십팔연참(十八連斬)'을 보게 될지도 모를 일이었다.

그러나… 그의 손은 올라가지 않았다. 대신에 정목은 안색을 딱딱하게 굳히며 신중한, 그리고 약간은 경계하는 눈빛으로 추명인을 쏘아보았다. 한순간에 그의 기도가 일변하자 하자 상대가 꽤나 당황해하는 눈치였으나 아랑곳하지 않고 정목이 입을 열었다. 냉랭하면서도 극히 사무적인 말투였다.

"방금 그 말 잘 들었소. 추 소협이 말한 대로 내 무 자 항렬의 분을 모셔오리다. 본문의 무진 사숙과 관련되었다는 그 서신을 확인하기 위해서 말이오. 그러나 만약 이 말이 허언(虛言)일 경우에는……."

의도적으로 말끝을 흐린 정목이 자리에서 일어났다. 아마도 그의 사부인 구류각의 무산 도장을 만나러 가려는 것이리라.

"청규(靑揆), 청적(靑赤)!"

짧막한 호명(呼名)에 입구에서 두 명의 젊은 도사가 모습을 드러냈다.

"내가 돌아올 때까지 추 소협에게 불편함이 없도록 하거라. 알겠느냐?"

미처 대답이 들려오기도 전에 지명원을 나선 정목이 빠르게 발걸음을 옮겼다. 뒤이어 두 젊은 도사의 날카로운 시선이 추명인에게 꽂혔다.

비록 표현은 돌려서 했지만 정목 도장이 이 두 사람을 부른 의도는 분명해 보였다.

제자인 정목에게 자초지종을 듣자마자 쏜살같이 지명원으로 달려온 무산 도장이 긴장된 표정으로 추명인에게서 서신을 건네받았다. 탈혼수 화조인이 보냈다는 이 서신에는 실종된, 아니, 이제는 죽은 것으로 결론지어진 막내 사제와 관련된 내용이 적혀 있다 한다. 어쩌면 아직까지도 오리무중인 흉수의 정체에 관한 것일지도 몰랐다.

'그게 누구이든 간에 막내 사제의 죽음에 관련된 자는 결코 무당의 분노를 피해가지 못하리라.'

소진의 죽음에 대한 복수를 다시 한 번 다짐한 무산 도장이 겉봉을 뜯고 서신을 읽어 내려갔다. 하지만 '사형들과 사부님께'로 시작된 서신의 내용은 그의 예상을 한참이나 벗어난 놀라운 것이었으니…

마지막에 적힌 '소진 배상(拜上)'이라는 글귀를 분명히 확인한 무산 도장의 시선이 천천히 자신에게 소식을 전한 정목에게, 이어서 서신을 가지고 왔다는 추정인에게로 향했다. 서신을 쥐고 있는 무산 도장의 손길이 미미하게 떨리고 있었지만 그의 기세에 눌린 두 사람에게 그런 모습이 들어올 리가 없었다.

"이 서신에 적힌 내용이… 사실인가?"

"저, 저는 거기에 어떤 내용이 적혀 있는지 모, 모릅니다. 단지 사부님의 명으로……."

추명인은 무산 도장의 압도적인 분위기에 완전히 주눅이 들었는지 말 잘 듣는 아이처럼 바로바로 자신이 아는 바를 이야기했다.

"그렇다면 자네가 떠나오기 전 누군가 석정산장을 찾은 이들이 있는가?"

"가장 최근에 설 소협이 다 죽어가는 환자를 한 명 데리고 온 것으로 알고 있습니다."

"설 소협이라면 신비룡 설혼을 말하는 것이겠군. 서신에는 그에 대해서도 언급하고 있으니… 그럼 그 환자라는 이의 얼굴을 보았나?"

추명인이 조금 놀란 표정을 지어 보였다. 설 소협이 신비룡 설혼이라는 사실은 산장 내에서도 단지 몇몇만이 알고 있는 사실이었다. 그는 자신이 가져온 서신의 내용이 자뭇 궁금했으나 일단은 무산 도장의 질문에 답하는 것이 먼저였다.

"저는 보지 못했습니다. 사부님께서 아무도 얼씬하지 못하도록 하셨을 뿐 아니라 정신을 차렸다는 소식이 들린 다음날 바로 이곳으로 출발했기 때문에……."

무산 도장이 잠시 추명인의 얼굴을 주시했다. 날카로운 눈빛이었다.

'아무래도 거짓을 말하는 것 같지는 않군. 그렇다면…….'

"음… 자네는 잠시 이곳 무당에 머무는 것이 좋겠군. 정목! 추 소협을 머물 만한 곳으로 안내하거라."

그는 추명인의 의사와는 관계없이 이렇게 지시한 후 바람같이 지명원을 벗어났다. 손에 꼭 쥔 서신의 내용이 사실이기만을 바라며, 그의 사형제들을 만나러 가는 것이었다.

"그게 정말이냐!"

무우 도장의 얼굴이 붉게 상기되었다. 그뿐만이 아니었다. 자소궁에 모인 스무 명 남짓한 무 자 항렬의 사형제들 역시 반응은 별반 다르지 않았다. 어쩌면 막내 사제가 살아 있을지도 모르겠다는 무산 도장의 한마디가 만들어낸 결과였다.

무산 도장은 들고 있던 서신을 장문 사형에게 건네주었다. 그리고 무 장문인이 그 서신을 꼼꼼히 읽어 내려가는 사이 그는 다른 사형제들에게 자신이 알고 있는 바를 간략히 설명해 주었다. 장내가 크게 술렁이기 시작했다.

어느새 서신을 두 번이나 훑어본 무 장문인이 입을 열었다. 그의 말
이 시작되자 소란스럽던 분위기가 삽시간에 사그라들었다.

"무산 사제, 조금 전 분명 '어쩌면 살아 있을지도 모르겠다' 고 했
지? 내가 보기에 이 필체는 분명 막내 사제의 것이 맞고 내용 역시 그
간 우리의 의혹을 풀어줄 만한 것으로 보이는데… 그런데 어째서 그런
표현을 쓴 거지? 혹시 의심이 가는 구석이라도 있는 건가?"

"솔직히 저 역시 이 서신이 사실이길 바랍니다. 그러나 이 서신을
가져온 이는 항산 석정산장의 추명인이란 자로서, 그는 소진의 얼굴을
볼 기회가 없었다고 했습니다. 즉, 아직 아무도 막내 사제가 살아 있는
모습을 본 이는 없는 셈이지요. 게다가 서신에는 분명 사룡 중 신비룡
설혼의 도움으로 목숨을 건졌다고 적혀 있습니다. 하나 흉수의 정체에
대한 단서는 한마디도 없지요. 완전한 믿음을 갖기에는 부족한 점들이
많습니다."

"으음. 그도 그렇지. 그러면 문제는 간단하군."

"예? 무슨……."

장문 사형의 의도를 파악하지 못한 무산 도장이 의아한 눈빛을 던졌
다.

"막내 사제가 무당으로 오길 기다릴 것이 아니라 우리가 먼저 찾아
가 사실 여부를 확인하면 될 것이 아니냐."

"옳은 말이다."

덜컥! 하고 대청을 연결하는 문이 열리며 누군가 모습을 드러냈다.
무산 도장이 사형제들보다도 앞서 이 소식을 전한 이, 바로 진류 도장
이었다.

간간히 검은빛이 보이던 머리카락이 완전히 새하얗게 변한 것이 마

치 눈 내린 겨울 산 같다. 얼굴에도 깊은 주름이 무수히 더해진 것이 십 년은 더 늙어 뵈는 모습이었다. 모두 소진이 실종된 이후로 생긴 변화였다.

"실로 간단한 문제지. 만약 정말로 진아가 살아 있다면 이것이야말로 다행스러운 일이 아니겠느냐. 우리는 하늘에 감사하고 그 아이에게 도움을 베푼 이들에게 더 큰 보답을 주고 오면 되는 것이다. 하나 만약 이것이 거짓된 교활한 수작이라면? 죽은 이를 모독한 죄에 합당한 처벌을 내려주고 오면 될 것이다. 무당의 이름으로……."

무언가 절절함이 느껴지는 말이었다. 어쩌면 진류 도장은 이번 일에 마지막 희망을 걸고 있는 건지도 몰랐다.

그런데 만약 이 정보가 누군가의 조작이라면? 전(前) 의선원주인 무해 도장은 그 결과가 두렵다는 듯 몸을 한차례 부르르 떨었다. 그게 어떤 상대이든 무당의, 특히 진류 사숙의 거대한 분노를 감당해 내지는 못하리라. 그가 오른손을 치켜들며 말했다.

"제가 가도록 하겠습니다. 무산 사형에게 들은 바에 의하면 막내 사제는 지금 큰 내상을 입었으나 다행히 목숨은 건진 상태라 하니 제가 가면 도움을 줄 수 있을 것입니다."

옳은 말이었다. 무해 도장의 의술은 범상한 것이 아니니 만약 소진이 부상 중이라면 도움이 될 것이다. 그러나 그의 이런 발언은 마치 경주를 하기 위해 출발선에서 대기하던 이들에게 신호탄을 울린 것과 다름없었다. 여기저기서 다른 지원자들이 속출하기 시작했다.

"저도 가겠습니다!"

"저, 저도!"

장내가 순식간에 소란스러워졌다. 질 수 없다는 듯 자신 역시 오른

손을 번쩍 들고 목청껏 외치려던 무우 도장이 무엇 때문인지 움찔해서는 주저주저하며 손을 내렸다. 얼굴이 따갑도록 양 옆에서 쏟아지는 살기 어린 시선 때문이었다.

그의 좌우로 앉은 이들은 진무각주 무강과 구류각주 무산이었다. 진무각과 구류각의 각주와 장문인은 무당의 핵심으로서 섣불리 자리를 비워서는 안 되는 것임을 뻔히 알면서도 정신을 못 차리고 나서려는 저 주책바가지 장문 사형에게 두 사람의 따가운 시선이 쏟아지는 것은 당연한 결과였다.

덕분에 머쓱해진 무 장문인은 마치 잔소리 많은 시어머니 같은 두 사제들을 원망하며 부러움이 섞인 시선으로 장내의 상황을 주시할 따름이다.

"조용히들 해라!"

자소궁 내부를 싸늘하게 가르는 나즈막한 일성(一聲). 순식간에 소란스럽던 장내에 적막감이 감돌았다. 몇몇은 그 냉기 어린 목소리에 흠칫 몸을 떨기도 했다.

모두의 시선이 한곳으로 모였다. 이제까지 단 한 마디도 들려오지 않아서 잠시 잊고 있던 이. 그 냉막한 목소리만큼이나 압도적인 인상을 자랑하는 무청 도장이 천천히 숙이고 있던 고개를 들었다.

수십 년을 같이했으니 이제는 어느 정도 적응이 될 만도 하건만 사형제들은 아직도 가끔 무청 도장의 얼굴을 보고 깜짝깜짝 놀라곤 했다. 무청 도장이 과거 강호에 나갔을 때 그와 얼굴을 마주친 후 두려움에 울음을 터뜨린 사내아이가 그의 목소리를 듣고는 오줌을 지리며 그 자리에서 혼절했다는 일화가 무당 내에서도 쉬쉬하며 전해질 정도였다.

“진류 사숙, 사숙께서도 가실 작정이십니까?”

무청의 물음에 진류도장이 가볍게 고개를 끄덕였다. 사천성의 무협(巫峽)에서 행방이 묘연해진 후 처음으로 접하는 구체적 정보였다. 그로서는 안 갈 수가 없는 것이다.

무청이 이번에는 사제인 무산에게로 시선을 돌렸다.

“이 시점에서 너무 많은 인원이 본산을 빠져나가는 것은 무리겠지?”

“그렇죠, 무청 사형. 어수선한 시기이니…….”

무산이 그의 생각에 동조했다. 청성이 발호하면서 현재의 강호는 모처럼의 혼란기에 접어드는 듯 보였다. 구대문파 사이에는 알게 모르게 알력 다툼이 발생하고 있었고 뭇 군소방파들은 상당한 기간 동안 착실히 힘을 기르고 있었다. 이런 시기에 현 무당의 주력이라 할 수 있는 무 자 항렬의 고수들이 대거 빠져나가는 것은 힘이 분산된다는 측면에서 그다지 바람직하지 못할 뿐 아니라 주변 문파들을 자극할 수 있다는 점에서 역시 좋은 생각이 아니었다.

“그렇다면 어느 정도가 적당하다고 생각하느냐?”

무산 도장의 눈이 반짝 빛났다. 지금 무청 사형은 계속해서 자신에게 의견을 묻고 있었다. 본래 이런 일은 무당의 머리라 할 수 있는 구류각주, 즉 자신이 주도하는 것이 옳았으나 사숙과 사형들 때문에 조심스러워하는 것을 보고 힘을 실어주려는 것임에 틀림없었다.

어느새 진류도장을 비롯해 사형제들의 시선이 그에게로 모여들었다.

“흐흠, 제 생각에… 진류 사숙께서 가신다면 무 자 항렬 중에는 서넛 정도가 동행하는 것이 적당하다고 봅니다. 그 정도라면 크게 주목

받을 정도의 인원도 아닐 뿐더러, 개개의 능력이 출중한 만큼 어지간한 상황은 충분히 대처할 수 있을 테니까요."

당금의 강호 정세와 세간의 이목, 그리고 개인의 능력을 모두 고려한 정확한 분석이었다. 조금 전까지만 해도 서로 가겠다고 법썩을 떨던 사형제들도 모두들 무산의 의견에 수긍하는 눈치였다. 진류 도장 역시 같은 기색이었다.

"허헛, 이제 보니 진기(眞機)가 사람 하나는 제대로 골라두고 물러났구나. 무산아, 그렇다면 그 서너 명은 누굴 데리고 가는 것이 가장 좋을 듯싶으냐?"

진기(眞機)란 진류 도장의 사제로 전임 구류각주를 말하는 것이었다. 과분한 칭찬에 무산의 얼굴이 살짝 붉어졌다. 하지만 이어지는 질문은 상당히 곤란한 것이었으니…….

일제히 그에게로 쏟아지는 사형제들의 시선이 상당한 부담을 주고 있었다. 모두가 무산의 입에서 자신의 이름이 나오기를 기대하는 눈치였다.

"외람되지만 제 생각에 저희 사형제들은 누구 하나 출중하지 않은 인물이 없습니다. 진류 사숙께서는 누구를 동행해도 무관하실 듯합니다."

"곤란한 상황을 벗어나는 것도 역시 진기 녀석을 쏙 닮았군. 그러니까 이 녀석들 중에 내가 알아서 고르란 말이지?"

"이… 예, 진류 사숙."

가까스로 위기를 모면한 무산이 몰래 안도의 한숨을 내쉬었다. 어느새 무 자 항렬 전원의 기대에 찬 눈망울들은 그에게서 진류 사숙에게로 옮겨져 있었다. 모두가 '저를 데려가 주세요!' 하고 눈빛으로 말하는 것만 같았다. 마치 그 모습이 먹이를 기다리는 제비 새끼들 같다는 생각에 진류 도장은 피식 실소를 터뜨렸다. 가만히 그 얼굴들을 지켜보던 그는 이내 결심을 굳힌 듯 입을 열었다.

"무유, 무해, 무청! 나와 함께 가도 되겠나?"

당연히 그들로선 거부할 이유가 없었다. 다른 두 사람은 말할 것도 없거니와 저 얼음 조각 같은 무청 도장마저도 보이지 않게 두 주먹을 불끈 말아 쥐었다. 선택받지 못한 이들의 얼굴들에는 실망한 기색이 역력히 드러났다.

무 장문인은 세 사람에게 잠시 부러움 섞인 시선을 던지다가 이내 진류 사숙에게로 고개를 돌렸다.

"사숙께서 직접 가신다니 저도 마음이 놓입니다. 그럼 언제 출발하실 생각이십니까?"

"내일 날이 밝는 대로 출발할 생각이다."

"그럼 출발하는 모습은 뵙지 못하겠군요. 반드시 좋은 결과가 있으시길 빌겠습니다."

소진이 무사하기를 바라는 그의 마음은 진류 도장에게도 충분히 전달되고 있었다. 묵묵히 무우와 눈빛을 나누던 진류 도장이 서서히 몸을 돌려 자소궁을 빠져나갔다. 오늘밤은 아마도 잠을 이루지 못하리라는 생각이 들었다.

진류 도장의 제자 구타 사건

"이제 시작인가? 후훗. 이런 생활을 한 달 정도만 한다면 완전 비곗 덩어리가 되어버릴지도 모르겠네."

자조적인 웃음을 터뜨리며 소진이 털썩 자리에 앉았다. 주방의 뒤편으로 딸린 작은 골방 안. 물론 여기서의 주방이란 항산 석정산장의 주방을 말하는 것이다.

이미 내공을 되찾기 위한 폐관에 들어간 지도 열흘이라는 시간이 흐른 상태이다. 겨우 열흘 동안에 통통하게, 아니, 어쩌면 뚱뚱하다는 말이 어울릴 정도로 살이 오른 자신의 몸을 보며 소진이 다시 한 번 웃음을 터뜨렸다. 그동안의 생활이 머리 속에 선하게 떠올랐기 때문이다.

처음 이곳으로 거처를 옮겨 필요한 짐들을 풀고 소진이 가장 먼저 느낀 감정은 막막함이었다. 일단 어떤 가능성을 발견하고 주저없이 방향을 정하긴 했지만 그 가능성을 풀어 나갈 실마리를 잡기가 영 힘들었다는 말이다.

가장 큰 문제는 단전의 상태였다. 마치 바짝 마른 저수지 바닥처럼 도무지 진기라는 것이 솟아날 기미를 보이지 않으니 이를 어찌하겠는가. 약선식(藥仙食)으로 그나마 오행기를 북돋아봤자 결과는 마찬가지였다. 이건 말 그대로 밑 빠진 독에 물 붓기였다.

그렇게 한나절을 아무런 성과도 없이 보낸 소진의 머리에 문득 한 가지 생각이 떠오른 것은 아마도 늦은 저녁, 벌써 몇 번째인지도 모를 정도로 오행신공의 요상편을 암송하고 있을 때였을 것이다. 문득 떠오르는 한마디, 중단전(中丹田)! 이 난국을 헤쳐 나갈 돌파구는 바로 이것이었다.

오행신공 요상편을 보면 하단전이 금제되었을 경우에 대비해 임시로 중단전을 이용해 진기를 운용할 수 있는 비결이 분명히 나와 있었다. 지난 세월간 꾸준히 단련한 하단전에 비하자면 크기도 턱없이 작을 뿐더러 이런 방법으로 진기를 운용해 본 경험 역시 전무했지만 지금으로썬 가히 최선의 방법을 찾아낸 셈이었다. 그리고 그날부터 소진은 마치 걸신(乞神)이라도 들린 양 끊임없이 요리를 만들어서 미친듯이 먹어댔다.

오행신공을 기반으로 진기를 모으기 위해서는 필연적으로 기단을 이루어야 한다. 하지만 지금 소진의 상태에서 기단을 만든다는 것은 마치 무협(巫峽)의 동굴에서 그랬듯이 목숨을 건 도박을 하는 것과 같았다. 그것도 아주 희박한 확률의 도박을…… . 이것은 누구보다도 소진 자신이 잘 알고 있었다. 그래서 그가 택한 또다른 방법이 바로 먹는 것이다. 음식을 통해 중단전에 오행진기를 쌓는 것. 이것이 바로 소진이 고심 끝에 도달한 결론이었다.

"크크큭, 정말 미친 듯이 먹어대지 않으면 안 됐지. 기단을 이루지 않은 상태에서의 오행진기는 도저히 한곳에 머물러 있으려 하질 않았으니까. 마치 밑 빠진 독처럼 채우기가 무섭게 새어 나갔지만 어쩌겠어. 내 코가 석 잔데… 새어 나가는 속도보다 더 빨리 물을 붓는 수밖에……."

무려 열흘간의 그 엄청난 폭식(暴食)의 기억들이 뇌리를 스치고 지나갔는지 소진이 흠칫 몸을 떨었다. 음식의 향과 맛, 그리고 풍취를 즐길 줄 아는 소진에게 이런 식의 식사는 마치 고문과도 같았다.

"그렇게 엄청나게 먹어댄 탓에 새는 독에도 이제 어느 정도 물이 고였구나. 이 오행진기를 곧바로 혼원일기(混元一氣)로 뽑아낸다면 기단이 없이도 운기가 가능할 것! 내가 할 수 있는 준비는 모두 마쳤다."

좀 전까지의 넋두리와는 다른 어떤 결의가 엿보이는 말이었다. 그리곤 그 굳은 각오가 조금이라도 흩어질까 두려운 듯 소진은 곧바로 그 자리에서 가부좌를 틀고 정신을 하나로 모았다.

이미 방에 들어오기 전, 무슨 일이 있어도 안에서 열기 전에는 절대 이 방에 출입이 없도록 해달라고 신신당부를 한 상태이다. 운기요결 역시 이미 수백 번도 더 반복해서 외운 터라 눈을 감아도 그 순서가 훤히 떠오를 정도였다. 이제 실행만이 남았다.

'후우, 절대로 실수란 있을 수 없다. 일단은 혼원지기를 끌어올리는 것부터…….'

기공의 수련을 통해서 정제된 것이 아니어서 불순한 기운들이 섞인 탓에 시작이 쉽지는 않았다. 하지만 거듭된 시도 끝에 소진은 가까스로 첫발을 내디딜 수가 있었다. 중단전이 위치한 명치 어림에 미약하긴 하지만 무언가 분명한 기운이 느껴졌다. 혼원지기를 이끌어내는 것은 성공이었다.

'됐다! 이제 이것을 차례로······.'

조심스럽게 중단전을 빠져나간 실낱같은 진기가 자신의 처지를 아는 듯 감히 섣불리 움직이지 못하고 느릿느릿 중정(中庭), 그리고 전중(田中)과 옥당(玉堂)을 차례로 지나쳤다. 의외로 진기의 운행에 별다른 어려움은 없었다. 그리고 이런 상태는 승장혈을 기점으로 다시 진기가 중정으로 돌아올 때까지도 여전했다.

소진의 마음이 무겁게 가라앉았다. 좋게 말하면 진기 운행에 어려움이 없는 것이지만 나쁘게 말한다면 마치 몸 안이 텅 비어 있는 듯한 느낌이었다. 자신의 상태가 결코 좋지 못함을 소진은 느끼고 있는 것이다.

그럼에도 꿋꿋이 중단전에서 시작한 진기를 임맥과 독맥을 거쳐 일주천시킨 그는 문득 운공을 마치려다 말고 무슨 생각이 들었는지 다급히 흐름을 이어 나갔다. 중단전에 갈무리되려던 진기가 다시금 힘찬 혈맥의 흐름을 따라 뻗어 나갔다. 무엇 때문인지 이마와 등줄기를 따라 식은땀이 줄줄이 배어 나왔다.

'이, 이런! 이제 보니… 내가 정말 얼토당토않은 일을 저질러 버린 건가? 크윽! 어째서… 어째서 좀 더 신중하지 못했단 말인가!'

커다란 동요 때문인지 심장이 터질 듯 두근거렸다. 여전히 진기는 그의 의도대로 충실히 기혈을 따라 움직이고 있었지만 그것을 지켜보는 소진의 심정은 불안하기 이를 데 없었다. 대체 무슨 일이 일어난 것일까?

　문제는 그가 안전하게 진기를 끌어 모아 그것으로 운기을 하는 데에만 심각하게 궁리를 한 나머지 그것을 끝마쳤을 경우는 미처 생각지 못했다는 데 있었다. 그리고 그 덕분에 소진은 결코 진기 운행을 멈출 수가 없었다. 왜냐하면 운공을 중단한다는 것은 바로 단전에 기단이 형성된다는 것을 의미했기 때문이다. 오행신공의 필수적인 부산물인 기단. 그것이 지금은 소진의 생명을 위협하고 있는 것이다.

　가히 바람 앞의 촛불과 같은 신세였다. 유일한 바람막이란 운기를 계속하는 것뿐이었다. 소진은 단지 살기 위해 끊임없이 진기를 운행했다.

　얼마의 시간이 흐른 것일까? 입술은 바짝 말라서 흉측한 논바닥처럼 갈라진 지 오래였다. 음양(陰陽)의 부침(浮沈)이 몇 차례 반복되는 동안에도 나아진 점은 전혀 없었다. 여전히 소진은 운기를 계속해야만 했고, 이것을 멈춘다는 것은 생(生)을 포기한다는 것과 진배없었다. 하지만 단 한 가지, 폭풍우 속의 일엽편주처럼 위태롭던 그의 내면은 고요한 새벽의 호수처럼 잔잔히 가라앉아 있었다. 아마도 이것이 현문정종와 방문좌도 무공의 차이이자, 삼류와 일류무공의 차이이리라.

　처음에는 신경 쓰던 시간의 흐름도 이제는 별다른 관심거리가 아니었다. 그저 유일한 희망인 오행신공의 운기에만 몰입할 뿐이다. 문밖에서 들려오는 발소리, 낙엽 부서지는 소리, 창 사이로 새어 들어오는 세찬 바람 소리조차도 언제부턴가 점차 희미해지고 있었다. 절망적인 상황에서 유일한 희망이던 오행신공에 끊임없이 몰입하면서, 자신도 미처 의식하지 못하는 사이 주위의 사물들은 하나둘 소진의 머리 속에서 잊혀져 가고 있었다.

그렇게 모든 것들이 차례로 사라지고… 세상이 마치 백지장처럼 하얗게 지워진 가운데 이제 유일한 것은 소진 자신뿐이었다. 그리고 어느 순간 그 자신의 존재조차도 서서히 사라져 갔다.

완벽한 무아(無我)의 경지. 그는 광활한 대지였으며, 망망(茫茫)한 대해였으며, 또한 무한한 하늘이었다. 마음의 공부를 쌓는 이들이 평생에 단 한 번이라도 발 들여보기를 간절히 원하는 깨달음의 세계. 소진은 그곳에 벌써 두 번째로 들어서려 하고 있었다. 첫 번째는 과거 호북성 산중의 작은 고향 집에서 할아버지의 죽음을 목도했을 때 그를 찾아왔었다.

신공을 운기해야 한다는 사실조차 잊은 지 오래였지만 진기는 마치 스스로 살아 움직이는 듯 소진의 몸속 구석구석을 헤집고 다녔다. 어떤 구결에 따라 움직이는 것도 아니었지만 그것은 소진의 간지러운 구석을 긁어주기에 전혀 부족함이 없었을 뿐더러 시간이 지날수록 오히려 더욱 활발해졌다.

'도(道)에는 이름이 없다', 천무 도장이 남긴 오행신공의 마지막 구절이었다.

무언가 낯설지 않은 느낌에 소진은 문득 정신을 차렸다. 찰나의 순간이었던 듯도 하고, 너무도 긴 시간이었던 것 같기도 했다. 마치 꿈에서 깨어난 듯 몽롱한 기분을 떨쳐 버린 소진은 이내 그 낯설지 않은 느낌의 정체를 찾아갔다. 아니, 찾으려 했다기보다는 저절로 느껴졌다는 표현이 맞으리라. 그리 어려운 일도 아니었다. 전신의 근골(筋骨)과 세맥(細脈)에서 스멀스멀 피어오르는 저 기운을 자신이 어찌 모를 수가 있겠는가. 그토록 되찾길 원하던 오행진기였다.

소진은 조심스레 신공을 운용해 차근차근 오행진기를 하나로 합쳐 나갔다. 무수한 실개천들이 강에서 모이는 것과 같은 이치였다. 무엇에 자극을 받아 죽은 듯이 잠들어 있던 진기가 깨어났는지는 모르겠으나 일단 이것을 모두 예전처럼 자신의 것으로 만드는 것이 급선무였다. 이후로도 소진의 운기는 이틀 동안이나 계속되었다.

시작할 때의 그 통통하던 얼굴은 어디 갔는지, 퀭한 두 눈에 쏙 들어간 볼 살이 약간은 괴기스러운 느낌이었다. 드디어 안전한 수준이라고 생각한 칠 할의 내공이 모이자 소진은 서둘러 내공을 단전으로 갈무리했다. 며칠 전에 비하자면 막대하다는 말이 어울릴 정도의 진기가 안정적으로 하단전에 기단을 이루는 것을 확인한 소진이 벌떡 자리에서 일어났다.

우두두득!

대체 얼마나 오랜 시간 동안 같은 자세로 있었던 것인지 무릎에서 요란하게 뼈마디 부딪치는 소리가 들렸다. 내공을 회복했다는 환호성 같은 것도 전혀 없었다. 다리가 저리고 쉽사리 힘이 들어가지도 않았지만 소진은 꾹 눌러 참고 어그적어그적 걸음을 옮겼다. 입으론 무언가를 계속 중얼거리면서…….

"바… 밥. 밥을 줘. 밥……."

아무도 출입하지 말라며 신신당부한 후 방문을 굳게 걸어 잠근 이래로 엿새 만에 처음 방문을 나서는 소진이 가장 먼저 한 말은 '밥!' 이었다. 서둘러 운기를 마친 것 역시 더 이상은 허기(虛飢)를 참을 수가 없어서였다. 아마 앞선 열흘간의 폭식이 없었더라면 이나마도 견디기 힘들었으리라.

기본적인 내공을 회복하자 그 이후로는 모든 일이 수월했다. 내공은 이제 대부분이 회복된 상태였다. 처음의 그 비참했던 몰골 역시 닷새가 지나자 언제 그랬냐는 듯 원래의 얼굴을 되찾고 있었다. 이제 길게 잡아도 일주일 이내에는 완전히 예전의 상태를 되찾을 수 있을 듯 보였다.

침상에서 운기행공을 마친 소진이 감았던 눈을 떴다. 내공을 회복하고 굳이 약선식의 힘을 빌릴 필요가 없게 되자 소진은 다시 거처를 예전의 객방으로 옮긴 상태였다.

"좋아, 이제 거의 구 할 정도의 내공을 되찾았구나. 이 정도면 무공을 전개해도 거의 위험이 없을 테니 이제 무당으로 돌아가도 되지 않을까? 그래, 내일 정도에 장주님께 말씀드리고 최대한 빨리 출발하는 것이 좋겠다. 서신으로 연락을 드리긴 했지만 사부님과 사형들의 걱정이 이만저만이 아닐 테니……."

그가 이곳 석정산장에 머문 지도 어느덧 한 달이 조금 넘어서고 있었다. 누군가에게 계속 신세를 지기에도 긴 시간이었고, 자신을 기다릴 이들에게도 기나긴 시간이라는 생각이 들었다. 강호에서 험난한 일들을 겪다 보니 과거 무당에서의 평화롭던 시절이 그리워진 것도 사실이었다. 그래서 서둘러 무당으로 가려는 것이다.

"음? 웬 소란이지?"

잠시 감상에 젖어 있던 소진이 밖에서 들려오는 소음에 문득 정신을 차렸다. 발소리가 어지러이 들려오는 걸 보면 한두 명이 아니라 적어도 열 명은 넘는 사람들이 한번에 움직이고 있는 듯했다. 더구나 이상한 점은 그들이 왠지 이곳을 향해 오는 듯하다는 것이었다.

이상한 기분에 침상에서 일어서는 사이 그들의 발소리는 더욱 가까이에서 들려오고 있었다. 이곳으로 오는 일행이 분명했다. 갑자기 발소리가 멈췄다. 어느새 문 앞에 도달한 것이다. 소진이 일어선 채 문밖에 서 있는 이들이 누구일지 머리를 굴리는 사이 갑자기 벌컥! 하고 문이 열렸다.

"누구신데……."

원래는 비록 기척이 있었다고는 하지만 아무 말 없이 불쑥 문을 여는 상대를 질책하려는 의도로 꺼낸 말이었지만 미처 본론을 꺼내보기도 전에 소진은 입을 다물었다. 고개를 조금 앞으로 내민 채 눈을 동그랗게 뜨고 상대를 바라보는 것이 상당히 놀란 모습이었다.

"사, 사부님!"

어찌 저 얼굴을 잊을 수가 있으랴. 왠지 예전보다 훨씬 늙어 보이긴 했지만 불쑥 방 안으로 걸음을 내디딘 사람은 분명 사부인 진류 도장이었다.

한편 진류 도장은 차마 입이 떨어지지 않는 듯 아무런 말도 하지 못하고 소진을 마주 보았다. 죽은 줄로만 알았던 이가 살아 돌아온 것이니 진류 도장의 심정은 소진의 그것과는 비교도 되지 않을 정도로 격한 것이리라.

달칵! 하고 문이 닫혔다. 사제 간의 상봉을 배려해 주려는 이들의 작은 배려였다. 감회 어린 눈길로 한참이나 서서 소진의 얼굴을 바라보던 진류 도장이 문득 그에게 한 걸음 다가갔다. 그리곤 여전히 아무 말 없이 양손을 뻗어 소진의 몸을 구석구석 만지기 시작했다. 소진은 사부의 이런 갑작스런 행동이 의아스럽고 조금은 부끄러운 마음이 들기도 했지만 내색하지 않고 가만히 서 있었다.

주름진 손으로 소진의 몸을 머리끝에서 발끝까지 면밀히 만져 본 진류 도장은 소진의 손을 잡고 그를 방 가운데의 널찍한 곳으로 인도했다. 그리곤 그토록 굳게 다물고만 있던 입을 가까스로 열었다.

"눈을 감거라."

오랜만에 만난 사부의 첫마디가 '눈을 감거라' 라니… 소진은 거듭되는 사부의 이상한 행동에 잠시 이상한 기분이 들었지만 이내 시키는 대로 눈을 감았다. 그리고 그가 눈을 감자 진류 도장의 분위기가 확연히 달라지기 시작했다.

어느새 울그락불그락해진 얼굴로 눈앞의 제자를 노려보던 그는 이내 결심을 굳힌 듯 결연한 자세로 오른손을 높이 들어 올렸다.

퍼퍽! 퍼퍼퍽!

"윽! 으허억! 사, 사부님!"

빠바바바박! 퍼벅!

"사부님! 크헉! 대체 왜…….."

"그걸 지금 몰라서 묻냐, 이놈아! 응? 망할 놈의 제자 놈아! 내가 널 그렇게 가르쳤더냐? 하늘 아래 어느 구석에든 살아 있으면 그렇다고 연락을 해야 할 게 아니야!"

퍼퍼퍼퍼퍽! 빠바바바바바박! 짜자작!

"봐라, 이놈아. 네놈 걱정하느라 이 얼굴에 자글자글 늘어버린 주름들을! 이 사부를 이렇게 노심초사하게 만들어놓고 네놈은 매일 잠이 오고 음식이 입으로 들어가더냐? 앙!"

계속해서 주먹세례를 퍼부으며 울분을 토해내던 진류 도장은 말을 하면 할수록 화가 더 치미는지 급기야는 손, 발, 팔꿈치 할 것 없이 수단이란 수단은 죄다 동원해서 소진을 개 패듯이 패기 시작했다. 그나마 다행인 것은 도구는 사용하지 않는다는 점이었지만 도무지 어쩌나 아픈 곳만 골라서 때리고, 때린 곳만 또 때리는지 소진의 참혹한 비명성이 계속해서 터져 나왔다.

문밖에서 은근히 들어갈 때만을 기다리고 있던 이들은 소진의 살벌한 비명성에 바짝 얼어서 조심스레 방 안의 동정만을 살피고 있을 뿐이었다.

"헉, 허헉, 헉!"

장장 반 시진(1시간)에 걸친 무차별적인 구타를 끝낸 진류 도장이 더이상은 힘에 겨운 듯 한 손으로 탁자의 모퉁이를 짚은 채 구부정하게 서서 숨을 헐떡거렸다. 그리고 그런 그의 발치에는 하나뿐인 애(?)제자가 큰대자로 뻗어서 가느다란 신음성을 흘리고 있었다.

어쩌나 맞았는지 드러난 곳은 모두 퉁퉁 붓고 멍으로 울긋불긋했는데, 전체적 체형과 얼굴의 윤곽만으로만 겨우 그가 소진임을 확인할 수 있을 정도였다. 손가락 하나 까딱하기 힘들었지만 마냥 사부 앞에서 시체처럼 늘어져 있을 수는 없는지라, 소진은 손으로 바닥을 밀어 가까스로 상체를 반쯤 일으켰다.

"끄으응. 그… 그래서 이곳에서 몸을 추… 추스린 후 돌아가려고……."

"그만 됐다. 그 이후의 일은 대강 짐작할 만하구나. 그래서 청진의 시신은 어떻게 했느냐?"

엄청난 인내의 시간이었다. 소진은 그렇게 맞으면서도 사이사이에 자신이 처했던 상황을 끈질기게 사부에게 설명했던 것이다. 그 영향인지, 아니면 정말로 지쳐서 그런지는 모르겠으나 진류 도장의 기세는 이제 확연히 누그러져 있었다.

“무협(巫峽)의 동굴 안에 묻어주었습니다.”

청진의 얘기가 나오자 소진의 목소리에 짙은 슬픔이 묻어 나왔다. 진류 도장의 얼굴에도 한 가닥 안타까워하는 기색이 서렸다. 그는 깊은 탄식성을 한차례 내뱉으며 바닥에 웅크려 앉아 있는 소진에게 잠시 시선을 건넨 후 그대로 몸을 돌렸다. 몹시나 피로해 보이는 안색이었다.

“소진아.”

거의 문 앞에 다다른 진류 도장이 잠시 걸음을 세우며 제자의 이름을 불렀다. 살아 있음을 확인한 후로 처음 불러보는 이름이었다.

“예, 사부님.”

“살아 있어줘서 정말 고맙구나.”

제자의 가슴에 짙은 여운을 남기는 한마디를 남기며 진류 도장이 다시 걸음을 옮겨 단숨에 문을 열었다. 밖에서 그들의 대화를 엿듣고 있던 무청과 무해 등은 갑자기 문이 열리자 이리저리 시선을 돌리며 머쓱한 표정을 지어 보였다.

“쯧쯧쯧, 모른 척하기는……. 무해야.”

“예, 사숙.”

“다 들었겠지?”

“흐흠! 그, 그게… 어쩌다 보니…….”

사숙의 대화를 엿들었다고 직접 말하기도 그렇고, 그렇다고 아니라고 잡아뗄 수도 없는 상황이라 우물쭈물하는 모습이 답답한지 질문을 던진 진류 도장이 고개를 설레설레 저었다.

“들어가서 치료해 주거라. 그리고 나는 피곤해서 먼저 쉬고 있을 테니 진아가 움직일 만하게 되면 함께 찾아오너라. 그때 그들도 함께 만나보자꾸나."

총총이 멀어지는 진류 사숙의 뒷모습을 무해가 의구심 담긴 눈빛으로 바라보았다.

'피곤하시다고? 분명 잘못 들은 것은 아니건만, 진류 사숙 같으신 분이 이 정도의 여행에 그런 걸 느끼실 리가 없지 않은가. 하지만 목소리나 표정엔 정말 기운이 없어 보였는데… 설마!'

무슨 생각이 든 것인지 무해 도장이 서둘러 방 안으로 향했다. 우두커니 서 있던 그의 사형제들과 화연 역시 황망히 그의 뒤를 따랐다. 함께 왔던 석정산장의 인물들은 화연을 제외하고는 모두 진류 도장의 뒤를 쫓아 사라지고 없었다.

"어맛! 소 공자!"

"막내 사제!"

바닥에 널브러져 있는 인영을 확인한 화연과 무청이 먼저 나서려다가 서로의 눈치를 보는 사이 무해가 소진을 안아 침상에 눕혔다. 주먹만해진 눈두덩이 아래로 가늘게 뜨여진 눈이 자신을 안아 든 이가 무해 사형임을 확인하자 퉁퉁 부은 입술이 좌우로 벌어졌다. 힘겨운 미소였다.

"무해 사형. 헤헤. 오랜만이네요. 사부님께서는 화가 많이 나셨나봐요."

턱이 잘 돌아가지 않아서인지 발음이 상당히 느렸지만 무해는 끝까지 듣고는 성실히 답해주었다.

"그간 마음 고생이 이만저만 아니셨지. 네가 이해해야 할 게다."

이미 진류 사숙과의 대화를 엿들어 그간의 사정을 알고 있는 무해가 별다른 물음 없이 소진의 웃옷을 벗긴 후 상세를 살폈다. 그러자 유일한 여인인 화연이 볼을 발갛게 물들이며 황급히 고개를 돌렸다.

무해 사형이 자신의 상세를 살피는 사이 무청과 무유의 존재를 깨달은 소진이 그들에게도 안부를 묻는 눈빛을 보냈다. 살이 찢어진 곳도, 뼈가 부러진 곳도 없었기 때문에 의외로 무해 도장의 진료는 간단히 끝이 났다. 그가 진맥하던 손을 떼며 소진의 몸을 이불로 덮어주자 무유가 다급히 소진의 상태를 물어왔다.

"무해 사형, 소진의 상태는 어떤가요? 소리로 듣기로는 정말 무지막지하게 맞는 것 같던데… 사숙님도 참, 아무리 화가 나서도 그렇지 하나뿐인 제자를 이렇게 반병신 꼴로 만들어놓으시다니!"

무유 도장이 이런 말을 하는 것도 무리는 아니었다. 외형상으로 보기에는 어느 곳 하나 성한 데가 없는 것이 말 그대로 반병신 꼴이었다. 그런 그의 표현이 재밌었던 듯 무해 도장이 한차례 너털웃음을 터뜨렸다.

"반병신이라… 허허허헛!"

"아니, 사형! 지금 막내 사제가 저 꼴인데 웃음이 나옵니까?"

"크허허헛, 미안하다. 하긴, 사숙께서 아픈 곳만 골라서 때리신 것 같기는 하더구나. 하지만 소진에 관한 일이라면 끔뻑 죽는 사숙께서 정말 심하게 손을 쓰셨을 성싶으냐?"

"그럼 아니란 말이오? 그렇다면 저 상처들은 다 뭐랍니까?"

"저것들은 단지 피육(皮肉)의 상처일 뿐, 겉보기엔 저렇지만 실제 근골은 조금도 상하게 하지 않으셨더구나. 더구나 아까 진류 사숙의 얼굴을 보니 안색이 창백한 것이 상당히 무리한 모습이셨다. 진류 사숙 정도의 고수가 이 정도 여행의 피로 따위를 느낄 리도 없건만 말이지."

"예? 그게 무슨……."

"쯧쯧쯧, 아직도 못 알아듣다니. 그러니까……."

"그러니까 사숙께서는 소진을 패면서 사실은 추궁과혈(推宮過穴)을 하셨단 말이냐? 그것도 반 시진 내내?"

"그렇죠. 저도 혹시나 했는데 막내의 몸을 살펴보니 확실히 알겠더 군요. 지금쯤이면 아마 저 녀석도 확실히 느끼고 있을걸요?"

무해가 가리킨 '저 녀석', 즉 소진이 그의 판단이 옳다는 듯 고개를 위아래로 끄덕였다. 정말 그랬다. 온몸을 타고 흐르던 통증이 차츰 견 딜 만해지자 그의 전신 혈도를 시원하게 드나드는 정순한 기운이 느껴 졌다. 처음에 진류 도장이 그의 몸을 구석구석 만져 본 이유를 이제야 알 것 같았다. 소진의 상태를 정확히 파악하기 위한 것이었으리라.

"추궁과혈을 반 시진 동안이나 계속 하시다니… 진류 사숙도 정말 괴물이로군."

무유의 감탄 아닌 감탄에 무해는 다시 한 번 실소를 터뜨렸다. '괴 물' 이라니… 하지만 생각해 보면 그리 틀린 말도 아니었다. 추궁과혈 을 반 시진이나 계속 할 수 있다는 것은 곧, 진류 사숙이 그들의 예상 을 넘어서는 엄청난 내공의 소유자임을 의미했다.

"흐음, 아무튼 별다른 약을 쓰지 않더라도 하룻밤 푹 쉬고 내일이면 아마 붓기는 거의 빠질 것 같군요, 무청 사형."

"좋아, 그럼 내일 오전 중에 소진과 함께 진류 사숙을 뵈러 가기로 하고 우리도 이만 일어나도록 하자. 막내 사제도 쉬어야 할 테 니……."

무청을 필두로 무유와 무해가 차례로 방에서 사라지자 이제껏 잠자 코 지켜보고만 있던 화연이 슬그머니 소진의 침상 옆으로 다가왔다.

"다들 좋은 분들 같네요."

"그렇죠? 가끔은 과분할 정도라니까요."

"그럼 이만 쉬세요, 소 공자. 저도 나가볼게요."

사형들에 이어 역시 방을 나서는 화연을 소진이 다급히 불러 세웠다.

"화 소저!"

그녀가 다시 이쪽을 바라보았다.

"저… 저… 그, 그냥 고맙다는 말을 못 한 것 같아서……."

"뭘요."

짧게 응대한 그녀가 다시 몸을 돌려 걸음을 옮겼다. 방을 나서는 그녀의 얼굴에는 짙은 아쉬움이 서려 있었다.

"바보 같으니!"

"이런 바보 같은 놈!"

여인은 야속한 정인(情人)을 원망하고, 사내는 용기가 부족함을 한탄하고 있었다.

다음날, 해가 막 높은 산의 정상을 향해 달려가고 있을 무렵 다시 소진을 찾아온 사형제들은 무해 도장의 말대로 훨씬 나아진 얼굴의 그를 만날 수 있었다. 전날에 미처 나누지 못했던 이야기들을 통해 잠시 회포를 푼 이들은 이내 무리 지어 진류 도장이 머무는 곳으로 향했다.

"진류 사숙, 저희들입니다."

"들어오거라."

안에는 먼저 도착한 설혼과 장주(莊主)인 화조인이 넓은 탁자에 나란히 앉아 진류 도장과 담소를 나누고 있었다. 막 들어선 이들이 탁자의 남는 자리들을 채우고, 잠시 의례적인 인사말들이 오가자 곧 무해가 본론을 꺼냈다. 본래 이런 일은 이들 중 맏이인 무청 도장이 하는 것이 정상이겠으나, 그는 절대로 대화 중 화기애애한 분위기를 이끌어갈 위인은 못 됐기 때문에 무해가 대신 역할을 하고 있었다.

"저희가 설 소협과 화 장주님을 청한 이유는 이미 미루어 짐작하시겠지만 무진 사제의 목숨을 구해주고, 또한 이렇게 돌봐주신 은혜에 조금이라도 보답이 됐으면 하는 마음에서입니다."

잠시 말을 끊으며 상대의 기색을 살핀 무해가 품 안에서 작은 목합(木盒)을 두 개 꺼냈다. 그리곤 그것을 두 사람에게 각각 하나씩 밀어주었다.

"본문의 태청신단입니다."

순간 화조인과 설혼의 안색이 눈에 띄게 달라졌다.

달칵!

작은 소음과 함께 화조인이 목합을 열자 청아한 향기가 삽시간에 방 안으로 퍼져 나갔다. 작은 호두알만한 크기의 환단 하나가 중인들 앞에 그 모습을 드러냈다. 은은하게 노을처럼 붉은빛을 띠는 게 무당의 태청신단이 분명해 보였다.

"이, 이것이!"

"특하나 설 소협은 사문의 신묘한 구명단을 세 알이나 썼다고 들었는데 우리의 준비가 부족한 것 같아 한편으로는 부끄럽네."

"벼, 별말씀을……."

자신이 사용한 구명단이 아무리 값진 것이라 할지라도 무당의 태청신단에는 도저히 비할 바가 아니었다. 이것은 천하에 알려지기를 삼대신단(三大神丹)의 하나로, 특하나 심기를 굳건히 하고 내공을 증진시키는 데 탁월한 효능을 보이는지라 강호인들에게는 가히 무가지보(無價

之寶)나 다름없는 물건이었다.

"그저 장소를 제공했을 뿐인 제가 이렇게 큰 보답을 받아도 되는지 모르겠습니다."

화조인이 너무도 커다란 선물에 당황해하는 모습이었다. 하지만 그러면서도 시선은 여전히 목합을 떠나지 못하고 있었다. 태청신단이란 그 정도로 대단한 물건인 것이다.

"큰 보답이라니요. 태청신단은 단지 물건일 뿐이지만, 두 분께서는 한 사람의 목숨을 구해주셨지 않습니까. 보답은 저희가 받은 셈이지요."

"하하핫! 그렇다면 이왕 주시는 거 감사히 받겠습니다. 사실 안 그래도 네 개밖에 없던 구명단 중 세 개를 써버려서 사부님께 무슨 욕을 들을지 막막했는데, 무당에서 이렇게 저의 살길을 열어주시는군요."

가만히 상황을 주시하던 설혼이 넉살 좋게 목합을 덥석 움켜쥐며 품 안에 갈무리하자 진류 도장이 크게 웃음을 터뜨렸다.

"껄껄껄! 정말 소문대로군. 자네의 사부님이라면 그 비천무영 노선배를 말하는 것이겠지? 사부님께선 아직 정정하신가?"

"예, 진류 노도장. 오히려 너무 정정하신 게 문제인걸요. 아직까지도 이 제자를 한 손아귀에 움켜쥐려 하시니까요. 덕분에 제가 고생이 이만저만이 아니랍니다."

능청스러운 설혼의 행동이 좌중들의 얼굴을 자연스레 미소 짓게 만들었다. 한편 설혼이 이런 식으로 나오자 자연스럽게 태청신단을 얻을 수 있게 된 화조인은 혹시라도 사라질까 두려운 듯 두 손으로 목합을 꼬옥 움켜쥐고 있었다.

"저희의 성의를 이렇게 기분 좋게 받아주시니 마음이 한결 편해지는

군요. 이외에도 저희의 능력이 닿는 일이라면 최대한 협조할 용의가 있습니다만…….”

일부러 말꼬리를 길게 늘이며 무해 도장이 두 사람의 눈치를 살폈다. 그러자 태청신단만을 뚫어져라 바라보던 화조인이 머뭇거리다가 힘들게 이야기를 꺼냈다. 그는 태청신단을 얻게 된 것도 과분한 복이라고 여기는 기색이었기 때문에 무해는 의외라는 표정으로 그를 주시했다.

“이건 정말 염치없는 부탁입니다만… 그래도 최대한 도움을 주신다기에 이렇게 말을 꺼내봅니다. 실은 제 제자들 중에 추명인(秋鳴寅)이라는 아이가 하나 있습니다. 오는 길에 함께 데리고 오셨던…….”

“아, 예. 기억하고 있습니다.”

“그 아이를 무당의 속가제자로 받아주실 수 없겠습니까?”

“소, 속가제자라고요? 하지만 석정산장과 화 대협의 명성 역시 강호에서 결코 범상한 것이 아닌데 어째서 굳이 무당엘 보내시려는 겁니까?”

전혀 예상치 못한 부탁에 무해가 조금 당황한 듯싶었다. 진류 도장과 무청 등도 깜짝 놀라서 이어지는 화 장주의 이야기에 주의를 기울였다.

“문제는 그 아이가 어줍지 않은 실력으로 강호에서 작은 명성을 얻자 거기에 만족하고 안주하려 한다는 것입니다. 우물 안의 개구리[井底之蛙]가 되어가는 것이지요. 지금 그 아이에게는 넓은 바다를 보여줄 필요가 있습니다. 그리고 제가 보기엔 지금이 절호의 기회인 듯싶군요. 좁은 우물에서 벗어나 무당이라는 대해(大海)를 견식할 기회 말입니다.”

"과찬이시로군요."

무해 도장이 짧은 겸양의 말을 내뱉고는 진류 사숙의 눈치를 살폈다. 사실 속가제자를 받는 것 정도는 무해 도장의 선에서도 결정할 수 있는 일이었지만 일행의 우두머리는 단연 진류 도장이었기에 그의 결정을 기다리는 것이다.

"속가제자라면 스승 될 사람으로는 누구를 생각하고 계시는지… 아마 여기 있는 이들 중 하나를 염두에 두고 계신 듯합니다만?"

말투로 보아서는 거의 승낙을 얻어낸 것이나 다름이 없는 듯하다. 화조인이 속으로 반색하며 잠시 생각을 굴렸다.

'물론 가장 좋은 사람은 진류 노도장이겠으나 배분과 나이가 있는 만큼 그 아이를 제자로 받아달라는 것은 너무 무리한 부탁이겠지. 저분의 제자가 된다는 것은 현 무당 장문인과 같은 배분이 된다는 것을 의미할 테니. 그렇다면……'

스승이 되기에는 너무 젊은 소진 역시 화조인의 대상에서 제외되었다. 이제 남은 인물은 무해, 무청, 무유 이렇게 세 사람이었다.

'저들 중 무유 도장이 제일 알려진 바가 없군. 하지만 아무리 봐도 쟁쟁한 그의 사형제들에 비해 그리 뛰어난 것 같지는 않아. 그렇다면 무해 도장은? 그래! 그가 무당의 전 의선원주(醫仙院主)였지, 아마? 게다가 지금 말하는 걸 보면 성격도 괜찮은 것 같고… 하지만 강호의 소문에 따르면 상대적으로 무공이 조금 떨어진다는 점이 단점이란 말이야. 흐음. 그리고 냉면철검(冷面鐵劍) 무청 도장은……'

화조인의 시선이 잠시 무청 도장에게 머물렀다. 솔직히 무공이나 강호에서의 명성만을 따지자면 단연 독보적인 존재가 바로 그였다. 항간에 들리는 소문에 의하면 동문 중 무공 면에서 가장 빼어난 이에게 계승된다는 진무각주(眞武閣主)의 유력한 후보였을 정도라 하니 실력에 있어서는 의심의 여지가 없었다. 단지 한 가지 걸리는 것이라면 얼굴이나 목소리, 심지어는 그의 외호에서마저도 풀풀 풍기는 냉막함이었다. 생각 같아서는 무청 도장의 무공과 무해 도장의 성품을 가진 이를 찾고 싶었지만 세상사가 어찌 마음먹은 대로만 흘러가겠는가.

화조인은 내심 두 사람을 저울질해 보다가 결국 결단을 내렸다. 고민이 많기는 했지만 실제로 흘러간 시간은 수유(須臾)에 불과했다.

그가 은근히 진류 도장의 눈치를 살피며 말을 꺼냈다.

"제 생각 같아서는 여기 앞에 계신 냉면철검 무청 도장의 밑에서 수련을 쌓게 하고 싶지만 그게 마음처럼 될지 모르겠군요."

자신의 이름이 거론되자 순간 무청 도장의 눈빛이 흔들렸다. 아마 나름대로 상당히 당황한 것이리라. 그는 설마 화조인이 자신에게 제자를 부탁하리라고는 전혀 예상치 못하고 있었다.

그리고 역시 같은 생각, 즉 일찌감치 무청 도장은 그 대상에서 제외하고 있던 그의 사제들 역시 당황스럽긴 매한가지였다.

'허헛! 하필이면 무청 사형이라니. 혹시 화 장주는 그 추명인이라는 아이에게 악감정이라도 있었던 것인가? 그렇지 않고서야 어떻게 저런 결정을……'

'나라면 무청 사형의 밑에서 수련을 쌓느니, 차라리 머리 깎고 중이 되고 말지.'

'무청 사형! 그냥 사람 하나 살리는 셈치고 못하겠다고 하세요, 제발!'

하나같이 속으로 불가(不可)함을 외쳐 대고 있었다.

무당의 젊은 제자들 사이에 무청 도장의 위명은 가히 염왕(閻王 : 염라

대왕)과 동기동창으로 불릴 만큼 절대적인 것이었다. 거의 이십 년간이나 이어온 집법원주(執法院主)라는 직책과 특유의 냉막함이 더해져서 만들어진 결과였다.

더구나 그의 가르침은 무당 내에서도 혹독하기로 이름이 높았다. 거의 매일 체력의 한계를 경험하게 하는 것이 바로 그의 수련이었다. 그래서 무당의 제자들 사이에는 '염왕의 가르침을 받으려면 목숨을 걸라' 라는 말이 교훈처럼 전해질 정도였다. 물론 여기서의 염왕이란 무청 도장을 이르는 말이었다.

"무청아, 어찌하겠느냐? 네 의견이 가장 중요하겠구나."

진류 도장이 그의 견해를 물었다. 모두의 시선이 무청 도장에게로 쏠렸다. 여러 쌍의 눈빛들이 부담될 만도 하건만 얼굴에 철판이라도 덧대놓은 듯 일관된 표정으로 시선들을 받아넘긴 무청이 마침내 결정을 내린 듯 천천히 입을 열었다.

"정 그러시다면 제가 가르쳐 보겠습니다."

"허헛, 잘 생각했다. 옛말에 배움과 가르침은 서로 이어지는 것이라 했으니 너 역시 새로운 제자를 가르치며 배우는 바가 있을 것이다."

"오오! 고맙소, 무청 도장. 이렇게 훌륭한 스승을 두게 되었으니, 이것은 모두 명인(鳴寅), 그 아이의 복이겠군요."

"하하하핫."

호탕한 웃음소리들이 연신 이어졌지만 속내가 모두 그와 같은 것만은 아니었다. 무해를 비롯해 무유와 소진이 환하게 웃고 있는 화조인에게 안타까움이 담뿍 담긴 시선을 던졌다. 상대는 제자가 겪게 될 고난은 생각지도 못한 채 진심으로 기뻐하는 기색이었다.

'아무래도 이 결정이 추명인이라는 아이에게는 복(福)이 아니라 화(禍)

가 되지 않을까 싶군요.'

그들의 눈빛에 담긴 이런 심정을 아는지 모르는지 화조인은 항산이 떠나가라 호탕한 웃음만을 터뜨리고 있었다.

이틀이 더 지나자 소진의 몸은 완전히 예전의 모습을 되찾아가고 있었다. 얼굴의 붓기는 완전히 가라앉았고 곳곳의 멍 자국들 역시 이제는 희미하게 흔적만이 남아 있었다. 진류 도장의 추궁과혈 덕분에 내상 역시 말끔히 치료된 상태였다. 무당의 일행들은 이제 소진과 함께 석정산장을 떠날 준비를 하고 있었다.

모두가 잠들었을 만한 시간. 담장 너머로 솟은 항산이 어둠의 장막 뒤로 그 모습을 절반이나 감추고 있다. 가까운 사물이라면 식별이 가능할 정도의 어둠. 태초에 거인 반고(盤古)의 우측 눈이 화한 것이라는 달이 반쯤 감긴 모습으로 석정산장의 후원을 교교(皎皎)히 비추고 있었다.

"하아~"

어디선가 여인의 깊은 한숨 소리가 들려왔다. 후원의 한구석에 마련된 자그마한 화원. 일부러 놓아둔 듯한 평평한 바위 위에 살짝 엉덩이를 걸친 그녀는 무언가 심란한 일이라도 있는지 밤이 깊었음에도 잠을 이루지 못한 채 몇 번이고 시름 섞인 한숨을 토해냈다. 완연한 가을이라 아침저녁은 꽤나 쌀쌀해져서인지 화원의 꽃들은 모두 시들어 있었다.

"무슨 일로 그렇게 땅이 꺼져라 한숨만 쉬고 있나요?"

평소에도 고민이 있으면 찾는 곳이라 마음을 놓고 있던 그녀가 화들짝 놀라서 뒤를 돌아보았다. 고작 일 장 정도 떨어진 곳에서 웬 사내가 자신을 바라보고 있었다.

"누, 누구! 소 공자?"

달빛이 그리 약하지 않았을 뿐더러 가까운 곳에 작은 석등이 하나 밝혀져 있었기 때문에 이내 상대의 얼굴을 확인한 여인이 깊이 숨을 들이쉬며 놀란 가슴을 진정시켰다.

"제가 놀라게 해드린 것 같군요, 화 소저. 저는 가까이 가면 인기척을 알아챌 줄 알고……."

"아, 아녜요. 정말 제가 너무 넋을 놓고 있었나 보네요. 사람이 이렇게 가까이 올 때까지 전혀 눈치를 못 챘다니."

보통 무림인들이 자신의 안전을 위해 신경을 쓰는 거리가 주위로 삼장 내외인 점을 감안한다면 그녀가 스스로를 책망하는 것도 무리는 아니었다.

"그런데 이 늦은 밤중에 여기는 웬일이시죠?"

"그게… 잠이 오질 않아서 잠시 바람을 쐬려고……."

"그렇군요."

잠시 눈빛을 반짝이며 물음을 던진 그녀가 돌아오는 평범한 대답에 짤막하게 대꾸했다.

'그는 나에게 마음이 없는 것일까?'

실망감에 저절로 고개가 바닥으로 향했다.

한편 소진은 머리 속의 생각과는 다른 말들을 뱉어내는 스스로를 책망하는 중이었다.

'이잇! 바보 같은 자식. 어째서 말을 못하느냔 말야! 지금이 기회라고. 오늘 말하지 못한다면 내일은 이곳을 떠난단 말이다. 그러면 아마도 몇 달 동안은 그녀를 볼 기회가 없을 거야. 그사이에 그녀가 누군가에게 마음을 주기라도 한다면 큰일이잖아. 어서! 어서 입을 벌리고 말을 하란 말이다!'

소진이 질끈 감았던 눈을 떴다.

"화, 화 소저!"

순간 말을 꺼낸 소진이 먼저 깜짝 놀라서는 어깨를 움츠렸다. 화연역시 놀라서 두 눈을 동그랗게 뜨고는 주위를 두리번거리며 살폈다.

"그… 그렇게 커다랗게 소리를 지르면 어떡해요! 지금이 몇 신 줄이나 알아요?"

"미안… 미안해요. 제가 그만……."

긴장해서 저도 모르게 목소리가 높아진 소진이 민망한 듯 머리를 긁적거렸다. 유난히 적막한 밤중이라 더 더욱 크게 울리긴 했지만 소란이 없는 걸 보면 다행히 그 소리에 잠을 깬 이는 없는 듯싶었다. 덕분에 떨리던 가슴이 어느 정도 진정된 것을 느낀 소진이 다시 한 번 용기를 내서 말을 꺼냈다.

"실은 화 소저한테 할 말이 있어서 왔어요."

"예? 무슨 말을……."

"오늘이 지나면 왠지 영영 기회가 없을 것 같아서 밤이 늦었지만 용기를 냈답니다. 잠시만 아무 말 말고 제 말을 들어주세요."

"……."

화연의 흑요석 같은 눈동자가 어떤 기대감으로 반짝거렸다.

"이곳에서 화 소저의 간호를 받으면서 차츰 화 소저에 대한 저의 감정이 조금 특별하다는 것을 알게 되었어요. 그리고 혼자서 내상을 치료한 지난 한 달 동안 줄곧 이 감정의 정체에 대해 고민했었죠. 나에게 있어서 화연 소저는 과연 어떤 존재인가에 대해 계속 생각했어요. 그리고 어제에야 겨우 그 답을 찾을 수 있었답니다."

부끄러움에 화연의 얼굴이 목 언저리까지 온통 벌겋게 물들었다. 결코 싫은 표정은 아니었다. 오히려 속으로는 다음에 나올 말은 무엇일까 하는 달콤한 상상에 빠져 있는 듯했다.

"화연 소저는 저에게는 마치… 주방칼과 같은 존재예요."

"뭐, 뭐라구요?"

심야의 낭만에 젖어 있던 화연의 몸이 일순간 돌 조각처럼 굳어졌다. 세상에나! 주방칼이라니……. 하지만 소진은 자신의 고백에 몰입해 있는지 계속해서 말을 이었다.

"제 행낭 속에는 언제나 주방칼이 들어가 있답니다. 단연 제 재산 목록 1호이기도 하고요. 주방에서 그 손잡이를 가볍게 말아 줄 때면 그렇게 마음이 편안해질 수가 없어요. 이것만 손에 잡으면 무엇이든 할 수 있을 것 같은 기분이 들거든요. 화 소저도 똑같아요. 화 소저와 함께 있으면 가슴이 두근거리긴 하지만 마음만은 마치 어머니의 품 안에 있는 것처럼 편안해져요. 화 소저와 함께라면 왠지 무엇이든 할 수 있을 것 같고요. 조금 전에 화 소저의 한숨 소리를 들었을 때는 불현듯 저 역시 가슴이 답답해지더군요. 이런 감정이 혹시 '사랑'이라면 저는 화 소저를 사랑하고 있는 것일 테죠?"

한마디 한마디에 절절히 묻어 나오는 소진의 진심을 느꼈기 때문일까? 어느덧 화연은 '주방칼'의 충격에서 조금씩 벗어나고 있었다.

"지금 화 소저의 답을 바라는 것은 아니에요. 전 꼭 해야 할 일이 있는데 지금 화 소저의 대답을 듣는다면 왠지 그 일을 하기가 어려워질 것만 같거든요. 그게 어떤 것이든 상관없어요. 단지 제가 그 일을 마치고 다시 이곳 석정산장을 찾았을 때 화 소저의 대답을 들을 수 있을까요?"

고백을 마친 소진이 조심스럽게 화연의 얼굴을 살폈다. 그녀는 얼굴에 한마디로 표현하기 힘든 복잡 미묘 한 미소를 짓고 있었다.

"후훗, 진작부터 느끼고 있었지만 소 공자는 정말 평범하지 않은 사람이로군요. 아마 이런 식의 고백을 받은 사람은 고금을 통틀어 제가 처음일 거예요. 하지만 평범하지 않은 사람이니 저 역시 평범하게 받아들여서는 안 되겠죠?"

"호, 혹시 제 말에 기분이 상했나요?"

"그럼요. 그것도 많이요. 특하나 아까 그 '주방칼' 은 정말 충격이었어요. 하지만 뭐, 그냥 특이하다는 정도로 넘어가도록 하죠. 그런데 그 할 일이라는 거⋯ 시간이 얼마나 걸리는 거죠?"

"아, 그거라면 제가 최선을 다해서 빠른 시일 내에⋯⋯."

"딱 일 년이에요."

"예?"

"딱 일 년만 기다리겠다고요. 막상 무슨 대답이 나올지는 저도 장담하지 못하겠지만⋯⋯."

"아, 알았어요. 반드시 일 년 안에 다시 이곳을 찾을게요."

"정말 복잡한 기분이네요. 이걸 좋다고 해야 할지 나쁘다고 해야 할지⋯ 아무튼 저는 이만 들어가서 생각을 좀 정리해 봐야 할 것 같아요. 소 공자도 이만 돌아가서 쉬세요. 내일은 많이 움직여야 할 테니⋯⋯."

걸음을 옮기는 화연의 뒷모습을 바라보다가 이내 소진도 터벅터벅 발걸음을 돌렸다. 생각이 복잡하기는 그 역시 마찬가지였다. 생애 첫 고백이 이런 이상한 결말이라니⋯ 아무래도 오늘 밤 잠을 이루기는 힘들 것 같았다.

한편 두 남녀의 모습이 후원에서 모습이 사라지자 가까운 담벼락의 어둠 속에서 누군가가 모습을 드러냈다.

"크크크큭! 아이고, 배야. 웃겨서 죽는 줄 알았네."

"푸하하하하! 그러게 말이다. '주방칼'이라니… 정말 소진다운 발상이라고 해야 하나? 하하하핫."

"어쩐지 내내 막내 사제의 분위기가 이상하더라니… 푸흐흐흐. 그나저나 무해 사형, 무청 사형이나 소진이 눈치 채기 전에 어서 우리도 돌아가야겠죠?"

"그러는 게 좋겠구나. 무청 사형이라면 이런 훔쳐보기 같은 짓은 절대 용납하지 않을 테니."

서둘러 장내를 벗어나는 이들은 무유와 무해 두 사람이었다. 자기 전 소진에게서 뭔가 이상한 낌새를 눈치 채곤 조용히 뒤를 밟은 결과 우연히 이런 일을 목격하게 된 것이다.

이들이 사라지자 석정산장의 후원은 다시 적막에 빠져들었다. 하지만 채 이 적막이 자리 잡기도 전에, 이번에는 좀 전의 두 사람이 있던 담장의 위 편으로 또 다른 그림자가 하나 나타났다. 큰 키에 약간 마른 체격, 그리고 황색의 도복(道服). 놀랍게도 그는 무해 도장이 절대 이런 짓은 하지 않으리라 여겼던 무청 도장이었다. 그는 아무 말 없이 소진과 화연이 사라진 방향을 번갈아 바라보다가 작은 목소리로 중얼거리며 신형을 날렸다.

"일 년이라……."

옛말에 뛰는 놈 위에 나는 놈이 있다 했던가. 그 속담이 거짓이 아님을 증명이라도 하려는 듯 모두가 장내에서 사라진 후에야 천천히 나무 뒤의 그늘에서 모습을 드러내는 이가 한 명 있었으니… 그가 바로 신비룡 설혼이다. 그는 이제까지의 상황을 주욱 지켜보다가 재미있다는 듯 너털웃음을 터뜨렸다.

"허허허, 그런 식의 고백이라니… 만약 처제가 아닌 다른 여자였다면 귀싸대기를 한 대 얻어맞았을지도 모르겠군. 재밌는 세상이야. 정말 재미있는…….

진실은 드러나 있으나 모두가 지나칠 뿐이다

앞뒤 폭보다 좌우 길이가 더 긴 독특한 구조의 넓은 방. 은은한 묵향(墨香)이 번져 나오는 이 방의 긴 면으로는 온갖 서책들이 서가(書架)에 빈틈이 보이지 않을 만큼 빽빽히 꽂혀져 있다. 그리고 좁은 면에 난 창가에는 웬 사내가 작은 탁자를 앞에 두고 앉아 있다. 사내의 옆으로 놓여져 있는 큼지막한 새장이 유독 눈에 띄었다. 왠지 익숙한 풍경.

푸드드득! 구룩구룩.

날렵한 체형의 전서구 두 마리가 동시에 창가로 날아들었다. 익숙한 솜씨로 그것들의 발목에서 전통을 분리한 사내가 재빨리 내용물을 꺼내어 방의 중앙으로 가져갔다. 내용물은 구깃구깃하게 여러 번 접힌 종잇조각이었다.

방의 가운데에는 일반의 두 배는 되어 보이는 커다란 책상이 놓여져 있었는데, 자리에는 문사건과 학창의를 단정하게 차려입은 문사풍의 중년인이 앉아 무언가를 적고 있었다. 그는 사내가 가까이 오자 잠시 하던 일을 멈추고 두 장의 작은 종잇조각을 건네받았다.

"오호! 이십팔호의 전문인가?"

종잇조각, 즉 누군가 그에게 보내온 전문을 평평하게 펼치던 그는 그중 한 장의 보낸 이를 확인하고는 갑자기 큰 관심을 보이며 차근히 읽어 내려갔다.

이십팔호(二十八號) 전(傳).

묵혼도객 이천걸의 거처 확인. 북경의 청류장으로 밝혀짐.

무당의 약선(藥仙) 소진 생존. 북경에서 묵혼도객에게 당한 부상을 황산의 석정산장에서 치료 후 현재 다시 북경으로 향하는 중. 무당의 진류, 무해, 무청, 무유 도장이 동행.

"후훗, 묵혼도객의 거처라… 이걸 용케도 알아냈는걸? 그나저나 다시 북경으로 간다는 말은 묵혼도객과 다시 붙어보려는 것인가? 하긴, 이 정도의 인원이라면 한번 시도해 볼 만도 하겠군. 그 사부에 그 제자라더니… 이십팔호도 일장로(一長老)만큼이나 재주가 좋단 말야. 그런데 이 녀석도 약선과 얽혀 있는 것인가? 아무래도 이들 사제(師弟)는 그와의 인연이 가볍지 않은 듯하군."

조직의 최고수인 일장로와 그의 제자인 이십팔호를 떠올리며 잠시 얼굴에 미소를 띠던 중년인은 이어서 다음 종잇조각을 펼쳐 들었다. 이번 것은 멀리 청해성(靑海省)에서 날아온 것이었다.

청성과의 대결에서 곤륜 대패(大敗). 청성의 피해 경미. 현재 동진(東進)

중. 다음의 상대는 감숙성의 공동파로 판단됨.

　"오호라, 같은 구대문파인 곤륜과 싸우면서도 거의 피해가 없었단 말인가? 한창 성세(聲勢)를 구가하고 있는 줄은 알았지만 이건 내 예상을 훨씬 웃도는군. 역시 한시라도 주의를 뗄 수 없는 것이 강호라니까. 후후훗. 하지만 뭐 강하다고 해서 나쁠 건 없겠지. 후하하하!"

　그의 커다란 웃음소리에 놀랐는지 창가에 있는 새장의 전서구들이 놀라 요란한 날갯짓을 해댔다. 하지만 그의 웃음은 그 후로도 한동안 멈출 줄을 몰랐다. 천안(天眼)이라는 조직의 수좌(首座)이자, 역시 천안이라는 이름으로 불리우는 이가 바로 그였다.

　백하구(白河具)는 하북성의 서쪽에 위치한, 백 호(百戶)가량의 작은 마을이다. 하지만 이곳은 일반의 시골 마을과는 달리 산서성과 하북성을 잇는 주요한 관도 변에 위치한 탓에 그 작은 규모와는 달리 몇 개의 객잔이 문을 열어 현재 성업 중에 있다. 그중에서도 가장 규모가 큰 편인 유소객잔은 마침 점심 시간대를 맞아 제법 사람들로 북적거리는 중이었다. 주인장의 입가에는 자연히 미소가 그려졌다.

　마악 주문을 마치고 잠시 고개를 두리번거리며 객잔 내부를 둘러보던 소진의 귀가 쫑긋했다. 어디선가 낯익은 말이 들려왔기 때문이다.

　"청성을 상대로 한 대결에서 곤륜이 그렇게 무참히 무너질 줄이야 누가 상상이나 했었던가?"

　"그렇게 말일세. 비록 청성에 광무자라는 전대의 기인이 버티고 있기는 하지만, 아무리 그렇더라도 도합 일곱 번의 비무에서 단 한 차례의 승리도 거두지 못하다니 말야. 십 년의 봉문도 그렇지만, 이전부터 청성 따위는 곤륜의 상대가 안 된다며 큰소리치던 운룡 도장은 이제 허풍도장이라 불리우며 호사가들의 입에 오르내린다고 하더군.”

“들리는 소문에 의하면 이번 청성의 비무행에는 과거 청성오주(靑城五柱)로 이름을 날리던 운 자 항렬의 고수들 역시 오랜 폐관수련을 마치고 참가했다고 하네. 그런데 그들의 무공이 거의 광무자에 비견될 만큼 출중하다는 거야. 이들의 상대로 걸린 이들은 모두 손발 한번 제대로 못 써보고 패했다 하더군.”

힐끔 살피니 표국의 위사(衛士)들로 보이는 이들이었다. 소진이 맞은편의 사형들을 바라보았다. 그들 역시 자신이 들은 것은 빠짐없이 들었으리라.

“곤륜에서 이렇게 먼 곳의 표사들에게까지 이야기가 오르내리는 걸 보면 적어도 십 일 전에는 벌어진 일인 듯하군.”

무유는 이야기를 듣고도 믿을 수가 없는지 찻잔에 남은 찻물을 단숨에 들이켰다.

“곤륜이 그렇게 쉽게 무너지다니…….”

“곤륜이 약하다기보다는 청성이 강한 것일 게다.”

“진류 사숙, 아무리 그렇더라도…….”

“청성오주(靑城五柱)는 이미 십 년 전에 청성의 무극헌을 대표하는 고수들이었다. 그동안 소식이 전혀 들려오지 않아 괴이하게 여겼더니 폐관수련 중이었나 보구나. 아마 광무자의 명이었겠지. 생각해 보거라. 그렇지 않아도 고수라 불리던 이들이 십 년의 세월을 일로정진(一路精進)한 후의 결과를. 광무자와 비견될 만하다는 말은 분명 과장이겠지만, 그 날카로움이란 자만에 빠진 곤륜 정도는 단숨에 잘라 버릴 정도는 될 것이다, 아마.”

마주한 탁자의 분위기가 무거워졌다. 청성오주가 이미 십 년 전에 폐관에 들었다는 것은 청성이 그 이상의 기간 동안 이번 일을 계획하고 힘을 모아왔다는 것을 의미했다. 그들 이외에도 얼마나 많은 숨은 전력이 있을지는 모를 일이었다.

"광무자라는 걸출한 기인이 그토록 오랜 기간 심혈을 기울여 준비해 왔다면 그 힘이란 정말 무서운 것일 테지. 하지만 걱정하지 말거라. 너희도 알다시피 우리 무당 역시 한 번도 나태해진 적은 없었으니……. 음식이 식겠구나. 어서 먹고 다시 길을 가도록 하자."

어느새 나온 요리들이 모락모락 김을 피워 올리고 있었다.

이런 곳의 음식치고는 훌륭한 것이었지만 너무 충격적인 소식을 접한 탓에 별 맛도 느끼지 못한 이들은 이내 객잔을 나서 북경을 향해 길게 뻗어 있는 관도에 다시 발을 내디뎠다. 음식을 맛있게 먹고 포만감을 느낀 사람은 강호의 정세에는 그다지 관심이 없는 소진이 유일했다.

곤륜이 청성과의 대결에서 패배하여 십 년간의 봉문에 들어갔다는 사실은 삽시간에 중원 전역으로 퍼져 나갔다. 이른바 '청성비무행(靑城比武行)'의 첫 번째 제물이 된 것이다. 그리고 당연히 이 소식은 북경에 있는 천화상단 본단(本團)에도 발 빠르게 전해졌다.

벽에 걸린 서화와 장식물들이 묘한 조화를 이루며 고아한 아취를 풍겨내는 넓은 대청. 조심스런 걸음으로 들어선 통통한 체격의 중년인이 대청의 가운데로 나아가 짧게 읍을 한 후 마련된 두터운 방석에 앉았다. 전면은 넓은 휘장으로 가려져 있었는데 그곳을 향해 읍을 한 것이었다. 왠지 낯설지 않은 모습이다.

“단주, 청성이 계획대로 곤륜을 먼저 쳤습니다.”

“결과는?”

휘장 뒤편에서 칼칼한 노성(老聲)이 들려왔다.

“일곱 번의 비무에서 곤륜은 단 한 차례의 승리도 거두지 못했다고 합니다. 곤륜은 향후 십 년간의 봉문에 들어갔고 청성은 다시 감숙성의 공동파로 느리게 이동 중입니다. 이번 승부에서 강호의 예상을 뛰어넘는 무력을 드러낸 탓에 현재 강호의 모든 이목은 청성에 집중되어 있다 해도 과언이 아닐 정도입니다.”

“강호의 이목 따위가 중요한 게 아니지 않은가. 천안(天眼)은 어떻게 대처하고 있지?”

“저희가 심어놓은 몇 안 되는 세작(細作:첩자)들이 보내온 정보에 따르면 그들은 귀주, 운남, 청해, 감숙, 섬서, 사천 이렇게 육성(六省)의 조직 대부분을 청성의 움직임과 어수선한 강호의 동정을 살피는 데 투입하고 있다고 합니다. 그리고 여타 다른 성(省)의 천안 조직들 역시 강호의 동태를 파악하는 데 더욱 큰 비중을 두고 있는 듯합니다.”

“좋다! 이제야 시기가 무르익은 듯하구나. 물건들은 모두 준비되었겠지?”

“예. 하지만 강호의 소란 덕에 느슨해졌다고는 해도 천안의 눈을 피해 나눠서 운반하다 보면 시일이 꽤나 걸릴 듯합니다. 워낙에 물량이 많은지라…….”

“으음, 역시나 그들이 문제로군. 대략 얼마 정도면 모두 한곳으로 모일 것 같은가?”

“넉넉히 두 달 정도면 될 것 같습니다. 현재 이문추(李文湫) 부단주가 비밀리에 가욕관(嘉欲關)에 먼저 도착해서 일을 진행 중이니 별문제는 없을 듯합니다. 원체 수완이 좋은 분이니……."

"그래. 문추, 그 녀석이라면 믿을 만하지. 더구나 목숨이 걸린 일이니 어련히 알아서 하겠는가. 다른 내용이 없다면 너는 이만 나가보거라."

"예, 단주."

그가 휘장을 향해 읍을 하고 밖으로 사라졌다. 대청에는 다시 고요함이 찾아왔다. 칼칼한 노인의 목소리가 울려 퍼지기 전까지는…….

"크하하하, 차근차근 계획대로 되어가고 있군. 더 이상 늦어지면 우리 상단(商團)으로서도 더 이상은 버틸 재력(財力)이 없다. 유일한 방법은 하루 속히 이 거래를 성사시키는 것뿐. 다행히 청성이 우리가 내건 조건을 잘 이행한 탓에 일이 잘 풀려가는군. 만약 이 거래가 성사되기만 한다면? 흐흐흐. 그때는 아무도 우리 천화상단(天華商團)의 부(富)를 감히 넘보지 못하리라."

검버섯 피고 주름진 얼굴에는 탐욕이 가득했다. 머리에도 백발이 성성한 것이 족히 예순은 넘어 보이는 얼굴이다. 보통 나이가 들면 욕심이 없어진다고들 하건만 노인의 음성에는 여전히 재물에 대한 강한 집착이 느껴졌다. 어쩌면 그는 이런 자신의 진면목을 들키는 것이 두려워 언제나 휘장 뒤에 몸을 숨긴 채 지시를 내리는지도 몰랐다.

노인는 마치 자신의 계획이 성공하기라도 한 듯 득의의 웃음을 흘리다가 이내 다시 평정을 되찾았다. 깡마른 몸에 좁고 각진 얼굴. 자신감과 완고한 고집이 느껴지는 얼굴이었다. 조금 전의 그 탐욕스러움은 어디로 사라졌는지 전혀 찾아볼 수가 없었다.

이 얼굴이 바로 뭇 사람들에게 알려진 그의 모습. 천하제일거상이라는 천화상단의 우두머리, 일천금(日千金) 이천업(李天業)의 겉모습이었다. 일천금(日千金)이란 하루에 천 금을 벌어들인다 하여 붙여진 그의 별호였다.

"무영(無影)."

어디에 숨어 있던 것인지 그의 앞으로 검은 무복을 입은 인영이 모습을 드러냈다. '무영'이라는 호칭으로 불리운 그. 분명 일전에 소진과 청진을 사천성 무협(巫峽)의 절벽 아래로 떨어뜨렸던 그가 틀림없었다.

"예, 단주."

"네 사부는 어찌하고 있느냐?"

"그게… 좀처럼 화를 풀지 않고 계십니다. 저와 단주 때문에 유유자적하던 생활이 엉망이 됐다며……."

그의 사부라면 분명 묵혼도객 이천걸을 일컫는 말이리라.

"쯧쯧쯧, 못난 놈. 어째서 같은 핏줄을 타고난 형제이건만 성품이 이다지도 다르단 말이냐. 사내라면 응당 세상을 향해 자신의 야망을 펼쳐 보여야 하는 것이거늘, 어렵사리 그런 경지의 무공을 익히고도 고작 바라는 것이 유유자적한 삶? 흥! 그 따위 것은 개나 줘버리라고 하라지. 어쨌든 이번 일이 끝날 때까지 두 달 정도만 나를 도와 이곳에 머물러 있으라고 하거라. 내가 그 이후로는 일체 관여하지 않겠다고 하면 아마 말을 들을 게다."

"예, 단주. 그렇게 전하겠습니다."

휙! 하는 소리와 함께 무영의 신형이 그의 앞에서 사라지자 이제는 정말 대청에 홀로 남게 된 노인이 볼멘소리를 토해냈다.

"이 어리석은 동생 녀석만 내 말을 충실히 들어줬어도 일이 배는 수월했을 터인데……."

묵혼도객 이천걸이 그의 하나뿐인 동생이라는 사실은 천하의 거부(巨富)인 일천금 이천업의 가장 큰 비밀 중 하나였다. 그리고 비밀은 철저하게 유지되었을 때 가장 큰 힘을 발휘하는 법이었다.

저 멀리로 삼사 장은 족히 되어 보이는 북경성의 군건한 성곽이 가지런히 이어졌다. 그리고 그 앞으로는 어림잡아도 폭이 오 장은 넘는 듯한 널따란 해자(垓子:성밖으로 둘러 판 못)의 마무리 공사가 한창이었다. 다시금 북경으로 들어서는 소진은 감회가 남달랐다. 지난번의 북경행은 자칫 황천길로 이어질 뻔했던 아찔한 기억이었던 것이다. 과거에도 그러했듯이 성안은 여전히 사람들로 북적거렸고, 그들의 활기 찬 움직임들이 마치 성 전체가 살아 있는 듯한 인상을 주고 있었다.

소진은 길눈이 조금 어두운 편이었지만 주의해서 기억했던 길을 잊어버릴 만큼 바보는 아니었다. 곧장 일행을 지난번에 자신이 머물렀던 객잔으로 인도한 소진은 이내 그들과 함께 다시 객잔 문을 나섰다.

일행의 면면을 살펴보면 진류 도장과 무청, 무우, 무유, 그리고 소진까지. 누구 하나 절정고수가 아닌 이가 없다. 거대문파의 장로급 이상 실력을 지닌 인물들이 다섯이라면 가히 중소문파 하나쯤은 박살 낼 정도의 무력을 가진 집단으로 봐도 무방하리라.

옛말에 한 손이 두 손을 못 당해낸다는 말이 있다. 석정산장을 나선 이들이 본래의 무당으로 돌아가려는 계획을 바꿔서 북경으로 걸음을 돌린 것은, 이 정도라면 아무리 묵혼도객이라도 충분히 상대할 만하겠다는 판단에서였다.

북경성의 남쪽 외곽으로 줄줄이 형성된 상점가를 지나면 꽤나 한적

한 분위기의 장원들을 몇몇 만나게 된다. 지금 이들이 찾아가는 청류장(靑柳莊) 역시 그런 장원들 중 하나였다.

"저쪽으로 보이는 장원이에요."

소진이 오른손을 길게 뻗어 보이며 한곳을 가리켰다. 그가 생사지경(生死之境)의 아찔했던 순간을 경험해야 했던 청류장이었다. 그런데 몇 걸음 못 가서 소진의 뒤를 따르던 무해 도장이 고개를 갸우뚱했다.

"소진아, 그런데 저곳은 이맘때쯤이면 원래 저렇게 문을 활짝 열어놓나 보지?"

소진 역시 앞장서 걸으면서 뭔가 이상함을 느끼고 있었다. 장원의 문은 활짝 열려 있었는데, 안으로는 인적이 보이질 않았다. 그의 걸음이 자연스럽게 빨라졌다.

덜컹!

무작정 들어가 본 첫 번째 전각. 안에는 여러가지 기물들이 어지럽게 널려 있었고 사람의 흔적은 찾아볼 수 없었다. 다음, 그리고 그 다음을 살펴봐도 상황은 역시 마찬가지였다.

"이럴 수가… 그는 이곳을 떠난 건가?"

인적이라곤 찾아볼 수 없이 을씨년스럽게 변해 버린 장원. 대략 한 달 만에 다시 찾은 청류장은 그렇게 변해 있었다. 소진이 어지럽게 널려 있는 낙엽들을 바라보며 조금은 허탈한 심정에 망연자실히 서 있는데 건너편에서 누군가의 목소리가 들려왔다. 시끄러운 시장통에 있더라도 단번에 구분이 갈 것만 같은 목소리. 무청 사형의 것이었다.

"으응? 자네는… 예전에 약선루에서 만났던?"

"예, 기억하시는군요. 아마 무청 도장이셨던가요?"

"그렇네. 한데 자네가 어떻게 이곳에 있는 거지?"

추궁의 눈빛이었다. 비록 면식(面識)이 있는 이였지만 미심쩍은 부분이 있었다. 그리고 무청 도장의 확실한 지론에 의하면 이런 경우는 일단은 경계가 우선이었다. 한편 무청 도장의 차가운 물음에 당황한 상대가 우물쭈물하는 사이 그의 뒤편으로 누군가가 모습을 드러냈다. 무청 도장의 목소리를 듣고 온 소진이었다.

"무청 사형, 무슨 일인데… 어엇! 치현이?"

"소, 소진아! 정말로 살아 있었구나!"

뒤에서 들려온 목소리에 고개를 돌렸다가 서로의 얼굴을 확인한 두 사람이 깜짝 놀라 소리쳤다. 설마 이런 곳에서 마주치리라고는 아무도 예상치 못했던 인물. 소진의 유일한 지기인 항주 금룡장의 곡치현이었다. 이렇게 자연스럽게 두 사람의 우정 어린 재회가 이루어지려는 찰라, 불쑥 곡치현이 앞을 막아서며 분위기에 찬물을 끼얹는 이가 있었으니… 다름 아닌 무청 도장!

순식간에 소진에게 다가가려는 곡치현의 앞을 막아선 무청 도장이 거듭 물었다.

"어째서 이곳에 있는 거지?"

느닷없는 사형의 반응에 소진도 깜짝 놀라 걸음을 멈췄다. 곡치현에 대한 그의 경계심은 아직도 여전한 듯 보였다. 소진이 애써 곡치현과의 관계를 설명하려 해보아도 역시나 그는 요지부동이었다. 어느새 일행들이 그들의 주위로 모두 모여들었다. 결국 곡치현은 일단 소진의 얼굴을 본 것만으로 만족하고, 우선 자신이 이곳까지 오게 된 경위를 설명해야만 했다.

　"…그렇게 소진의 행적을 확인한 저는 곧바로 이곳 북경으로 왔습니다. 그리곤 무작정 소진의 흔적을 찾기 시작했죠. 하지만 결코 쉽지가 않더군요. 북경은 말 그대로 대도(大都)니까요. 그래서 이번엔 소진이 대략 북경에 도착했음 직한 날짜를 계산해서 그 어근에 북경에서 벌어진 사건들을 일일이 조사하기 시작했습니다. 여기선 하오문의 도움을 받았죠. 그들에겐 정말 별의별 정보들이 다 있더군요. 그렇게 시작한 게 벌써 열흘 전의 일입니다. 그러다가 오늘 우연히 이곳에서 여러분들과 소진을 만나게 된 거구요."

　"잠깐. 조금 전에 북경에서 일어난 사건들을 일일이 조사해 봤다고 했나?"

　"그럼요."

　"그럼 이곳 청류장에 온 이유는 뭐지? 그러니까 이곳에서도 무슨 일이 있었다는 건가?"

　"이곳이요? 아, 물론이죠. 장원의 주인에 대해서는 알려진 것이 없는데, 아무튼 중요한 사실은 이곳에 살던 모든 사람들이 하루아침에 흔적도 없이 사라져 버렸다는 점입니다. 장주부터 시중드는 계집아이까지 몽땅."

　"정말 이들이 어디로 사라졌는지에 대해 아는 이가 단 한 명도 없단 말인가?"

　"예. 이미 제가 이웃한 이들이나 주위의 장사치들에게 일일이 확인해 본걸요. 단 한 사람도 행방을 아는 이가 없었습니다. 보아하니 집 안의 물건들도 그대로 놔두고 사라진 것 같더군요. 어지럽혀진 실내는 뭔가 건질 것이 없나 하고 찾아온 이들의 소행인 듯하고요."

　"허허, 이거 답답한 노릇이로군. 일부러 무당과는 정반대 방향인 이곳까지 왔건만 그의 행방은 오리무중이라니……."

연신 궁금한 점들을 물어보던 무해 도장이 허탈한 웃음을 터뜨렸다. 게다가 저 젊은 장사꾼이 워낙 상세하게 조사를 해둔 터라 더 이상 자신들이 알아볼 것조차 없을 듯싶었다.

무해 도장의 연이은 질문들이 끝나자 이번엔 무청 도장이 앞으로 나서더니 곡치현을 향해 느닷없이 오른손을 불쑥 내밀었다. 과거 연행을 나온 길에 약선루로 소진을 찾아온 그를 한번 만나봤을 뿐인 곡치현은 예측불허할 뿐 아니라 한편으로는 두렵기까지 한 상대의 행동에 당혹감을 감출 수가 없었다. 장사로 단련된 그의 인생에 무수한 사람들을 만나보았지만 무청 도장 같은 사람은 단연코 처음이었다.

"조금 전에는 미안했네. 하지만 무턱대로 믿기에는 당시의 자네가 너무 미심쩍은 부분이 많았거든."

그제야 상대가 사과의 악수를 청해오는 것임을 알아챈 곡치현이 혹시라도 그에게 밉 보일까 두려워 얼른 오른손을 내밀어 맞잡았다. 극히 소수의 몇몇을 제외한다면 대개가 그러하듯 곡치현에게도 무청 도장은 미지와 공포의 대상으로 자리 잡혀가고 있었다.

한 명이 늘어난 소진 일행은 왠지 기운없어 보이는 걸음으로 객잔에 돌아와 각자의 방에서 시간을 보내다가 저녁때가 되어서야 하나둘 일층으로 모여들었다. 아무래도 이곳까지 온 목적인 묵흔도객의 행방이 묘연한 데 그 이유가 있는 듯했다. 식사 시간대가 지나서인지 탁자들은 한가롭게 비어 있었다.

아무렇게나 자리를 잡은 이들은 간단한 요깃거리들을 몇 가지 시켜놓곤 이내 대화거리들을 찾아갔다. 소진의 사형들은 오늘의 일과 앞으로의 계획에 대해 의견을 교환하는 듯했고, 소진은 곡치현과 마주 앉아 그간의 일들에 대한 여러 이야기들을 주고받았다.

"실은 오늘까지만 북경에 머무르다가 내일은 다시 항주로 돌아갈 계획이었어."

"그렇게 찾아도 내 행방이 묘연하니 그럴 만도 하지."

"꼭 그래서만은 아니야. 실은 집사람의 출산날이 얼마 남지 않았거든."

"벌써 그렇게 됐나? 하하하. 축하해. 네가 그토록 기다리던 아이가 드디어 세상으로 나오는구나."

"고마워. 후훗. 그토록 찾아도 행방이 묘연하더니 이렇게 우연히 너와 마주치게 될 줄은 정말 꿈에도 몰랐다. 참! 그리고 네게 알려주려던 사실이 한 가지 있는데……."

"응? 뭔데?"

"요즘 한창 시끄러운 청성파에 관한 건데, 그냥 알아두면 좋을 것도 같아서. 예전에 나와 서호에 뱃놀이 갔던 것 기억나? 중간에 일이 이상하게 꼬이긴 했지만. 왜 그때 사봉 중의 관음수 화 소저와 사룡 중 청성의 사구정을 처음 만났었잖아."

"그럼, 기억하다마다. 그런데 그게 청성과 무슨 관련이 있다는 거야?"

곡치현이 차근차근 설명을 곁들었다.

"그 당시에 사구정과 함께 있던 사람이 누구였는지 기억나니?"

"그게 누구였더라? 무슨 부단주라고 들었던 것 같은데."

"그래, 천화상단 부단주인 이문추라는 놈이었어. 나와는 원수 같은 사이지. 그 당시에는 그냥 우연히 마주친 것이려니 하고 넘어갔었는데 네가 약선루를 떠나고 한가해지니까 문득 이게 다시 기억이 나더라고. 아무리 생각해도 청성파의 촉망받는 후기지수와 중원제일상단의 부단 주는 영 어울리지 않는 조합이었거든. 그래서 나름대로 조사를 해봤 지.”

소진은 아직까지도 영 모르겠다는 표정이었다. 곡치현이 그 모습에 미소 지으며 계속 말을 이었다.

“후훗, 일단 들어봐. 처음엔 나도 두 사람이 무슨 관계로 만난 것인 지 영 갈피를 못 잡겠더라고. 그런데 마침 한 가지 소문을 듣게 됐지. 그건 바로 청성이 벽력탄을 사용했다는 거였어. 순간 감(感)이 확 오더 군.”

“그게 뭐였는데?”

“벽력탄은 강호인이 함부로 만질 수 있는 물건이 아니야. 왜냐하면 그것은 주로 전쟁에 쓰이는 물건으로, 군부(軍部)에서 직접 관리하는 품목 중 하나거든. 그리고 천화상단은 그 군부 및 명황실과 거의 독점 적으로 거래를 하고 있는 대륙 유일의 상단이지. 여기까지 생각이 미 치자 그 이후로는 그다지 어렵지 않았어. 천화상단의 자금 흐름을 유 심히 관찰했지. 그랬더니 역시 내 예상대로 상당 부분이 청성으로 흘 러 들어가고 있더군. 문파를 키우고 힘을 기르는 데에는 돈이 많이 들 어가는 법이거든.”

실로 상인의 눈이 아니라면 알아채기 힘든 사실들이었다.

“그러면 천화상단이 청성의 자금줄인 거야?”

“응, 그런 셈이지.”

곡치현이 설명한 바를 모두 들은 소진이 위아래로 고개를 끄덕였다. 하지만 단지 그뿐이었다. 말한 이가 미리 밝힌 대로 그저 참고가 될 만한 정도였다. 청성이 누구에게 돈을 받든 그게 무슨 상관이란 말인가. 강호는 금전보다는 힘이 우선하는 세계였다.

오히려 소진보다도 더욱 귀를 기울이는 이들은 뒤에 앉아 있던 그의 사형들이었다. 하지만 그들 역시 이에 대한 이야기를 잠시 나누었을 뿐, 이것을 그리 중요하게 생각하는 분위기는 아니었다. 심지어는 이야기를 꺼낸 곡치현 본인조차도 마찬가지였다.

모두가 무심히 지나친 이것이 사실은 어떤 중요한 의미를 갖는 정보라는 것은 아무도 눈치 채지 못한 채, 이들은 단지 내일 이곳 북경을 떠나 각기 항주와 무당산으로 돌아갈 생각으로 여념이 없었다.

진실은 드러나 있으나 모두가 지나칠 뿐이었다.

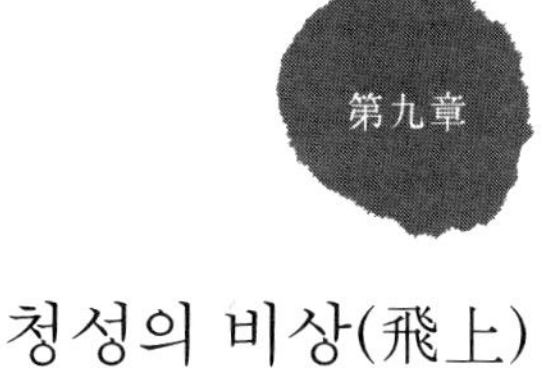

청성의 비상(飛上)

문밖에서 작은 인기척이 나더니, 뒤이어 누군가의 목소리가 이어졌다.

"사부님, 제자 비종(飛鐘)입니다."

단아한 분위기가 일품인 방 안에 홀로 앉아 있던 늙수그레한 도인이 그 목소리에 고개를 들었다. 왠지 수심이 가득해 보이는 얼굴이었다.

"들어오거라."

스윽.

조심스럽게 방문이 열리며 중년의 도인이 안으로 들어섰다. 방 안에 있던 늙은 도인은 자신의 수심에 잠긴 얼굴을 보이는 것을 꺼리는 듯 시선을 반대 편의 창밖으로 돌렸다.

"그들의 소식은… 알아보았느냐?"

"예, 사부님. 이미 이십여 일 전 곤륜을 지난 청성은 이제 갓 공동산

의 초입에 당도했다 합니다. 워낙 일정한 속도로 이동하는 탓에 저희
의 예측과 거의 다르지 않았습니다. 아마 지금 산을 오르려면 날이 저
물 테니 오늘은 산 아래에서 여정을 풀고 내일 오전 중에 본문에 당도
할 것으로 보입니다."

"내일 오전이라… 제자들 중 혹시 동요하는 이들은 없더냐?"

"상당수가 이미 곤륜에서의 소식을 접한 터라 조금씩 술렁이는 듯합
니다. 그리고 명하신 대로 제자들은 지금 연무장에 모여 있습니다."

'허허, 나의 생각이 잘못된 것이었단 말인가? 설마 청성이 이렇게나
강성할 줄이야! 내 의연히 그들의 도전을 물리치고 강호에 우리 공동
파의 이름을 높이려는 생각이었건만… 그래, 무림맹을 결성하자던 무
당 장문인의 충고를 듣지 않은 것이 실수였기는 하나 언제부터 우리
공동파가 강호의 도전을 두려워했었단 말인가. 더구나 나부터 이렇게
자신감보다는 근심이 앞서면서 어찌 제자들이 동요함을 못마땅해하리
오.'

노도장, 아니, 강호의 명문 공동파의 십구대(代) 장문인인 영천 상
인(靈天上人)이 마음속으로 스스로를 먼저 질책하며 의자의 양손잡이
를 세게 치며 일어섰다.

"좋다. 연무장으로 가자. 앞장서거라."

웅성이던 연무장은 영천 상인이 들어서자 삽시간에 낙엽 떨어지는
소리조차 들릴 정도로 조용해졌다. 의당 눈에 띄던 작은 수군거림 같
은 것도 전혀 찾아볼 수 없다. 오늘의 소집이 평상시의 그것과는 상당
히 다르다는 것을 그들도 눈치 채고 있기 때문이리라. 모두가 알고 있
는, 대략 한 달 전 멀리 청해성 곤륜산에서 벌어진 사건과 직후 청성이

다음 상대로 자신들을 지목했다는 사실을 종합하면 오늘 장문인이 제자들을 한자리에 불러 모은 이유를 짐작하기란 그리 어렵지 않았다.

무공 시범에 주로 쓰이는 반 장 높이의 단 위에 올라선 영천 상인이 연무장에 도열한 제자들을 찬찬히 굽어보았다. 가장 앞으로 서 있는 자신의 사형제들이 눈에 들어왔다. 해질 녘의 노을이 연무장의 바닥에 깔린 청석판에 반사되어 기이한 빛으로 번들거리고 있었다.

"내가 오늘 너희를 한자리에 모은 이유는 우리 공동파에 큰 위기가 찾아왔음을 알리기 위해서이다. 지금 강호에서는 한때 같은 구대문파의 일원이던 청성파가 자신들의 무공을 검증한다는 미명 아래 갖은 해악(害惡)을 저지르고 있다. 이미 사천성의 점창파와 아미파, 그리고 당문이 그들의 술수에 걸려들어 치욕스러운 십 년간의 봉문에 들어간 지 오래고, 얼마 전에는 곤륜파도 그들에게 의기(義氣)를 꺾이고 말았다. 그런 청성파가 다음 상대로 지목한 것이 바로 우리 공동파다. 그리고 알아본 바에 따르면 그들은 이미 지척에 당도하여 내일 오전이면 이곳에 다다를 것으로 보인다."

쥐 죽은 듯이 조용하던 분위기가 순간 크게 술렁거렸다. 아마 내일 아침이면 청성이 도달하리라는 말 때문이리라.

한편 한 가지 눈여겨볼 만한 것은 영천 상인이 청성을 '한때' 같은 구대문파의 일원이라고 말했다는 점이다. 그는 자신들에게 도전장을 내민 청성파를 더 이상은 구대문파의 하나로 인정하지 않는 듯 보였다. 영천 상인이 목소리에 힘을 실어서 말했다.

"우리 공동파는 대대로 단 한 번도 외부의 도전을 회피하거나 적에게 등을 보인 적이 없다. 그리고 나는 이 긍지를 그대로 이어갈 생각이다. 즉, 저들과 당당히 맞서겠다는 말이다. 이미 패배한 문파들은 더 이상 생각할 필요가 없다. 우리는 곤륜파도 아니고 아미파도 아니다. 우리는 대(大)공동파라는 사실을 명심해라! 게다가 비록 청성의 실력이 우리의 예상을 뛰어넘는 것이라고는 하나, 이미 저들은 수개 월 전부터 여러 문파들과 자웅을 겨루며 전력을 소진한 상태이다. 자신감을 가지고 본신의 실력을 충분히 발휘한다면 분명 우리는 이길 수 있다. 질 것을 생각지 말고 이겼을 경우를 생각해 보거라. 비단 우리 공동파의 위명뿐 아니라 큰 공을 세운 개개인의 명호(名號)는 순식간에 강호를 질타하게 될 것이다. 자! 힘을 모아 청성을 무찌르자!"

"와아! 공동파 만세!"

"이기자! 청성을 무찌르자!"

영천 상인이 한 손을 번쩍 치켜 올리며 마지막 말을 내뱉자 장내에는 순식간에 묘한 열기가 산불처럼 번져 올랐다. 제자들은 마치 이미 청성을 이기기라도 한 것처럼 흥분하며 공동파의 승리를 부르짖었다.

공동파의 실제 승부수라 할 수 있는 장로원의 고수들 역시 완전히 분위기에 휩쓸린 것은 아니었지만 어떤 기대감 때문인지 얼굴이 가볍게 상기되어 있었다. 어쩌면 자신의 별호가 강호에 회자되는 상상을 하고 있는지도 모를 일이다. 물론 이 모든 것이 장문인인 영천 상인이 유도한 결과였다.

'좋아. 일단 전체적인 사기를 올리고 이길 수 있다는 자신감을 심어 주는 데는 성공했구나. 이것으로 공연히 위축돼서 본신의 실력을 채 발휘하지도 못하는 일은 벌어지지 않겠지. 하지만 기세만으로 과연 그들을 이길 수 있을지는…….'

청성이 이미 전력을 많이 소진했다는 것은 제자들에게 희망을 주기 위해 그가 꾸며낸 사실이었다. 만약 지게 되면 여타의 문파들과 마찬 가지로 십 년의 봉문에 들어가야 한다는 것 역시 그는 한마디도 입에 담지 않았다.

하지만 그 결과 영천 상인은 승부의 중요한 요소 중의 하나인 사기 와 자신감을 문파 전체에 심어줄 수 있었다. 채 일각이 되지 않는 시간 동안의 짧은 연설이 만들어낸 결과였다. 다른 것은 몰라도 영천 상인 의 군웅을 선동하는 능력만큼은 대단하다는 평가를 들을 만한 것이리 라.

비록 모두 자신이 의도한 바이긴 했지만 연무장에 울리는 제자들의 함성이 커져 갈수록 장문인의 마음은 점점 무거워져만 가고 있었다.

사천성과 감숙성의 경계에 위치한 공동산. 산의 험하기가 남다른 것 도 풍광이 지나는 이의 눈을 즐겁게 할 만한 것도 아니었지만, 이곳은 태고의 황제(黃帝)가 은거 중인 광성자(廣成子)를 찾아 당도했다는 전 설이 서려 있는 도가의 성지 중 하나였다. 당연히 산속 깊은 곳에는 크 고 작은 도관들이 무수히 산재해 있었는데, 그 정점(頂點)에 있는 것이 바로 도가의 큰 기둥이자 강호의 명문인 공동파였다.

이미 한 시진 전에 공동산 아래에 도착한 청성의 문인들은 공동파에 서 예측한 대로 오늘은 산에 오르길 포기하고 인근의 객잔 하나를 통 째로 세내서 휴식을 취하고 있었다.

“내일 아침 일찍이 일어나 산을 올라야 할 테니 제자들은 충분히 휴 식을 취할 수 있도록 해두어라.”

회의는 이제 거의 막바지에 이르러 있었다. 청성의 장문인 운송자가 장문제자인 장천자에게 지시를 내린 후 입 안에 차를 한 모금 머금었다. 저녁 식사를 마친 문인들이 하나둘 빠져나가 이제는 한산해진 일층의 주루에 장문인 운송자를 비롯한 운 자 항렬의 동문들과 장 자 항렬의 제자들 중 몇몇이 둥글게 모여 앉아 있다.

"장추(長秋), 문인들의 상태는 어떻지?"

장추자(長秋子)는 사부인 운묘자의 뒤를 이어 현재 청성의 약당(藥堂)을 책임지는 자였다.

"이제까지 거의 두 달에 걸친 이동이었지만 워낙에 평범한 속도로 움직이는 탓에 신체적으로 고통을 호소하는 이는 아직까지 없었습니다. 그보다는 너무도 장기간에 걸친 여정이 제자들을 정신적으로 지치게 만들지 않을까 걱정했으나 지난번 곤륜에서의 압승이 그들의 사기와 자긍심을 크게 고무시켜, 지금은 출발할 때보다도 오히려 나은 상태라 할 수 있을 것입니다."

"하하핫. 장문 사형, 이런 기세라면 공동파 역시 곤륜파를 상대할 때처럼 너무 손쉽게 이겨 버리지는 않을지 걱정입니다."

자신만만한 웃음을 터뜨리는 이는 청성오주(靑城五柱)의 막내인 운회자(雲悔子)였다. 내일이면 맞붙게 될 상대인 공동파를 너무 우습게 여기는 듯한 느낌이 강하게 들었지만 지난 곤륜파와의 일전을 떠올려 본다면 충분히 이런 말이 나올 만도 했다.

약 한 달 전, 곤륜산에 당도한 광무자는 제자들에게 자신감을 심어 주고, 동시에 강호에 자신들의 우월함을 보이기 위해 최강의 진용을 구축했다. 승부를 판가름 짓기로 한 일곱 번의 비무에 참가할 이들로 광무자 본인을 비롯해 청성오주의 다섯 명과 그들을 제외한다면 무극헌

내에서도 세 손가락 안에 꼽힌다는 운검자를 선발한 것이다. 그 결과 승부는 본인들조차도 놀랄 정도의 일방적인 압승(壓勝)이었다.

청성이 그토록 느리게 이동하는 것이 사실은 자신들과의 대결을 두려워하기 때문이라 생각하고 자만에 빠져 있던 곤륜 장문인 운룡 도장은 피눈물을 흘리며 청해성의 맹주 격이던 곤륜파의 정문을 직접 걸어 잠궈야만 했다. 십 년 봉문의 시작이었다.

"운회 사제, 사실 지난번은 곤륜이 자만에 빠져 스스로 화를 자초한 바가 컸다. 하지만 그들과의 대결로 우리의 실력이 명백히 드러난 지금, 그와 같은 손쉬운 승리를 또다시 기대하긴 어려울 게야."

"맞는 말이다."

운송 장문인의 말을 수긍하지 못하고 다시 자신의 생각을 밝히려던 운회자는 등 뒤에서 들려오는 목소리에 황급히 입을 다물었다.

청성파의 실질적인 우두머리라 할 수 있는 광무자의 등장이었다. 주루에 있던 청성의 문인들이 그의 등장에 서둘러 예를 취했다.

"이제부터의 대결은 아마 절대 지난번처럼 수월하지 않을 것이다. 적을 인정하고 스스로 자만을 버린 자는 상대하기 어려운 법이지. 하물며 그들이 저력의 구대문파임에야……."

이제까지 대화를 나누던 주루의 공기가 조금 무겁게 변했다. 아마 다름 아닌 광무자의 한마디였기에 더욱 신중하게 생각들을 하게 된 것이리라. 사실 지금까지의 분위기는 중요한 승부를 앞둔 이들이라고 보기엔 너무 가벼운 바가 많았다.

"하나 그렇다고 지나치게 자신을 낮추는 것도 바람직하지는 않겠지. 자신의 실력에, 이제까지 흘려온 땀과 노력에 믿음을 갖거라. 그 믿음이 너희를 더욱 강하게 만들어줄 것이다.”

뭔가 느껴지는 바가 있는지 운회자가 가만히 광무자의 말을 되내였다. 스스로의 노력에 대해서는 자신감을 가지라는 말이었다.

‘그래, 절대 자만이 아니다. 지난 십 년의 폐관수련 동안 내가 남몰래 기울인 노력을 믿자. 우리 청성이 흘린 땀방울의 대가는 반드시 승리라는 이름으로 돌아올 것이다.’

이런 생각은 비단 운회자에게만 국한된 것은 아니었다. 그들이 오랜 기간에 걸쳐 남다른 노력을 기울여 온 것은 엄연한 사실이었기에 많은 제자들이 공감하는 바였다.

청성이라는 거함(巨艦)이 자신감에 이어 신중함이라는 커다란 무기를 갖추어가는 밤이었다.

드디어 결전의 날. 수많은 강호의 이목이 도가의 명문인 공동파로 집중되는 날이었다. 새벽같이 산을 오른 청성은 사시(巳時:오전 10시) 무렵이 되자 여유있게 공동파의 산문을 지나 연무장으로 들어섰다. 곳곳에서 적의 섞인 눈빛이 느껴졌다. 그들이 이곳을 찾은 목적을 생각한다면 당연한 반응이기도 했다.

안내하는 이의 뒤를 따라 연무장에 다다르자 공동 장문인 영천 상인이 직접 일행의 선두에 선 운송자를 맞았다. 운송자 역시 앞으로 마주 걸어갔기에 두 사람은 정확히 연무장의 중간에서 눈을 마주할 수 있었다.

“오랜만이요, 운송자. 설마 이런 모습으로 만나게 될 줄은 정말 예상치 못했구려.”

“하루 앞의 일도 예측할 수 없는 것이 바로 세상사지요.”

"자고로 강호에 전해지는 말 중 찾아오는 이들 가운데 순수한 마음을 가진 이가 드물고[來者不善], 묻고 답함이 모두 쓸데가 없다[問答無用]고 했소. 이미 내 청성이 우리 공동을 찾은 이유를 잘 알고 있으니 괜시리 시간을 허비하는 것은 무의미한 일일 것이오."

부드러움 속에 가시가 돋힌 말이었다. 하지만 운송자는 상대의 도발에도 여전히 일관된 미소로 답하고 있을 뿐이었다.

그러는 사이 청성의 문인들은 상대의 맞은편에 일사불란하게 인원을 정렬하고 있었다. 남북으로 두 문파의 정예들이 길게 대립하고 있는 형국이었다.

"소문에 듣자 하니 곤륜과는 일곱 번을 싸워 모두 이겼다고 하더구려. 승부는 같은 방법대로 하시겠소?"

"영천 상인께서만 좋다면야 저희는 불만이 없습니다. 단 패자는 향후 십 년간 산문(山門)을 굳게 닫아놓아야 한다는 조건으로 말이지요."

운송자의 줄곧 한결같은 자세가 '너희 정도는 가볍게 이길 수 있다'는 자신감의 표현으로 비쳐졌는지 공동 장문인이 얼굴에 한껏 불편한 심사를 드러내며 오른손을 위로 반쯤 치켜들었다. 그러자 공동파의 무리 가운데에서 몇 개의 인영이 화려한 신법으로 허공을 돌아 영천 상인의 몇 장 뒤로 내려섰다. 공동파 측에서 커다란 북소리와 함께 일제히 함성이 터져 나왔다. 아무래도 먼저 기세로 상대의 기선을 제압하려는 의도 같았다. 운송자의 얼굴에 맺힌 희미한 미소가 조금 더 짙어지는 듯했다.

"장문인께서는 저희에 대비해 일찍부터 준비를 해두신 모양이군요. 이처럼 서두르시니 저 역시 청성을 대표해 이번 비무에 참가할 인원들을 불러보겠습니다."

운송자가 뒤로 작은 수신호를 보내자 청성의 진영에서 역시 몇몇이 앞으로 나섰다. 하지만 그들은 공동파와는 상당히 대조적인 모습이었다. 화려한 신법도 없었고 떠나갈 듯한 함성도 없었다. 단지 담담한 걸음걸이로 앞으로 걸어나올 따름이었다. 상대 측의 진영에서 일제히 야유가 터져 나왔다.

어찌 보면 문파의 존립이 걸려 있다 할 정도로 중요한 일전이었기 때문에 복잡한 절차 같은 것은 오히려 전혀 소용이 없었다. 잠시 장내가 진정되기를 기다린 양 문파의 장문인들이 비무에 대한 몇 가지 사항들을 확인하는 것을 끝으로 승부는 바로 시작되었다. 대략 십 장 정도의 거리를 두고 마주 선 일곱 명의 무인들이 각자 눈빛을 날카롭게 빛내며 치열한 탐색전을 펼쳤다.

비무는 한쪽에서 먼저 대표를 내보내면 상대 측에서 그를 상대할 이를 내보내는 식의 순서가 서로 교대로 반복되는 방식이었다. 장문인들 간의 합의 결과 먼저 대표를 내보내기로 한 쪽은 청성이었다.

'크윽! 광무자가 나오지 않았다는 것은 그만큼 우리를 만만히 본다는 것인가? 내 반드시 네놈들이 여기서 무릎을 꿇도록 만들어주마.'

비무를 위해 앞으로 나선 청성의 무인들 중에 광무자가 포함되어 있지 않음을 확인한 영천 상인이 속으로 이를 갈았다. 하지만 결과적으로 공동파에게는 유리한 양상이었다. 광무자가 나선다는 것은 필연적으로 한 번은 지게 된다는 것을 의미했기 때문이다.

텅 빈 연무장의 중앙으로 푸른 도복을 차려 입은 이가 천천히 걸어나왔다. 오른손에는 비범해 보이는 장검이 한 자루 들려 있었다.

"청성파 무극헌의 운검자입니다."

그가 상대 쪽으로 가볍게 포권을 해 보였다. 이미 곤륜파에서 한차 례 승리를 일궈냈던 운검자의 등장이었다. 그가 나타나자 마치 기다렸 다는 듯이 누군가가 쏜살같이 튀어나왔다. 어떤 상의 같은 것도 없는 걸 보면 이미 공동파에서는 어느 정도 상대할 이들을 정해놓은 눈치였 다.

"공동파의 영지(靈志)라 하오. 당신의 검을 받아보겠소."

운검자의 검술이 청성에서도 손꼽히는 것이듯 영지 상인 역시 공동 파 내에서 둘째가라면 서러워할 만한 검귀(劍鬼)였다. 검객은 검객을 알아보는 법. 긴 말은 필요치 않았다. 서로에게 칼을 겨누며 잠시 탐색 전을 벌이던 이들은 이내 치열하게 얽혀들었다.

채채채챙! 차창!

검과 검의 격돌이 귀에 거슬리는 날카로운 소음을 만들어냈다. 청성 의 검과 공동의 검은 예로부터 신랄함과 표홀함을 그 장기로 삼았기에 두 사람의 공방(功防)은 엄청난 속도로 이어지고 있었다.

가슴을 횡으로 베어오는 운검자의 검을 손가락 마디 하나 정도의 아 슬아슬한 간격으로 피한 영지 상인이 뒤로 젖혀졌던 허리를 단숨에 앞 으로 튕기며 복마단철(伏魔斷鐵)의 강맹한 일식(一式)을 시전했다. 서 릿발 같은 검기가 운검자의 오른팔을 노리고 단숨에 짓쳐들었다. 운검 자가 그 속에 담긴 범상치 않은 기운을 알아채고 자신 역시 온 힘을 다 해 청운검(靑雲劍)의 절초인 운룡만천(雲龍滿天)을 펼쳤다. 그의 검끝에 서 일어난 뿌연 검기가 무지막지하게 밀려드는 영지 상인의 검기와 정 면으로 충돌했다.

콰콰콰콱! 파파팟!

그 충격이 얼마나 강맹했는지 두 사람의 몸이 허공으로 붕 떠서 거의 일 장가량 뒤로 날아갔을 뿐 아니라, 바닥의 청석판이 몇 장이나 깨져서 파편들이 하늘로 치솟았다. 용호상박(龍虎相搏)의 대결이란 바로 이런 것을 두고 하는 말이리라.

"크윽!"

"으음!"

조금 불안정한 신형으로 바닥에 내려선 두 사람이 고통 섞인 신음성을 내뱉었다. 얼핏 본다면 평수를 이룬 것처럼 보였지만 눈썰미가 뛰어난 자라면 운검자의 무릎이 가늘게 떨리고 있음을 확인할 수 있으리라. 이번 일검의 교환에서 예상보다 큰 손해를 본 듯했다.

두 사람의 대결은 서로의 기선을 제압한다는 의미에서 단순한 승패 이상의 의미를 담고 있었다. 이를 잘 알고 있는 운검자는 목구멍으로 넘어오는 핏물을 억지로 참아내며 다시금 진기를 끌어올렸다. 시간을 끌수록 불리하다는 사실을 알고 있기에 단 한 수에 끝장을 보려는 의도였다. 그때 그의 귓가로 실낱같은 전음성이 들려왔다.

―운검 사제, 이만 물러나거라.

장문 사형인 운송자의 전음이었다. 운검자의 눈꼬리가 파르르 떨렸다. 물러나라는 말은 곧 패배를 인정하라는 의미였다.

―내상을 입었다는 것을 알고 있다. 지금 상태로는 너의 필패(必敗)다. 앞으로의 여정을 생각하거라. 뒤는 든든한 네 사형제들이 지켜줄 것이다.

어느 정도의 내상이라면 청명신단으로 빠른 치유가 가능했다. 청성은 승패도 중요했지만 공동파가 마지막이 아니었기에 전력을 유지하는 것 역시 신경을 써야만 하는 입장인 것이다. 게다가 운검자의 뒤로는 청성오주라는 쟁쟁한 실력자들이 버티고 있다. 운송자로서는 최대한 실리를 따져 보고 내린 결정이었다.

마침내 운검자가 두 눈을 질끈 감으며 검을 내렸다. 무언가 심상치 않은 분위기에 내심 긴장하고 있던 영지 상인이 그런 그를 의아한 눈빛으로 바라보았다.

"청성의 운검(雲劍), 패배를 인정하겠소."

분한 마음을 감출 수 없는 듯 양 주먹을 불끈 쥔 그가 패배를 시인한 후 천천히 뒤로 물러났다. 공동의 진영에서는 열화와 같은 환호성이 터져 나왔다. 운송자가 돌아오는 운검자의 어깨를 감싸주었다.

"미안하구나, 운검 사제."

이어진 두 번째와 세 번째 대결에서 손쉬운 승리를 일궈낸 청성은 네 번째 대결에서 다시 한 번 패배를 당한 후 그 다음의 대결을 승리로 이끈다.

모두 다섯 번의 비무가 끝난 지금의 전적은 청성이 3승 2패로 우세했다. 특이할 만한 사실은 2패가 모두 청성오주가 아닌 이들에게서 나왔다는 점이다. 반면 이제까지 출전한 청성오주 중의 세 명은 모두 수월하게 승리를 거두었다. 십 년간의 폐관수련이 결코 헛되지 않았음을 보여주는 결과였다.

청성이 한 번만 더 이기면 공동파는 그대로 십 년의 봉문에 들어가야만 하는 상황. 하지만 웬일인지 장문인 영천 상인의 얼굴에는 아직 여유가 있어 보였다.

공동파 쪽에서 여섯 번째 비무자가 중앙으로 걸어나오며 조용히 자신을 밝혔다.

"공동의 회명(回明)이라 하네."

운검자와 운무자가 패배할 때도 별다른 동요 없이 지켜보던 광무자가 순간 놀란 기색을 드러내며 안력을 집중했다. 연무장의 중앙에 서 있는 회명 상인의 모습을 확인한 그는 공동파의 비무자들이 모여 있는 장소로 시선을 돌렸다. 그리고 그곳에서 또 다른 이의 얼굴을 확인할 수 있었다.

"공동이협(崆峒二俠)이 아직까지 살아 있었단 말인가?"

회명 상인(回明上人)과 회암 상인(回巖上人)은 과거 공동이협이라 불리우던 전대의 기인들로 광무자와 같은 배분의 강호인들이다. 항간에는 이미 우화등선한 것으로 알려져 있으나 사실 공동산 깊은 곳에서 은거 중이던 것을 영천 상인이 광무자를 상대하기 위해 가까스로 모셔 온 것이었다.

"오호, 공동 장문인의 얼굴에 여유가 보이는 것이 다 저들을 믿고 그런 것이었군. 하나 운학(雲鶴) 역시 그리 호락호락하게 당할 녀석은 아니지. 폐관 중에 가장 확실한 성취를 얻은 게 바로 저놈이니……."

아나나 다를까, 회명 상인을 상대하기 위해 앞으로 나선 이는 청성오주의 첫째인 운학자(雲鶴子)였다.

"청성의 운학이라고 합니다."

"허허, 대단한 성취로군. 결코 나 못지않겠어. 자네 같은 인물을 길러내는 걸 보면 역시 광무자는 대단한 사람이라는 생각이 드네. 그럼 늙은이라고 봐주지 말고 한번 겨뤄보세나."

회명 상인은 적수공권으로 싸우려는 듯 두 손을 툭툭 털다가 이내 운학자를 향해 장난 같은 일권을 내질렀다. 분명 가벼운 주먹질에 불과해 보였는데 운학자에게 도달할 때 즈음에는 무시무시한 위력이 담긴 권풍으로 변해 있었다. 소림의 백보신권(百步神拳)에 비견된다는 공동파의 대복마권법(大伏魔拳法)이 분명했다. 그 강맹한 위력에 감히 맞받아치지는 못하고 급히 우측으로 한 걸음 물러나 권풍을 피한 운학자가 자신 역시 청성의 추운권(追雲拳)을 펼쳐 회명 상인에 맞서 나갔다.

하지만 얼마 못 가 스스로 손발이 어지러워짐을 느끼자 그는 다급히 몇 발자국을 물러서며 한숨을 돌렸다. 청성파의 무공은 유독 권장법에 있어서 약한 면을 보였기에 같은 적수공권으로 회명 상인을 상대하기는 무리인 듯싶었다. 결국 운학자는 등 뒤에 메어진 검을 빼 들었다.

"이제부터는 검을 사용하겠습니다."

"끌끌, 이제야 제대로 할 마음이 생겼나 보군. 그럼 나 역시 더 이상은 사정을 봐주지 않겠네."

두 사람의 기도가 순간적으로 판이하게 달라졌다. 조금 전까지만 해도 쩔쩔 매던 모습은 어디로 사라졌는지 운학자에게는 칼날처럼 날카로운 기운이 서리서리 뻗어 나왔고, 회명 상인은 마치 천년거암마냥 두 다리를 굳건히 지면에 뿌리 내린 채 미동조차 않으며 운학자를 주시하고 있었다.

조금 전의 미숙했던 모습을 만회해 보려는 듯 이번에는 운학자가 먼저 움직였다. 날카로운 검끝이 회명 상인의 인중, 가슴, 단전을 동시에 노리고 날아들었다. 쾌검의 일종으로 이른바 일수삼검(一手三劍)이라 불리는 초식이다. 한편 검끝이 지척에 이를 때까지 미동조차 없이 그 변화를 주시하던 회명 상인의 손이 어느 순간 번개같이 움직였다. 멈춰 있을 때는 태산처럼, 움직일 때는 바람같이라는 말이 딱 어울리는 동작이었다.

챙! 채챙!

운학자의 검과 회명 상인의 손이 부딪치는 소리는 의외로 요란한 금속성이었다.

'철수공(鐵手功)? 쳇! 별걸 다 익혔군. 그럼 어디 이것도 그 손으로 받아낼 수 있나 봅시다.'

"청운성망(青雲星網)!"

그가 일으킨 검기가 마치 하늘에서 내려오는 그물마냥 넓게 펼쳐져 단숨에 회명 상인을 덮쳐 갔다. 그러나 상대는 이번에도 무슨 믿는 구석이 있는 듯 그 속으로 과감히 두 손을 찔러 넣었다.

"단망인(斷網印)!"

콰쾅!

믿기 어려운 사실이었지만 운학자가 자신하던 검기의 그물이 단숨에 찢어지며 커다란 폭음이 터져 나왔다. 회명 상인의 양손은 여전히 멀쩡했다. 유일한 변화라고는 옷의 소매 부분이 무참히 찢겨져 있다는 것뿐이었다. 상대는 칼날 같은 장력으로 검기마저 받아낼 수 있는 자였다.

그 이후로의 대결은 지극히 단조롭게 진행되었다. 회명 상인의 위력적인 권장을 운학자가 막아내면 운학자의 날카로운 검기를 회명 상인이 막아내는 식이었다. 잔기술들을 사용할 수도 있었지만 두 사람은 오로지 정면으로 부딪치는 힘 대 힘의 대결만을 고집하고 있었다. 하지만 이런 접전도 이백 초가 넘어가면서부터는 슬슬 한쪽으로 승기가 기울기 시작했다.

"하앗!"

운학자가 우렁찬 기합성과 함께 또다시 날카로운 검기를 날렸다. 마치 자신을 두 동강 낼 듯한 기세로 엄습해 오는 검기를 바라보며 회명 상인이 입술을 질끈 깨물었다. 얼굴에는 어느새 굵은 땀방울이 송골송골 맺혀 있다.

"콰쾅!"

검기와 장력이 격돌하며 또다시 커다란 폭음이 터져 나왔다. 동시에 회명 상인의 입에서도 고통에 찬 신음성이 새어 나왔다.

"크으윽!"

입가로는 가는 핏줄기마저도 내비치고 있었다. 반면에 운학자는 안색이 약간 창백하기만 할 뿐 아직도 기운이 남아 있는 듯한 모습이다. 이번 비무의 승자가 누구인지는 누가 봐도 명백해 보였다.

그 차이를 만들어낸 것은 의외로 기본적인 것. 바로 병장기의 유무였다. 검의 형(形)과 날카로움에 의지하여 검기를 일으키는 것보다 칼날처럼 날카로운 장력을 유지하는 것이 내공 소모가 더욱 큰 것은 당연한 사실이었다.

"으윽, 내가 졌군. 후훗. 까마득한 후배에게 무릎을 꿇게 될 줄이야."

"사정을 봐주신 덕분에 이겼습니다."

"구대문파를 하나씩 찾아다니며 이런 대결을 벌이고 있다고 들었네. 광무자가 의도하는 바가 무엇인지 어렴풋이 짐작은 가는군. 내가 알기로 그는 절대 마도(魔道)에 빠질 인물은 아니니 말이야."

마지막 말에 대해서는 별다른 대꾸를 하지 않은 운학자가 회명 상인에게 포권을 해 보이곤 청성의 문인들이 모여 있는 쪽으로 걸음을 옮겼다.

청성의 승리였다.

"와아아! 청성 만세!"

이제까지 주욱 침묵으로 일관하던 청성의 제자들이 일제히 환호성을 터뜨렸다.

한편 운학자와의 비무가 시작될 때만 해도 회심의 미소를 짓고 있던 영천 상인의 얼굴은 어느새 새하얗게 질려 있었다. 믿었던 회명 상인이 무릎을 꿇은 것이다. 이제 그를 기다리고 있는 것은 냉혹한 현실뿐. 기나긴 십 년 봉문의 시작이었다.

어느새 공동파의 연무장에서 청성의 모습은 사라지고 없었다.

이미 열흘 전에 북경을 출발한 소진 일행은 이제 마악 하남성과 호북성의 경계를 지나고 있었다. 이런 속도라면 아마 이틀 후엔 무당산에서 여행의 피로를 풀 수 있으리라.

"에휴, 웬 산이 이리도 험한 거야. 누가 저 멀리의 화산을 호북성으로 옮겨놓기라도 한 건가?"

"후훗. 무유야, 계공산(溪公山)은 이 일대에서는 험한 산으로 제법 이름이 알려진 곳이란다. 아마 높기가 이보다 월등하기만 했다면 충분히 천하에 이름을 떨칠 수도 있었으련만……."

"아이고~ 그런 말 말아요, 무해 사형. 가뜩이나 힘든 판에 더 높아졌으면 좋겠다니……."

그의 엄살에 무해 도장이 실소를 터뜨렸다. 사실 무유 도장 정도의 고수가 이런 산 하나를 넘는 데 힘겨움을 느낄 리가 만무했다. 한편 뒤따르던 소진은 무유 도장의 너스레보다는 다른 것에 정신이 팔려 있었다.

'계공산이라. 왠지 낯설지가 않은 이름인데? 내가 이걸 어디서 들어봤더라…….'

분명 어디선가 들어본 지명이긴 한데 한참을 생각해도 도무지 떠오를 기미가 보이질 않았다. 결국엔 생각을 잠시 접어두기로 하고 부지런히 걸음을 옮기던 소진이 문득 하늘을 올려다보았다. 태양이 정확히 머리 위에 와 있었다.

'역시 나의 배꼽시계는 정확하군. 한데 산을 벗어나려면 아직도 한 시진은 족히 걸릴 것 같으니……'

"사부님, 보아하니 산을 넘으려면 아직도 한참을 더 가야 할 뿐 아니라, 산중에서 주루를 발견하기도 힘들 것 같으니 일단 이곳에서 잠시 쉬며 요기라도 하고 가는 게 어떨까요?"

소진이 그랬듯이 힐끔 하늘을 올려다본 진류 도장이 흔쾌히 고개를 끄덕였다. 그리고 그의 허락이 떨어지기가 무섭게 일사불란하게 움직이는 이들이 있었으니…….

무청 도장은 혹시 전생에 나무꾼이 아니었나 싶을 정도로 능숙하게 땔나무를 구해왔다. 그의 손에 들린 것은 손가락 두 개 너비의 낭창낭창한 검이었지만 한번 휘두를 때마다 팔뚝만한 두께의 매끈한 장작들이 만들어지니 이것이 도끼인지 검인지 구분이 가질 않을 정도였다.

무해 도장은 격공장력으로 땅을 파서 바람막이를 만든 후 두터운 돌 두 개를 한 손에 하나씩 거뜬하게 들어 올려 걸칠 곳을 만들었다. 그리곤 그 사이에 삼매진화로 낙엽을 태워 불씨를 만들었다. 이것 역시 익숙한 솜씨였다.

마지막으로 무유 도장은 발에 날개라도 달린 듯 바람 같은 속도로 주위를 뒤져 깨끗한 개울을 찾아낸 후 가죽으로 만들어진 커다란 물주머니를 가득 채워왔다.

열흘간의 여정에서 자연스럽게 몸에 익은 역할 분담이었다.

그사이 소진은 산을 뒤지며 무언가 요리에 쓸 만한 재료들을 찾으러 다녔다. 어릴 적 그가 매일같이 하던 일 중의 한 가지가 바로 뒷산에서 요리 재료들을 구해오는 것이었기에 돌아오는 소진의 품은 무언가로 넉넉히 채워져 있었다.

"마침 지난번의 마을에서 구해놨던 쌀도 넉넉히 남아 있고 산에서 버섯과 나물들도 이렇게나 구해왔으니 간단한 볶음밥으로 요기를 할 수 있겠네요."

재료라고 말하는 것들이 고작 산에서 방금 캔 버섯과 나물 몇 가지가 전부였으나 불평 따위를 하는 이는 아무도 없었다. 이제까지 소진이 내놓은 음식이 그들의 식욕을 자극하지 못했던 적은 단 한 번도 없었기 때문이다.

소진이 음식을 준비하는 동안 진류 도장과 무청 도장은 묵묵히 제자리를 지키고 있었고 무해 도장은 전 의선원주라는 직함에 걸맞게 어느새 주위에서 캐온 약재들을 살피고 있었다.

"음?"

평평한 바닥에 그의 성품만큼이나 꼿꼿한 자세로 앉아 있던 무청 도장의 얼굴이 문득 찌푸러졌다. 힐끔 오른편에서 명상에 잠겨 있는 진류 도장을 한번 바라본 그가 슬그머니 자리에서 일어났다. 하지만 마치 그런 그의 마음을 읽기라도 한 듯 등 뒤에서 조용히 들려오는 한마디.

"되도록이면 살생은 피하거라."

무청 도장의 얼굴에 절로 쓴웃음이 지어졌다.

'몰래 정리하려 했는데, 나보다도 먼저 알아차리고 계셨군.'

"예, 진류 사숙."

두 사람의 대화가 이상하게 들렸는지 무유와 무해가 그에게 다가왔다.

"무청 사형, 무슨 일이 있나요?"

불청객이 온 것 같으니 주위를 잘 살펴보라는 말을 남기고 두 사람을 지나친 무청이 불가에 앉아 밥이 되기를 기다리는 소진에게 다가갔다.

"소진아, 아무래도 누군가 우리를 노리고 있는 듯하구나."

"예, 사형. 하지만 저 거리에서도 인기척을 내는 걸 보면 내가기공을 익힌 무림인들 같지는 않은걸요?"

원래는 소란이 좀 있더라도 신경 쓰지 말고 요리를 계속하라는 말을 하려고 간 것이었는데, 소진의 대답은 무청 도장의 예상을 훨씬 뛰어넘고 있었다.

'이 아이의 실력이 이 정도였던가? 진류 사숙의 무공 역시 항간에 알려진 것보다 훨씬 높은 경지에 올라 있는 듯하고… 이들 두 사제의 경지를 예측하기란 정말로 어려운 일이로구나.'

"그… 그래, 그러니 너는 신경 쓰지 말고 그냥 계속 요리를 하거라. 저들은 우리들 중 한 명만 나서도 충분할 듯싶으니."

"예, 무청 사형."

그의 배려가 고마운지 소진이 활짝 웃으며 답했다.

한편 소진 일행이 이렇게 모두 눈치 채고 있음에도 불구하고 행여나 들킬까 발소리를 죽이며 조심스레 이쪽으로 접근하는 이들이 있었으니…

"채주, 아무래도 예감이 좋지 않습니다. 저희 산적 업계에 예로부터 전해오는 말 중에 '중과 도사는 가급적 피하라' 는 명언이 있지 않습니까."

부하들 중 그래도 머리가 좀 있다는 자가 그의 귓가로 속삭이자 행여나 자신의 대두(大頭)가 보일까 싶어 커다란 바위 뒤에 잔뜩 고개를 움츠리고 있던 왕철두(王鐵頭)가 왕방울만한 눈을 부라렸다.

"야, 이 자식아! 지금 우리가 찬밥 더운밥 가릴 때냐? 벌써 한 달째 손님이 없었단 말이다. 흐흐. 게다가 아무리 우리 업계에 그런 말이 전해진다고는 하나 지금은 그런 걸 걱정할 필요가 없는 시기지."

"하… 하지만 채주, 옛말에 틀린 말이 없다고 했는데 어찌……."

"나도 알아 임마! 하지만 생각을 좀 해봐라, 생각을. 지금 강호는 청성파가 온통 휘젓고 다녀서 다들 몸을 사리고 있는 통에 저렇게 산속에서 여유있게 쉬어가며 밥 해먹을 생각을 가진 무림인이 있을 성싶으냐?"

"하긴 듣고 보니 그도 그렇군요."

왕철두가 득의양양한 얼굴로 손가락을 앞으로 향해 보였다. 행동 개시의 신호였다. 아울러 그 역시 숨어 있던 바위 뒤에서 몸을 일으켜 비탈길을 타고 달려 내려갔다.

"와아아아!"

그의 부하들의 내지르는 함성이 온 산을 쩌렁쩌렁하게 울렸다. 삽시간에 산길을 달려 내려온 이십여 명의 부하들이 단숨에 저들의 퇴로를 차단하고 포위망을 형성했다. 그 일사불란한 모습을 바라보는 왕철두는 당연히 마음이 흐뭇해질 수밖에 없었다.

계공산의 터줏대감 호골채(虎骨寨)의 등장이었다.

"크하하, 본좌는 계공산 일대를 석권하고 있는 호골채의 왕철두(王

鐵頭)님이시다!"

상대가 자신들의 위용에 압도되어서 미동조차 못하고 서 있는 것이라 생각한 왕철두가 득의의 미소를 지어 보였다.

"가진 것 중 금붙이나 돈이 되는 물건들을……."

"푸푸풋! 왕철두라고? 푸하하하. 그놈 이름 한번 잘 지었구나."

잠자코 있던 무유 도장이 왕철두의 얼굴을 보며 결국은 참아왔던 웃음을 터뜨렸다. 보통 사람의 두세 배는 거뜬히 되어 보이는 커다란 머리. 게다가 그 머리조차도 절대 평범한 것이 아닌, 반짝이는 대머리였다. 그것만으로도 충분히 우스운 상황에서 이름을 왕철두(王鐵頭)라고 밝히니 도저히 웃음을 참을 수가 없었던 것이다.

"크크큭! 쇠대가리(鐵頭)라… 혹시 철두공(鐵頭功)이라도 익히려다 실패한 게냐?"

왕철두의 얼굴이 순간 처참하게 일그러졌다. 쇠대가리라니… 언제 자신의 면상에 대고 이런 말을 하는 녀석이 있었던가. 그 커다란 머리를 시뻘겋게 물들인 왕철두가 분노를 주체할 수가 없는지 두 주먹을 부르르 떨며 고래고래 고함을 질러댔다.

"네… 네놈은 대체 목숨이 몇 개나 되길래 그 따위 말을 함부로……! 얘들아!"

"채… 채주!"

"뭘들 하는 게냐! 어서 이놈들을 잡아다가 내 앞에 대령하지 않고!"

왕철두는 한창 열받은 상태라 무언가 이상한 낌새를 눈치 챈 그의 수하들이 주춤주춤 물러서고 있다는 사실조차도 전혀 모르고 있었다.

"채… 채주! 저… 저들은……."

"저놈들이 뭐가 어쨌다는 게야! 너 정말 죽어볼래? 앙? 빨랑 안 튀어나가?"

"저들은 무… 무당파입니다. 채주! 도복에 새겨진 태극 문양이 안 보이십니까?"

"무당이든 뭐든 당장 가서… 뭐… 뭐라고?"

순간 모든 것이 백지처럼 하얗게 사라져 버렸다. 극도로 치솟았던 분노도, 흥분으로 검붉게 물들었던 얼굴도, 저 녀석들을 몽땅 잡아다가 늑대 밥으로 만들어 버리겠다던 굳은 다짐도…….

순간적으로 하얗게 질려 버린 그의 얼굴을 보면 지금 자신이 얼마나 위험한 상황에 처했는지를 정확히 파악하고 있는 듯싶었다.

'어떻게 해야 하지? 어떻게… 과연 어떻게 해야 이 순간을 무사히 지나갈 수 있단 말인가! 철두야, 철두야. 그 큰 머리는 박치기뿐만 아니라 항상 번뜩이는 재치로 나의 생명을 연장해 주었지 않느냐! 어서 생각을 해라, 생각을~!'

그때였다, 누군가 그에게 말을 건넨 것은.

"어엇! 이제 보니 예전에 한번 만났던 사람들이잖아!"

한 올의 지푸라기라도 움켜쥐고 싶은 심정이던 왕철두의 시선이 순간 목소리가 들려온 방향으로 획 돌아갔다. 누군가 안면이 있는 이가 있다면 이곳에서 무사히 벗어날 확률도 그만큼 커지리라는 것이 그의 생각이었다.

대략 이십 대 중반 정도로 보이는 젊은이가 생글생글 웃으며 그에게 다가오고 있었다. 생소한 얼굴이었다. 아무리 필사적으로 머리를 굴려도 상대를 어디서 마주쳤었는지 도무지 떠올릴 수가 없었다. 아니, 과연 자신이 저 젊은이를 만났었는지조차도 의문일 정도였다.

"하하하, 저 사람은 정말 하나도 변하지 않았네."

저 사람이란 어쩔 줄 몰라 하는 자세로 서 있는 왕철두를 가리키는
말이었다.

"저… 소협, 제가 소협을 어디서 뵈었는지 물어도……."

결국 답답함을 참지 못한 왕철두가 조심스레 말을 꺼냈지만 무유 도
장의 찌릿한 눈빛 한번에 금세 다시 꼬리를 내리고 입을 다물었다.

사실 그냥 따끔한 훈계만을 내리고 이들을 보내주려던 무유 도장이
었으나 갑자기 막내 사제가 아는 척을 하고 나서자 의아한 마음에 몇
가지 질문을 던졌다.

"소진아, 이 녀석들을 전에 만나본 적이 있다고?"

"후훗. 예, 무유 사형. 아까부터 분명 계공산이라는 지명을 어디선
가 들어본 적이 있는 것 같기는 한데 영 기억이 안 떠올라서 고민 중이
었거든요. 그런데 이 사람들을 보니까 이제야 알겠네요."

"그게 무슨 말이지?"

"예전에, 그러니까 제가 마악 치현이를 만나서 무창 부근을 지날 때
도 저 사람들에게 이런 일을 당했었거든요. 그러고 보니 마침 상황도
똑같네요. 하핫. 그때도 잠시 쉬면서 무언가 요기할 것을 만들고 있었
는데."

뜨끔!

무창이라는 지명을 듣자 그제야 무언가가 떠오른 듯 왕철두의 안색
이 일변했다. 상대는 호골채 역사상 가장 처참했던 구타 사건과 관련
된 이였던 것이다.

'그래, 그러고 보니 그때 뒤에 서 있던 사람들 중 하나인 것 같기도
하고… 제길! 그때는 워낙에 맞느라 정신이 없어서 얼굴 같은 것은 미
처 자세히 확인할 겨를이 없었다고!'

"으응? 무창에서 저 녀석들을 만났다고? 하지만 이곳에서 무창까지
는 어림잡아도 오백 리 거리인데 어떻게……."

"얼핏 듣기로는 일거리가 없어서 원정을 왔다고 하던 것 같던데요."

"뭐라고? 원정을 다니면서 산적질을 하는 놈들이라고? 푸하하핫. 이
제 보니 정말 웃기는 놈들이네. 쇠대가리가 두목이랍시고 거들먹거리
질 않나, 아무리 건수가 없기로서니 체면이 산적이라는 작자들이 산채
를 버리고 무려 오백 리 길을 원정을 오질 않나. 흐흠. 불쌍한 것들. 내
이제부터 너희를 위해 진정한 산대왕(山大王:산적)의 도를 알려주마. 자
고로 진짜 산대왕이란 말이지……."

"무유야."

마침 심심하던 차에 놀려줄 만한 이들을 만나 은근히 장난을 치고
있던 무유 도장이 등 뒤에서 들려오는 얼음장 같은 음성에 뜨끔해서
황급히 말을 얼버무렸다.

"그… 그래, 소진아. 예전에 무창에서 저들을 만났었다고? 그럼 그
때는 저 녀석들을 어떻게 쫓아 보냈지?"

"음… 제 기억에는 그때 금룡상단의 진충(陳忠), 진 전주에게 엄청나
게 맞고 꽁지가 빠져라 도망갔던 것 같네요."

순간 무유 도장의 얼굴에 다시금 사악한 미소가 감돌았다.

"엄청나게 맞았다면 어느 정도나……?"

"아마 그땐 정말 무지하게 맞았던 것 같아요. 저기 얼굴 큰 사람이
두목이었는데, 그 부하들이 얼마나 맞았는지 모두 얼굴이 퉁퉁 부어서
저 정도가 돼서야 돌아갔으니 말이죠."

"오호~ 그렇단 말이지? 흐흐흐."

가히 희대의 살인마왕에게나 어울림 직한 미소를 입가에 한가득 머

금은 무유 도장이 알았다는 듯 고개를 끄덕이며 한 걸음 한 걸음 왕철두에게로 다가갔다. 앞으로 닥쳐올 거대한 불행을 미리 예견하기라도 한 듯 왕철두가 창백한 안색에 연신 식은땀을 흘려대며 슬금슬금 뒷걸음질쳤다.

"이보게, 쇠대가리. 내가 그렇게 잔인한 사람은 아니니 더도 말고 덜도 말고 딱 예전에 당했다는 만큼만 맞고 돌아가도록 하게. 참! 그리고 이제 나도 밥을 먹어야 하는 관계로 시간이 없으니 자네 부하들은 모두 돌려보내도 좋네. 혼자서 걸어갈 자신이 있다면 말이지."

무유 도장의 말이 끝나기가 무섭게 장내에서 호골채의 수하들은 모두 사라지고 없었다. 아마 과거 무창 근처의 한 야산에서 경험했던 그 처절한 고통을 다시는 마주하고 싶지 않았기 때문이리라.

왕철두의 얼굴이 처참하게 일그러졌다.

'이잇! 가증스러운 놈들! 내가 살아서 산채(山寨)로 돌아가기만 해봐라. 내 손에 다 죽었어~! 꾸어어억!'

퍼퍼퍽! 파곽! 퍽! 퍽!

"끄아아악!"

왕철두의 처절한 비명음이 계공산의 능선을 따라 메아리쳤다. 걸음아 날 살려라 도망치던 호골채의 졸개들이 그 비명 소리에 모골이 송연해질 정도였다.

"채… 채주가 엄청 맞나 보다. 아마 나중에 산채에서 우리를 죽이려 들겠지?"

"그럴 거야. 지난번에야 다 같이 맞았으니 그렇다 쳐도, 이번에는 혼자만 두고 모두 도망왔잖아."

"꿀꺽!"

누군가 마른침을 소리 내어 삼키고 말했다.

"나… 나는 도저히 산채로는 못 돌아가겠어. 관군을 피해 도망 다니는 것도, 밥 한 끼 배불리 먹기 힘든 생활도 이제는 질렸고… 차라리 고향으로 돌아가 농사짓는 게 이것보다는 나을 것 같아."

"그건 그래. 솔직히 저런 사람들을 일 년에 한 번씩만 마주친다 해도 아마 몸이 남아나질 못할 거야."

각자의 생각들은 달랐지만 공통된 의견은 한 가지였다. 그것은 바로 '산채로 돌아가면 죽는다' 였다.

잠시 서로 침묵을 이어가던 호골채의 졸개들은 이내 묵묵히 걸음을 옮겼다. 특이한 점은 이들이 향하는 방향이 모두 제각각이라는 점이었다.

이후로 계공산에서 호골채 일당의 모습을 본 이들은 아무도 없다는 후문이 전해진다.

섬전무영(閃電霧影) 전백(全白)

　소진 일행이 무당산에 도착한 것은 우여곡절 끝에 사천성 최북단의 계공산을 넘은 지 정확히 이틀 후의 일이었다. 수십 일 전, 진류 도장이 무청 등을 이끌고 해검지를 지날 때까지만 해도 아직 푸른 잎이 더 많아 보이던 산은 어느새 완연히 선홍색으로 불타오르고 있었다.

　소진의 생환(生還)을 알리기 위해 자소궁으로 가는 길. 일행 모두가 배분상으로는 무당의 최상위에 속하는 이들인 까닭에 마주치는 제자들마다 잠시 걸음을 멈추고 예를 취해왔다. 평상시와 다름없는 모습들이었지만 그 속에서 그들은 왠지 모를 미묘한 기류를 느끼고 있었다. 평소의 차분함보다는 무언가 붕 떠 있는 느낌이랄까?

　"무슨 일이라도 있는 건가? 영 기분이 찜찜하네."

　모두들 무유 도장의 말에 모두 동감하는 눈치였다. 하지만 일단은 장문인을 만나보는 것이 순서였다.

어느새 연락을 받고 모여들었는지 자소궁에는 십여 명의 인물들이 먼저 와서 그들 일행을 기다리고 있었다.

"장문 사형, 무사히 다녀왔습니다. 그리고 결과는 보시다시피……."

무해 도장이 환한 웃음을 지어 보이며 그의 우측에 서 있는 소진을 가리켰다. 돌아오는 길에 사형들이 자신을 걱정한 이야기들을 숱하게 전해 들은 까닭에 우선은 미안한 마음이 앞선 소진이 살짝 얼굴을 붉히며 머쓱한 표정으로 앞으로 나섰다.

"대사형, 아… 아니, 장문 사형, 그리고 다른 사형들. 너무 걱정을 끼쳐서 죄송해요. 제가 짧은 생각에……."

"됐다. 이렇게 살아 있는데 무슨 말이 더 필요하겠니. 행여나 석정 산장에서의 연락이 잘못된 것이면 어쩌나 노심초사(勞心焦思)하고 있었건만… 다행이다. 정말 잘된 일이야."

언제나 감싸줄 수 있는 사형제란 이래서 좋은 것인가 보다. 무우 장문인의 따뜻한 환대와 그를 지켜보는 사형들의 눈빛에 소진은 내심 눈시울이 뜨거워졌다. 그리고 또한 한편으로는 안도의 한숨을 내쉬고 있었으니…

'휴우~! 다행이다. 나는 혹시 사형들한테도 뭇매나 맞지 않을까 걱정하고 있었는데.'

아무래도 석정산장에서 겪었던 사부의 사랑의 손길(?)이 소진에게는 상당히 고통스러운 기억이었음에 틀림없어 보였다.

"우선은 네가 겪었던 일들을 자세히 좀 들어보자꾸나."

다들 편안히 자리에 앉고 나자 소진의 설명이 길게 이어졌다. 듣는 이들은 무영(無影)이라는 자가 소진을 죽이려 했다는 사실에 주먹에 불끈 힘을 주며 분노를 표시했으며, 청진이 죽었다는 말을 듣고는 탄식을 내뱉으며 안타까워했고, 묵혼도객에게서 가까스로 목숨을 건졌다는 부분에 와서는 안도의 한숨을 내쉬면서도 놀라운 기색을 감추지 않았다.

"그 후로 석정산장에서 내상을 치료하는 도중에 사부님과 사형들이 절 찾아와서 이렇게 함께 오게 된 거고요."

"허어."

절로 감탄이 흘러나왔다. 가만히 듣고 있노라면 무엇 하나 평범한 것이 없는, 어찌 보면 황당하다고까지 할 만한 경험들이었다. 웬 정체불명의 복면인이 자신의 목숨을 노리고, 천 길 낭떠러지 아래서 기적적으로 살아나고, 강호의 전설적 도객(刀客)과의 일전(一戰)에서 구사일생으로 목숨을 건지고… 가히 수십 년을 굴러먹은 노(老)강호라도 한 번 하기 힘든 경험들을 소진은 단 세 달 남짓한 기간 동안 몇 가지나 경험하고 돌아온 것이다.

그런 경험들을 별다른 동요 없이 담담히 이야기하는 소진을 사형들이 새삼스러운 눈빛으로 바라보았다.

"그 뒤로 조금만 더 설명을 덧붙이자면……."

무해 도장이었다.

"무당으로 오기 전 우선은 북경을 먼저 들렀었습니다. 묵혼도객을 만나보기 위해서였죠. 그런데 막상 도착하고 보니 그는 마치 마술처럼 사라진 후더군요. 그가 살던 장원의 모든 사람들까지 한꺼번에 말이죠. 주위의 물어볼 만한 이들에게 물어보아도 도저히 행방을 알 길이 없었습니다."

"으음, 그렇다면 막내 사제를 노린 것은 묵혼도객이란 말인가?"

소진이 나타난 이후에 모습을 감춘 것이니 충분히 이런 생각이 들 만도 했다.

"아뇨, 그건 아닐 거예요. 그는 제자인 무영과 저 사이에 있었던 일을 전혀 모르는 눈치였거든요."

"그렇다면 묵혼도객이 그렇게 비밀스럽게 사라진 건 어떻게 설명해야 하지?"

모두들 꿀 먹은 벙어리마냥 대답이 없었다. 소진을 노린 것이 무영이고 그가 묵혼도객의 제자라는 사실 이외에는 모든 것이 짙은 안개 속에 가려진 듯 모호하기만 했다.

"정리를 한번 해보지요. 소진과 청진을 노린 것은 무영이라는 자였다. 무영은 묵혼도객의 제자이지만 사부인 묵혼도객은 무영이 소진의 목숨을 노렸다는 사실을 몰랐다. 그리고 묵혼도객이 어느 날 갑자기 흔적도 없이 사라졌다. 이 정도가 지금 상태에서 우리가 확실하다 말할 수 있는 사실들이겠지요?"

무당의 지낭(智囊) 역할을 하는 구류각주 무산 도장이었다.

"그렇다면 일단은 이런 의문을 가져봐야겠군요. 무영이 청진과 소진, 두 사람의 목숨을 취함으로써 얻으려던 게 무엇이었는가 하는 점 말이죠."

다들 고개를 끄덕이며 그의 생각을 인정하는 눈치였지만 쉽사리 의견을 내놓는 이는 없었다. 결국 무산 도장이 계속 말을 이어갔다.

"두 사람이 죽었다는 소문을 들었을 때 가장 먼저 나온 반응들을 생각해 본다면 의외로 쉬울 수도 있겠군요."

"청성을 범인으로 지목했던 것?"

누군가가 그제야 알겠다는 듯 큰 소리로 말했다.

"그렇지요. 제 생각에 그는 청성과 우리 무당의 충돌을 의도했던 것 같습니다."

"어째서 그런 짓을!"

"그 이유는 저로서도 잘 모르겠군요. 아직은 정보가 너무 부족하니까요. 그리고 또 한 가지 생각해 볼 것은 과연 이것을 무영 혼자서 계획했겠느냐 하는 점입니다."

"그 말은 설마……."

"설마가 아닙니다, 장문 사형. 저는 청성과 무당을 서로 싸우게 함으로써 뭔가 이득을 노리려던 조직이 있고 무영은 그 조직에 속한 이라는 생각이 강하게 듭니다."

"그렇다면 혹시 어디 짐작가는 곳이라도 있는 게냐?"

"글쎄요. 거기까지는 저도 잘… 아마 무당이나 청성과 우호적인 관계에 있는 집단은 아니라고 봐야겠지요."

무산 도장의 예리한 분석이 끝나자 장내에 잠시 적막이 흘렀다. 아마도 그가 말한 보이지 않는 적의 존재가 그들의 마음을 무겁게 하고 있는 것이리라.

"그런데 사형, 요즘 무슨 큰일이라도 있나요? 오늘 문내로 들어서는데 왠지 어수선한 게 분위기가 이상하던데……."

문득 무유 도장이 조금 전에 느꼈던 그 이상한 분위기를 무산 도장에게 물었다. 무해와 무청 도장 역시 어느새 상념에서 벗어나 그들의 대화에 귀를 기울이고 있었다.

"음? 아직 모르고 있었던 거냐?"

"뭘 모른다는 말이죠?"

무유 도장의 어리둥절한 얼굴이 가장 확실한 대답이 되고 있었다.

"허허, 정말 몰랐었나 보군. 사실 제자들이 조금씩 동요하는 것도 무리는 아니지. 이틀 전 도착한 전령에 따르면 결국은 청성이 공동파마저도 봉문시키고 다시 이동 중이라고 한다. 그런데 진짜 중요한 사실은 그들이 다음 상대로 지목한 상대가 바로 우리 무당이라는 점이지."

"뭐… 뭐라고요? 어째서 그들이 중간에 위치한 화산파와 종남파를 거치지 않고 곧장 우리에게 온다는 거죠?"

"그 정확한 이유는 나도 잘 모르겠다만 추측하기론 시간을 벌려는 의도가 있는 것 같다. 공동산에서 채 열흘도 안 되는 거리인 화산과 거기서 다시 사나흘 거리인 종남산을 지나 우리 무당을 찾기엔 일정이 너무 빡빡한 게지. 예상하기에 아마 이십여 일 후면 이곳 무당에 모습을 드러낼 듯하구나."

"이십 일!"

"청성은 이곳 무당산에서 그 뜻을 이루지 못한 채 다시 사천으로 발걸음을 돌려야만 할 테니 그렇게 걱정스런 표정은 짓지 말거라. 비록 그들의 전력이 예상을 훨씬 웃도는 것이고, 다른 문파들을 쉽사리 꺾으며 사기가 오를 대로 올랐다고는 하나, 우리는 다름 아닌 무당파다. 무당의 저력(底力)을 믿거라."

무우 장문인의 자신감있는 한마디가 대청을 울렸다. 혹시라도 불안감을 느끼고 있을지 모를 이들을 위한 한마디였다. 어느새 그는 한 문파의 수장으로서의 모습을 완연히 갖춰가고 있었다.

무려 사 년여 만에 무당을 다시 찾은 소진이 사형들의 극구 만류에도 불구하고 다시 머물기를 희망한 곳은 바로 예전에 그가 지내던 곳, 원래는 창고로 사용되던 청죽원 뒤편의 그 허름한 방이었다. 사부인 진류 도장은 과연 그다운 행동이라고 하며 단지 한번 크게 웃어넘길 따름이었다.

그가 무당을 떠난 이후 다시금 온갖 잡동사니들을 쌓아놓는 창고로 변한 그곳을 손수 정리하며 소진은 세삼스러운 감회에 젖어들었다.

'그래, 모든 게 바로 이곳에서부터 시작됐었지. 맨 처음 기단을 만들고, 밤이면 혼자 주방으로 넘어가 요리를 만들어보고… 청죽원에서 주방 식구들과 일하던 때도 꽤나 재밌었는데. 온 김에 다시 청죽원 일이나 좀 거들어볼까?'

소진이 무당에 온 지도 어느덧 사흘. 그의 사형들은 매일같이 청성에 대한 대비책을 마련하느라 고심하는 모습들이었다. 반면 그런 일에는 별다른 도움이 되지 못하는 소진은 마치 십여 년 전 처음 무당에 왔을 때와 비슷한 하루하루를 보내고 있었다.

오전이면 세심원에 들러 진류 도장과 무공을 수련하고 오후에는 청죽원에서 주방일을 돕는 일과의 반복. 다행히 청죽원의 사람들은 예전이나 지금이나 그대로였기에 다들 소진을 따뜻하게 맞아주었다.

청죽원을 이용하는 청 자(靑字) 항렬의 제자들은 요 며칠 사이 저녁 식사가 깜짝 놀랄 정도로 맛있어졌다는 사실을 확연히 느끼고 있었다. 아침과 점심때는 그대로이면서 왜 유독 저녁때에만 이렇게 맛이 달라지는지 정확한 이유는 알지 못했지만 그들로선 단지 감지덕지할 따름이었다. 맛있는 음식을 먹게 되었다는 데 불만을 가질 이는 세상에 없지 않겠는가.

무당 이대제자 청선(靑宣)은 오늘 역시 저녁 식사에 대한 부푼 가슴을 안고 청죽원으로 들어서는 중이었다.

"하하핫! 오늘은 또 무슨 음식이 나를 기다리고 있을까나?"

청죽원의 문을 시원스럽게 열어젖히며 그 풍요로운 냄새에 한껏 취해보려던 청선은 문득 느껴지는 낯선 분위기에 멈칫 발걸음을 멈췄다.

너무도 조용한 식당 안. 평소의 그 소란스러움은 모두 어디로 사라진 건지 들리는 소리라곤 달그락거리는 젓가락과 그릇이 부딪치는 소음 정도가 전부였다.

"엥? 이게 대체 어떻게 된……."

그때였다. 저 식당 가장 후미진 곳에서 걸걸한 목소리가 들려온 것은.

"이런이런, 너희들의 어려운 점을 조금이라도 들어보려고 일부러 편안한 자리를 찾아왔는데 아직은 조금 서먹한가 보구나. 그럼 내 당분간은 저녁 시간에 계속 이리로 올 테니 혹시 내게 말하고 싶은 것이 있거든 생각해 놨다가 언제든지 허심탄회하게 이야기하거라. 허허헛."

기분 좋은 미소를 지으며 그를 지나쳐 가는 노도장은 바로…

"히익! 제자 청선이 무유 사조님을 뵙습니다."

바로 무 자 항렬 중에서도 잔머리하면 따라올 이가 없다는 무유 도장이었다. 장로급의 인물이 일부러 제자들의 고충(苦衷)을 들어주겠다며 청죽원에 찾아와 식사를 같이 한 것은 아직까지 전례가 없던 일이기에 제자들은 단지 어안이 벙벙할 따름이었다. 하지만 오늘의 사건은 단지 맛뵈기에 불과할 뿐이라는 것을 그들은 미처 깨닫지 못하고 있었다.

다음날이 되자 무유 도장과 같은 이유를 대며 저녁 시간대에 청죽원을 찾는 무 자 항렬의 인물들이 다섯 명가량으로 늘어나더니 급기야 그 다음날에는 거의 대다수의 인원들이 이곳 청죽원을 들르는 것이 아닌가. 제자들 사이에는 새로운 장로원을 청죽원에 지으려는 게 아니냐는 헛소문이 나돌 정도였고 청죽원을 이용하던 제자들의 불편함이란 이루 말할 것이 없었다.

하지만! 도저히 이보다 더 나쁠 수는 없다고 생각하던 청 자 항렬의 제자들은 또 하루가 지나자 정말로 기겁을 해야만 했으니…

그래도 이제까지는 숨 막히는 분위기 속에서도 나오는 음식만큼은 철저하게 챙겨 먹던 제자들이 오늘만은 입맛이 없는지 핼쑥한 얼굴로 젓가락을 들었다 났다 하고 있었다. 평소의 달그락거리는 소음조차도 전혀 들려오지 않는 적막하기까지 한 식당 안의 분위기. 심지어는 식사 중인 무 자 항렬의 제자들조차 은근히 부담을 느낄 정도인 이 적막감의 중심에는 일명 무당염왕(武當閻王)이라 불리우는 무청 도장이 자리 잡고 있었다. 무 자 항렬의 마지막 보루이던 그까지도 결국은 이곳에 모습을 드러낸 것이다. 그리고 무청 도장에 이은 또 마지막 결정타가 이들 앞에 모습을 드러냈다.

"장문 진인 드십니다~!"

그리 크진 않았지만 어마어마한 파장을 몰고 오는 한마디가 들려오면서 무우 장문인이 청죽원 안으로 모습을 드러냈다. 그를 마지막으로 무 자 항렬의 전 인원이 한자리에 모인 셈이었다. 청 자 항렬 제자들의 얼굴이 더 더욱 안쓰럽게 변한 것은 당연한 결과였다.

전해지는 바에 따르면 이날 이후로 대략 삽십여 명의 제자들이 신경성 위염으로 며칠 동안을 고생했으며, 동시에 그 맛있던 저녁 식사는 더 이상 나오지 않게 되었다고 한다. 항간에는 식당에 새로 온 뛰어난 요리사를 무 자 항렬의 사조(師祖)들이 납치해 갔다는 황당한 소문이 퍼지기도 했으나 그 진실 여부에 대해서는 아무도 알 수가 없었다.

예의 그 익숙한 풍경의 방 안. 문사건과 학창의가 유난히 잘 어울리는 중년인, 천안(天眼)은 오늘도 어디선가 날아온 전서구의 전문을 펼처 들었다.

백오십사호(百五十四號) 전(傳).
청성에 패한 공동파 십 년 봉문. 청성의 사기가 하늘을 찌르는 가운데 화산과 종남파를 무시하고 곧장 무당을 상대로 지목함. 현재 위치는 감숙성과 섬서성의 경계.

"쯧쯧, 역시 정파의 것들이란 가끔 이해를 할 수가 없어. 그저 세 개 정도의 문파만 연합하면 아무리 청성이 강성하다 하더라도 단숨에 밀어버릴 수 있을 텐데 굳이 이렇게 대결을 모두 받아주다니. 그런데 이번엔 무당이란 말인가? 흐음. 청성도 강하긴 하지만 무당 역시 무시할 순 없지. 무슨 싸움이든지 간에 가장 좋은 건 양패구상(兩敗俱傷)이지만 이놈들이 그렇게 될 것 같지도 않고… 결국은 내가 나서야겠군. 포광(捕珖)!"
"예, 어르신."
언제나 창가에 앉아 전서구를 관리하던 장한이 걸걸한 음성으로 대답했다.
"쓸 만한 놈들로 오십 명만 추려놓도록 해라."
"알겠습니다, 어르신."
천안(天眼)의 눈이 무섭게 번뜩였다.
'크크큭. 이제야 슬슬 그림이 맞춰지는 것 같군. 솔직히 지금까지는 기다리기가 너무 지겨웠거든. 이제 한 달 이내에 모든 일이 마무리되리라.'

내가 말을 가까이하기 시작한 지도 이제 십 년이 지나간다. 하나뿐인 제자 놈을 강호로 내보내고부터 정(情)을 들인 게 이 말이었으니까.

처음에는 그냥 흔히 들어왔듯이 나도 초야(草野)에 묻혀 살며 이쁜 조랑말이나 한 마리 키워보려 했지만 고작 두 달 만에 포기하고 말았어. 원체 사람들과 어울려 지내는 것을 좋아하는지라 이런 식의 은거는 도저히 내 성격엔 맞질 않았거든. 그래서 이틀을 고민한 끝에 내린 결론이 '직업을 갖자'였어. 직업을 가지고 시끌벅적한 도시에서 은거 생활을 하기로 결정한 거지.

아마도 내 남은 여생을 모두 보내게 될 것이기에 신중한 선택이 필요했지. 일단 옛 일터에서 가장 근접한 북경(北京)부터 찬찬히 살펴갔어. 예전엔 몰랐는데 여름엔 찜통이고 겨울엔 몸서리치게 추운 것이 별로 살기 좋은 곳이 아니더군.

그 후로 황하(黃河)를 따라 태원(太原), 낙양(洛陽), 서안(西安)을 거쳐 결국 저 멀리 서쪽 끝인 사천성의 성도(成都)에까지 도달하게 됐지. 그런데 이곳 역시 사람들이 억세고 토양이 척박한 것이 썩 마음에 드는 것이 없었어. 게다가 결정적으로 이곳 사천에는 '그'가 있었어. 내 얼굴을 아는 몇 안 되는 인물 중 하나인 '그'. 듣자 하니 청성산에 들어박혀 지내는 것 같기는 하지만 께름칙한 마음에 다시 동쪽으로 눈을 돌렸지.

이번엔 장강(長江)을 따라 동쪽으로 쭈욱 가다 보니 한결 사람 살기 좋은 곳들이 여럿 눈에 띄더군. 그렇게 가다가 가다가 결국에 도달하게 된 곳이 바로 이곳, 항주(杭州)였지. 크으! 늙은이들 신경통 걱정없을 만큼 따스한 공기에 동쪽으로 하루면 대해(大海)가 나오고 서쪽으론 천하절경인 서호(西湖)가 떡하니 버티어 내 눈을 즐겁게 해주더군. 게다가 아가씨들은 좀 이뻐야지. 천상 이곳이 내가 묻힐 곳이라는 생각이 들었지. 게다가 마침 오자마자 어디선가 마부를 구한다는 공고가 보이는 거야. 고민할 것 없이 지원했더니 떡하니 붙더군! 내가 나이가 좀 많아서 은근히 걱정했었는데 말이지. 인상이 선량해 보여서 뽑았대나 어쨌대나. 아무튼 그래서 일하게 된 곳이 바로 항주의 금룡장이었어.

한 가지 실수였다면 이름을 묻길래 엉겁결에 대답한 것이 하필 '전칠(全七)'이었다는 거지. '전칠'이라니… 그 고상하고 우아한 좋은 이름들 다 놔두고 왜 하필이면 전씨(全氏) 집안 일곱째라고 단순하게 붙여진 내 진짜 이름을 댔던 거냐고! 하지만 도저히 바꿀 수가 없었어. 이름을 잘못 말했다고 하면 늙은이 치매로 보고 쫓겨날 것만 같은 분위기였거든. 결국 그때 잠자코 있어서 내 이름은 아직까지도 '전칠'이야. 그런데 이 이름도 계속 듣다 보니 정이 가더군.

그렇게 항주에 뿌리내리고 평범한 일상의 재미를 찾으며 살고 있는데 내 호기심을 자극하는 희한한 놈이 하나 나타난 거야. 딱 보는 순간에 그놈 참 어디서 무공 하나는 제대로 배웠다는 생각이 들었는데, 알고 보니 직업이 요리사라더군. 그것도 초일류의. 참내! 이게 말이 되나? 한 가지만 해도 그 나이에 경지에 도달하기가 하늘에 별 따기보다도 어려운 판국에 두 가지를 동시에? 순간 둘째 제자 삼고 싶은 마음이 굴뚝같아지더군. 하지만 참았어. 왜냐구? 알고 보니 이 녀석은 무당 제자였던 거야. 그 '옥설말코'가 있는 무당의 제자. 그래서 그냥 지켜보기만 하기로 했지. 과연 이 놈이 어디까지 발전할 수 있을지가 궁금했거든.

겪어보니 좋은 놈이기도 했어. 약선루(藥仙樓)라고 알아, 혹시? 거기서 밥 한 끼 먹으려면 어림잡아도 은자 열 냥은 들어가는데 가끔 날 불러들여서 직접 요리를 만들어줬거든. 맛 하나는 정말 끝내주더군. 중간에 소장주라는 녀석 마누라 임신했을 때 폭주마차 몰던 기억도 나네. 그땐 정말 신나게 달렸었는데……

그런데 정말 안타까웠던 건 이 녀석이 죽었다는 소문이 들렸을 때였어.

소장주가 펑펑 우는데 나도 조금 눈시울이 뜨거워지더군. 아주 순간이긴 했지만 조직의 힘을 빌어서 흉수(兇手)의 정체를 밝혀볼까 하는 생각이 들기도 했지만 말 그대로 잠시였어. 조직의 힘을 함부로 쓸 수는 절대 없었거든.

각설하고 내가 지금까지 오만 가지 쓸데없는 사족(蛇足)들을 붙어가면서 이런 얘기들을 주절주절한 이유는, 일 년 내내 아껴왔던 금쪽 같은 휴가를 써가면서 별로 이쁘지도 않은 제자 놈이랑 지금 산길을 걷고 있는 이유를 말하고 싶어서야.

얼마 전에 벌써 몇 년째 얼굴 한번 안 비치던 제자 놈이 별안간 나타나더니 당당하게 말하더군. 의형제를 구하기 위해 내가 그렇게 아껴 쓰라 신신당부했던 구명단(救命丹)을 세 알이나 썼으니 혹시 여분일랑 있으면 모두 내놓으라고. 그 말을 듣고 내가 열이 안 받았겠어? 조직에서 일할 때 방방곡곡을 돌아다니며 모은 재료들로 겨우겨우 만들어낸 게 그 네 알의 구명단인데 그걸 한 놈한테 세 알이나 먹였다니……. 당연히 오랜만에 뼈마디가 쑤실 정도로 흠씬 두들겨 패줬지.

그런데 갑자기 이놈 가슴에서 웬 목합(木盒)이 하나 뚝 하고 떨어지는 거야. 맞느라고 혼절할 지경이었을 텐데도 그걸 다시 잡으려고 바락바락 기어오더군. 냉큼 가로채서 열어보니, 세상에나! 무당의 태청신단(太淸神丹)인 거야. 이런 게 있으면 스승님 몸 보신시켜 줄 생각은 못할망정 구명단이나 더 내놓으라고 찾아온 제자 놈이 괘씸해서 더 더욱 쥐어패면서 자초지종을 물었지. 그랬더니 이놈 입에서 나온 이름이 정말 의외였어. '소진'이라고, 그 죽은 줄 알았던 녀석 이름이었거든. 게다가 더 놀라운 사실은 '소진'이 그 살벌한 묵혼도객 놈과 맞짱을 떴다는 거야. 죽을 뻔하던 것을 내 제자 놈이 빼돌렸다고 하기는 하지만… 그러니 내가 궁금해서 도저히 참을 수가 있나. 이렇게 제자 놈을 이끌고 그 녀석이 있다는 무당산으로 찾아가기로 한 거지. 이 참에 그 '옥설 말코'도 한번 만나보고 말야.

—전칠의 작은 회상.

"설혼아, 아직 멀었느냐?"

"아닙니다, 사부님. 이제 조금만 더 가면 해검지가 보일 겁니다."

"오냐, 잘 알았다."

'이잇! 도대체 같은 걸 몇 번이나 물어보는 거냐고! 내가 미쳤지. 혹시라도 구명단 몇 알이나 더 얻을까 싶어 사부님을 찾아갔던 게 천추의 한으로 남는구나. 그나저나, 에구구. 허리야. 어떤 사부는 때리면서도 추궁과혈로 제자의 내상을 치료해 주더구만, 우리 사부님은 아예 제자를 반병신을 만들어놓는구나. 얼마 후면 옥매(玉妹)랑 결혼도 해야 할 텐데……. 하필이면 허리를 그렇게 무자비하게 밟아놓으시다니. 흑흑. 아이고 내 팔자야!'

울상을 지으며 힐끔 뒤를 돌아보는 이는 사룡(四龍)의 으뜸이라는 신비룡(神秘龍) 설혼이었다. 벌써 며칠이 지났지만 그의 얼굴에는 아직도 멍자국이 가시지 않아 울긋불긋한 흔적들이 곳곳에 남아 있었다. 그리고 그를 뒤따르며 심심하면 물음을 던지는 반백의 늙은이가 바로 경공의 달인으로 불리우는 사천(四天) 중의 섬전무영(閃電霧影) 전백(全白)이었다.

과연 설혼의 예상이 틀리지 않았는지 얼마 안 가 해검지를 지난 두 사제는 이내 지명원(知明院)에 당도할 수 있었다. 일반의 접객원과 유사한 역할을 하는 것이 바로 이곳 지명원이었다.

오늘도 여전히 지명원을 지키고 있는 정목(正木)이 두 사람을 맞이했다.

“무당의 정목입니다. 이리로 앉으시지요.”

권하는 자리에 편히 몸을 실으며 설혼이 느긋한 자세를 취했다.

“설혼이라 합니다.”

정목의 얼굴이 순간 갸우뚱해졌다. 그가 알기로 설혼이라는 이름의 무림인은 분명 한 명밖에 없었다. 그런데 상대의 생김새가 영 믿음을 주질 않는 것이다.

“혹시… 신비룡 설 소협이신가요?”

“예, 제가 신비룡 설혼입니다. 하핫.”

그가 당당히 자신이 신비룡임을 밝히자 이번엔 웃음이 나왔다. 어디서 흠씬 두들겨 맞기라도 했는지 명색이 사룡의 첫째라는 신비룡의 얼굴에 멍 자국이 가득했기 때문이다.

‘후후훗, 신비룡이라면 그래도 후기지수 가운데 첫 손가락으로 꼽는 인물인데 저렇게 얼굴에 멍 자국을 지니고 다니다니… 정말 우스운 일이로군.’

“흐… 흠! 아, 이제 보니 설 소협 본인이셨군요. 본 문에는 무슨 일로 오셨는지 물어도 되겠습니까?”

“제 아우를 만나러 왔습니다. 소진이라고 하는데, 석정산장에서 떠나면서 무당으로 갈 거라고 하더군요.”

“소진 사숙조 말입니까?”

정목은 그에게 잠시 기다려 달라고 한 후 발 빠른 제자 하나를 내원으로 보냈다. 사실 여부를 확인해야 했기 때문이다.

하지만 잠시 후에 도착한 것은 가부간의 결정이 아니라 그의 사백인 무해 도장이었다.

“아하하. 잘 왔네, 설 소협. 막내 사제를 만나러 왔다고 했나?”

"그런데 어째서 무해 도장께서……."

"실은 막내 사제의 생명의 은인이라는 말에 장문 사형께서 자네를 꼭 만나보고 싶어하신다네. 지금 자소궁에서 막내 사제와 함께 기다리고 계시네. 그런데 이분은 누구신지?"

"아, 이분은 제 사부님이십니다. 제가 소진 얘기를 했더니 꼭 한 번 만나보고 싶다고 하셔서 이렇게 함께 왔습니다."

"자네의 사부님이라면… 설마!"

"클클, 자네가 생각하는 사람이 맞을 듯하네. 어서 가는 게 좋지 않겠나?"

"예, 섬전… 아니, 어르신."

상대는 당대 무림 최고 배분 중 하나인데다가 벌써 십수 년간이나 그 행방이 묘연했던 기인이었기에 무해 도장이 저렇게 크게 놀라 당황하는 것도 무리는 아니었다.

자소궁에는 무우 장문인과 소진, 그리고 진류 도장이 그들을 기다리고 있었다. 세심원에서 수련에 열중하던 중 설혼이 찾아왔다는 왔다는 말에 그의 사부와 함께 한달음에 달려온 것이다. 요즘 그는 진류 도장을 닮아가는 것인지 명상을 통한 수련에 한창이었다.

무해 도장의 안내를 받은 설혼과 전백이 무우 장문인의 몇 장 앞에 도달했다.

"무당 장문인을 뵙게 되어 영광입니다. 설혼이라고 합니다."

일파의 종주에 대한 예의로 설혼은 포권을 하고 허리를 깊숙이 숙여 보인 반면 옆의 전백은 단지 고개만을 까딱해 보였을 뿐이다. 이때 장문인의 옆으로 간 무해 도장이 뭔가 귓속말을 속삭이자 그가 크게 놀라 앞으로 몇 걸음 나아갔다.

"혹시 전궁무영 전백 노선배님이십니까?"

"내가 바로 전백이네. 만나게 되어 반갑군."

"하하핫, 천하의 영웅을 이렇게 뵙게 되니 참으로 영광입니다."

설혼에게 가려다가 '천하의 영웅'이라는 말에 고개를 돌린 소진은 전백을 알아보곤 깜짝 놀라 외쳤다.

"앗! 전칠 아저씨?"

"허허헛. 그렇소, 소 공자. 내가 바로 전칠이요. 제자 녀석의 말대로 정말 살아 있었구려."

"전칠 아저씨가 여긴 웬일로……."

"소진아! 이분은 사천(四天) 중 한 분이신 전궁무영 전백 노선배님이시다. 말을 삼가하거라."

어느새 다가온 진류 도장이 소진을 훈계했다. 그 모습을 유심히 지켜보던 전백이 진류 도장에게 물었다.

"자네가 이 아이를 가르친 사람인가?"

"예, 바로 제 밑에서 배운 아이입니다."

"허허허, 정말 잘 가르쳤더군. 저 아이가 항주를 떠나기 전까지 유심히 지켜보았는데 지금은 또 달라져 있어. 자고로 제대로 된 사부를 만나야 그 제자가 똑바로 자라는 법이지."

'역시 나는 사부를 잘못 만난 거였어.'

전백의 말을 듣고는 설혼이 속으로 중얼거렸다.

서로 간에 간단한 소개들을 마친 이들은 이내 자리 잡고 이야기를 나누기 시작했다.

"그런데 설 형님은 얼굴이 왜 그렇게 된 거지요? 마치 누구한테……."

"흐흠! 흐… 흠."

'누구한테 흠씬 두들겨 맞은 사람 같다' 고 하려던 소진의 말이 누군가의 갑작스런 기침 소리로 묻혀 버렸다. 기침의 주인공은 역시나 전백. 이 멍 자국들이 사부의 그 인정사정없는 구타의 증거임을 밝히려던 설혼은 원망스러운 눈빛으로 사부의 옆 모습을 힐끔거렸다.

"글쎄 이 정신없는 녀석이 술을 대판 퍼먹고서는 인사불성이 돼서 길가에 쓰러져 있는데 집으로 데리고 와보니 꼴이 이 모양이더구나. 먹으려면 적당히 좀 퍼마실 것이지. 쯧쯧쯧."

오히려 모든 잘못을 자신에게 뒤집어씌우는 모습에 분노를 감출 수 없는지 설혼의 눈썹이 파르르 떨렸다. 그리곤 후환이 두렵지 않은 듯 그가 막 폭발하려는 찰나 귓가로 모깃소리처럼 가느다란 전음성이 들려왔다.

—다시 한 번 잘 생각해 보거라. 네가 애지중지 가지고 다니던 그 태청신단이 자칫하면 이 사부의 회춘(回春)의 명약으로 쓰일 수도 있다는 사실을 명심하고.

일순간에 그의 양 주먹에 들어갔던 힘이 쭈욱 빠지며 어깨가 축 처졌다. 역시 사부는 도저히 이길 수 없는 상대임을 다시 한 번 확인하는 순간이었다.

"노선배께서는 그럼 단지 소진이를 만나보러 이 먼 곳까지 발걸음을 하신 겁니까?"

진류 도장이 조심스럽게 질문을 던졌다. 왠지 뭔가를 꺼리는 눈치였다.

"물론 그 이유도 있고, 또 십수 년 만에 자네 사숙도 한번 만나볼 겸 해서 들렀다네. 그 친구가 취향이 좀 이상해서 그렇지 같이 이야기하다 보면 재밌는 면도 많거든."

"옥… 옥설(玉雪) 사숙을 말입니까?"

"그래. 광무자 그 친구는 요즘 한창 설치고 다니는 것 같던데, 자네 사숙은 뭘 하고 있는지 모르겠군. 혹시 어디 무당산 깊은 곳에서 신선놀음이라도 하고 있나?"

"으음. 그… 그게……."

전백을 비롯하여 모든 시선이 진류 도장에게로 쏠렸다. 그중에서도 특히 무우 장문인과 무해 도장의 의문이 컸다. 무당이 배출한 절대고수. 무당의 자랑이라 할 수 있는 옥설 도장의 행방은 그들 역시도 모르고 있었던 것이다. 수차례나 서로의 사부에게 물어도 단지 은거 중이시라는 대답만을 들을 수 있을 뿐이었다.

내심 청성의 광무자를 상대할 사람으로 옥설 사숙조를 점찍어두고 있던 무우 장문인의 눈빛이 생생하게 빛났다. 반면 진류 도장은 난처한 기색이 더욱 완연해졌다.

"설마… 그 친구 벌써 우화등선(羽化登仙)한 겐가?"

진류 도장이 대답을 못하고 우물쭈물하자 전백이 넘겨짚어 물었다.

"아… 아닙니다. 우화등선이라니요. 아직 멀쩡하게 살아 계십니다."

생각 같아서는 그냥 신선이 되셨다고 말하고 싶었지만 어찌 살아 있는 사숙을 죽었다고 말할 수가 있겠는가.

"답답하군. 그럼 무얼 망설이는 건가!"

"실은… 여기에는 무당 내부의 사정이 얽혀 있습니다. 노선배께 옥설 사숙이 계신 곳을 알려 드리기에 앞서 제가 사형제들과 먼저 한 가지 의논을 해봐야 할 듯싶습니다."

보아하니 무언가 말 못할 사정이 있는 것이 분명해 보였다. 공연히 상대를 난처하게 만들 이유는 없었기에 전백이 순순히 한 걸음 물러섰다.

"그럼 그렇게 하게나. 시간이야 많으니 말야. 일단 그 상의라는 것을 하러 가보겠나? 나는 아직 이 아이에게 물어볼 것이 조금 더 있거든."

진류 도장이 대청을 벗어나자 전백의 시선이 다시 소진에게로 향했다.

"소 공자, 내가 궁금한 것이 있어서 그러니 몇 가지만 더 물어봐도 되겠는가?"

"그럼요, 전칠 아저씨, 아… 아니, 전(全) 대협."

"허허허, 그냥 편하게 부르시게."

무언가 답답한 듯 소진이 깊은 한숨을 내쉬었다.

"후우~! 예, 전칠 아저씨. 그럼 그냥 이렇게 부를게요. 대신에 아저씨도 그냥 저를 소진이라고 편하게 부르세요. 유독 저한테만 그렇게 말씀을 하시니까 제가 불편하네요."

"후후훗, 금룡장에서 마부 생활을 구(九) 년간이나 했더니 안면이 있는 사람에게는 공대(恭待)를 하는 버릇이 생겨서… 아무튼 알았다. 내가 저 녀석에게 듣기로 묵혼도객을 만났었다고 하던데 그 자초지종을 좀 듣고 싶구나."

이제까지 뭇 사람들에게 수차례나 들려주었던 이야기를 전백에게 다시 못 들려줄 이유는 없었다. 소진은 묵혼도객과 자신 사이에 얽힌 이야기들을 조리있게 설명하기 시작했다.

"…그래서 결국은 무영을 찾기 위해 묵혼도객의 거처로 잠입했던 거죠. 지금 생각하면 아찔할 정도네요. 그때 만약 설 형님이 절 뒤따라오지 않았더라면……."

"푸훗, 이 녀석이 쓸데없는 호기심이 좀 많긴 하지."

소진의 칭찬에 마악 퍼지려던 설혼의 이마에 다시금 깊은 고랑이 패였다.

습관처럼 제자를 씹는 말이 튀어나오긴 했지만 사실 전백은 무언가를 골똘히 생각하고 있는 중이었다.

'이제 보니… 이 일은 천화상단이 연관되어 있는 듯싶군. 그쪽이 관여하지 않고서야 은거해 있는 묵혼도객 그 친구의 제자가 저 아이를 노릴 리가 없지. 그런데 무당에서는 아직 이런 사실을 모르는 건가? 하긴… 천화상단주와 묵혼도객이 형제지간이라는 사실은 천하에 알고 있는 이가 손가락에 꼽힐 정도일 테니……'

"아무튼 걱정이에요. 유일한 단서였던 묵혼도객이 흔적도 없이 사라져 버렸으니. 이젠 청진의 넋을 위로해 주기도 힘들게 돼버렸네요."

한창 자신이 가진 정보를 어떻게 해야 할지 고민 중이던 전백은 소진의 처량한 넋두리를 듣고는 냉큼 결정을 내리고 말았다. 사실 그전에 이미 전백의 마음은 반쯤 기울어 있던 상태이기도 했다. 말년을 항주의 금룡장(金龍莊)에서 지내다 보니 자연히 금룡장의 경쟁 상대인 천화상단에 대해 안 좋은 인식이 심어져 있었던 것이다.

"이런이런, 이제 보니 너는 중요한 사실을 놓치고 있었구나."

"예? 그게 무슨 말씀이시죠?"

"생각해 보거라. 좀 전에 묵혼도객이 그의 제자가 너를 죽이려 했던 사실을 모르고 있었다고 했지?"

"예, 분명 그런 눈치였어요."

"그렇다면 네가 생전 만나보지도 못한 그의 제자는 어째서 널 죽이려 했던 것일까? 내 생각엔 분명 누군가의 명령이나 부탁을 받았을 것이라 여겨지는데."

"얼마 전에 무산 사형도 비슷한 말을 했었어요. 무언가 또 다른 조직이 연관되어 있을 거라고. 하지만 정보가 너무 부족하네요."

"정보라… 실은 내가 예전에 당대 최고의 거부(巨富)의 집에 잠입해 들어간 적이 있었단다."

소진이 의아함이 담긴 시선으로 전백을 바라보았다. 갑자기 여기서 부잣집에 잠입해 들어간 이야기를 왜 꺼낸단 말인가.

"그런데 거기서 놀라운 사실을 알게 되었지. 그 거부의 방 안에는 두 사람이 있었는데 그중 한 명은 내가 알고 있는 사람이더구나. 그게 누군지 예측할 수 있겠니?"

전혀 이상한 물음에 소진이 조금 퉁명스럽게 답했다.

"글쎄요, 전 전혀 모르겠군요."

"후훗, 그중 한 명은 묵혼도객 이천걸이었고, 또 다른 한 명은 천화상단의 주인인 이천업이라는 사람이었단다. 묵혼도객의 무공이 뛰어나 힘들긴 했지만 왠지 이상한 마음에 밤새 그들의 주위를 맴돈 결과 나는 그 둘이 친형제 사이임을 알아낼 수 있었지. 이건 천하에서도 아는 이가 열 손가락 안에 꼽히는 정보였는데 이제 너도 그 손가락 안에 들어가게 되었구나."

전백이 말한 바를 곰곰이 되씹어보다가 무의식적으로 서로를 한번씩 쳐다본 소진과 무해 도장이 무언가를 깨달은 듯 동시에 크게 소리쳤다.

"천화상단!"

〈제3권 끝〉